［巴西］米尔顿·哈通 著

马琳 译

后浪出版公司

# 两兄弟

# Dois Irmãos

**Milton Hatoum**

四川文艺出版社

献给露丝

一栋房子被卖掉时带着所有回忆

所有家具所有噩梦

所有已犯下或将要犯下的罪

一栋房子被卖掉时带着关门声

带着它的穿堂风它的视野

它的不可丈量……

——卡洛斯·德鲁蒙德·德安德拉德

扎娜必须放下一切：位于玛瑙斯港口的街区，百岁杜果树荫蔽的曲折街道，一个对她而言犹如童年时的朱拜勒一般重要的地方。朱拜勒是黎巴嫩的一个小城市。扎娜一边高声念叨着她对那里的回忆，一边在落满灰尘的房子里转悠，然后她茫然地走到院子里，迷失其中。那里有一棵古老的橡胶树，树顶遮住了边上的棕榈树和已经存在了半个多世纪的小果园。

在门廊附近，能闻到百合花的芬芳，其中夹杂着"老幺"[①]的味道。于是扎娜坐到了地上，独自一人哭泣着祈祷，希望奥马尔能够回家。在离开这栋房子之前，她曾多次做噩梦，梦到她父亲和丈夫，随后又在他们生前所住的卧室里感应到两人的存在。白天的时候，我听她反复地讲述梦境："他们回来了，我爸爸和哈里姆回来看我了……他们现在就在这栋房子里。"看谁敢质疑她的话，说一个字，做一个手势，哪怕一个眼神都不行。扎娜望着客厅的灰沙发出了神，想起有一次哈里姆坐在那儿，为了抱她而放下了手里的水烟壶。她想起父亲在玛瑙斯港

---

① caçula 一词在葡语中特指家里最小的孩子，即"老幺"。文中的"老幺"后来有了妹妹，但母亲依旧称呼他为"老幺"，全家人都用"老幺"来指代他。——译者注（后文如无特别说明，均为译者注）

与船夫和渔民们聊天的声音，想起"老幺"系在门廊上的红色吊床，他的味道，他的身体。每当他在外面疯玩一宿回来躺在吊床上，都是扎娜帮他脱衣服。"我知道他总有一天会回来的。"扎娜对我说，但她并没有看我，也许连我的存在都没注意到，她那曾经无比美丽的面容如今已是愁云密布、憔悴不堪。后来我又一次听到她说这句话，像是低语出一句祷告，那一天她从这栋荒芜的房子里消失了。我找遍了屋里每一个角落，最终在夜幕降临时才找到扎娜，她躺在院子里的枯树叶上，手臂上的石膏落满了鸟屎，脸肿着，裙子和衬裙被尿液浸湿。

扎娜离开人世的时候，我不在场，我不想看着她死去。但我知道，在她去世前的某一天，她躺在诊所的病床上，用阿拉伯语问女儿和一位年近百岁的朋友："我的两个儿子和好了吗？"她用阿拉伯语是为了只让那两个人听懂，也为了不背叛自己。扎娜用仅剩的一点力气又问了一遍，凭着她作为一位痛苦的母亲在濒死之际才找到的勇气。

无人回答。扎娜那张几乎没有皱纹的脸失去了神采。她转过头，视线落在灰色的墙壁上，找寻那唯一的一扇小窗。窗外黄昏的天空就此暗下一隅。

雅各布从黎巴嫩回来的时候，父亲到里约热内卢接他。毛阿广场的码头上挤满了家属，迎接从意大利归来的军人和官员。巴西国旗装点着店铺柜台、公寓窗户及独栋房屋，烟火飞向天空，父亲视线所及之处皆是一派胜利景象。从马赛港开来的船靠岸不久后，他看到了站在舷梯上的儿子。昔日的男孩已成长为十八岁的小伙子，这十八年中的五年是在黎巴嫩南部度过的。雅各布走路的姿势一如从前：步伐快捷而稳健，彰显着身体的平衡感和一种严肃的态度，这是哈里姆在另一个儿子——被称为"老幺"的小儿子——身上绝对看不到的气质。

雅各布走了一段距离。在逐渐接近站台的过程中，父亲将刚刚归来的儿子的身影与自己那些年在脑海中构建的形象做对比。儿子背着破旧的灰色帆布包，头戴一顶绿色的便帽，一双大眼睛惊讶地望着那些在哭泣的巴西远征军战士。

哈里姆朝儿子挥了挥手，对方却有些迟疑，没能立刻认出面前这位身穿白衣、比自己矮一些的男人是谁。雅各布并未完全忘记父亲的脸庞、眼神和整个人的样子。哈里姆走近他，两人相对而视，儿子开口叫道："爸爸？"接着便是落在脸上的四个吻、迟来的拥抱和用阿拉伯语说出的问候。父子二人相拥着离开毛阿，走向西尼兰地亚广场。雅各布讲述旅途见闻，哈里姆为战时玛瑙斯的贫穷和饥荒哀悼。到了西尼兰地亚，两人在一间酒吧落座，在人群的交谈声中，雅各布打开背包，取出一个包裹，父亲看到里面是已不新鲜的面包和一盒干无花果。儿子从黎巴嫩就只带回这些东西？没有信？没有礼物？背包里别无其他，没衣服也没礼物，什么都没有！雅各布用阿拉伯语做出解释，他伯伯，也就是父亲的兄长，其实并不希望他回巴西。

雅各布没再多说。哈里姆低着头，想要提起另一个儿子，但犹豫不决，他开口说："你妈妈……"接着又闭上了嘴。哈里姆看到儿子皱着眉头起身，脸色有些压抑地脱下裤子，对着墙壁开始小便，在光天化日之下，在西尼兰地亚的酒吧里。过程持续了几分钟，雅各布的表情放松了，对周围人的嘲笑并不在意。哈里姆冲他大喊："不行，你不能这么做……"但他没听懂，或是假装没听懂。

哈里姆不得不咽下他的羞耻感，为这次还有其他的事，为雅各布，或是为另一个儿子奥马尔——双胞胎之中晚出生的"老幺"。最令他担心的便是双胞胎那几年的分离，"谁也不知道他们再见面后会有什么反应……"他从未停止想象两个儿子在分别几年后共同生活的景象。从雅各布离开家的那天起，扎娜总说:"我儿子会变成个野人回来,变成放羊的,一个粗人,他会忘了葡萄牙语怎么说,也没办法上学,因为你哥哥住的那个村子连学校都没有。"

那次离别发生在第二次世界大战的前一年,双胞胎当时满十三岁。哈里姆想把他们都送到黎巴嫩南部。扎娜极力反对,说服丈夫只送走雅各布一个人。在之后的几年里,奥马尔一直被当成家里唯一的男孩。

哈里姆在里约市中心给雅各布买了新衣服和一双鞋。回玛瑙斯的途中,父亲就日常生活规范教育儿子:不能在街上小便,吃东西不能像獏一样,不能随地吐痰。"好的,爸爸。"雅各布低头听着,小飞机一摇晃他就吐,苍白的脸上眼窝深陷。他们乘坐的从里约飞往玛瑙斯的航班要经停六站,每一次起飞和降落都令雅各布一脸惊恐。

刚过中午,扎娜就提前到机场等候。她把绿色路虎停好,到瞭望台遥望着东方。当看到银色小飞机接近跑道时,她跑下楼,穿过到港大厅,贿赂了一位工作人员,神气地走向飞机,登上舷梯,冲进机舱。扎娜把一束赫蕉花放到仍旧惊魂未定的儿子怀里,哭着对他说:"我的宝贝,我的眼睛,我的命啊,你怎么才回来?他们对你做了什么?"她在机组人员与乘客们难以置信的目光中亲吻着儿子的脸庞、脖子和脑袋,直到哈里姆说:"够了!咱们先下去,雅各布一路晕机,就差把肠子吐出来了。"扎娜并未停止展示她的母爱,搂着儿子下了飞机,神采奕奕地朝到港大厅走去，自我陶醉，仿佛重新获得了生命的一部分：一个因为哈里姆的任性或固执而被送走的儿子。而她则因某些无法理解的理由允许了这件事发生，是出于缺少理智或屈服于某种激情？还是出于盲目且不可抑制的奉献精神？又或是全部混在一起？扎娜也说不清楚，或许她不想说清楚。

如今儿子回来了，变成高大俊朗的小伙子，和另一个儿子一样。两人有着同样棱角分明的脸，同样的栗色大眼睛，黑色卷发，身高也完全相同。雅各布总在笑过之后轻叹一口气，这点也和另一个儿子一模一样。距离并没能改变那些他们共有的小动作，但长时间的分别令雅各布忘记了一些葡语。他很少说话，只说单音节词汇或短句，能不开口就不开口，偶尔在不该沉默的时候也不说话。

扎娜很快就看出来了。儿子只会笑、叹气，总避免多说话，仿佛是被一种能令人麻痹的沉默包围在其中。

在从机场回家的路上，雅各布重新拾起在玛瑙斯度过的童年时光的碎片，因看到停靠在河岸附近五颜六色的小船而感动，他曾和父亲、弟弟一起在河中划着铺满干草的木船。雅各布看向父亲，嘴里却只发出模糊、混乱的声音。

"怎么了？"扎娜问，"他们把你的舌头拔了？"

"没有，妈妈。"雅各布回答，并未将视线从曾经熟悉的风景上移开。他的童年早就被粗暴地打断了。

他曾在这里观看船只，在退潮后的河堤上奔跑，散步至位于内格罗河另一边的卡雷鲁区，从那儿带回一整篮子的水果和鱼。他和弟弟跑着冲进家门，在院子里左跑右跳，用弹弓打壁虎。下雨的日子，两人爬上院中的橡胶树，"老幺"总爱冒险爬得更高，嘲笑哥哥，雅各布则躲在树叶中间，小心保持平衡，他抓着最粗的枝条，害怕掉下去，吓得发抖。奥马尔说："在这么高的地方能看清一切，快上来，上来啊！"雅各布没动，也没抬头往上看，而是谨慎地向下爬，回到地面上等着弟弟，每次都等，因为他不想独自受责骂。在下着大雨的清晨，他们悄悄出门，"老幺"只穿着短裤，浑身泥点，跳进小河里游泳。河附近有座监狱，兄弟二人能看见囚犯们伸出铁窗的手和模糊的身影，雅各布听着弟弟喊出咒骂或嘲笑的话，不知道他是在冲谁喊，囚犯？还是那些住在河边高脚屋里的印第安小孩？孩子们正帮他们的母亲、姨妈或祖母收取晾衣绳上的衣服。

不，雅各布没时间也没勇气陪弟弟一起闹。当看到奥马尔用胳膊勒住某个住在家附近群租房里的印第安小孩时，他感到愤怒，对弟弟也对自己。当看到"老幺"被三四个孩子围攻、对他们的拳头回以咒骂时，他也感到愤怒，觉得自己是无能的懦夫，吓得直发抖。他会藏起来，钦佩地看着奥马尔。他也想像弟弟那样打架，想感受脸颊的肿胀和嘴里的血腥味，感受嘴唇破裂、脑袋被打出包的灼痛。他也想赤脚奔跑，不畏惧被太阳烤热的碎石路，想在风筝慢慢打转时跳起来一把抓住风筝线或是风筝的尾巴。奥马尔曾冲动地一跃而起，像杂技演员一般在空中翻了个跟头，落地时发出战士冲锋般的吼叫，然后给大家展示他手上被风筝线划破的伤口。看到弟弟流着血的手，雅各布退缩了。

他可不是杂技演员，不想被风筝线弄伤手。雅各布喜欢在狂欢节舞会上玩耍、跳舞。舞会在苏奥塔娜·贝奈莫家举行，奥马尔总会留下来参加晚些时候成年人的聚会，和狂欢人群玩一整晚。那年他们十三岁，雅各布的童年就终结于那最后一次舞会，在贝奈莫家的大房子里。那晚他无论如何也没想到两个月后自己会离开父母，离开祖国，离开所有这些如今让坐在路虎上的他重新获得生气的风景。

孩子们的舞会通常开始于天黑之前。到了晚上十点，变装后的成年人到场，又唱又跳，把孩子们都吓走。雅各布想待到午夜，为了多看雷诺索家的一个侄女几眼，那个身材发育良好的金发女孩要一直待到"圣灰星期三"①的凌晨。那是利维娅第一次参加成人的舞会，也是雅各布第一次看到她化妆的样子：双唇涂上口红，双眼画着黑色眼线，辫子上点缀着彩色亮片，在肩膀附近闪耀。雅各布想留下来和她相拥共舞，觉得自己几乎和她一样是个大人了。他正想着要接近利维娅，却听到了扎娜的命令："送你妹妹回家，然后你可以再回来。"他遵命了，把哈妮亚送回她的房间，等她睡着后才跑回了贝奈莫家。大房

---

① 圣灰星期三：狂欢节的后一天，大斋期的首日。

子里充满欢声笑语，在众多色彩与面具之间，雅各布找到了闪亮的辫子和画着口红的嘴唇，然后他颤抖起来，因为看到喜爱的人身边有一个人，那人与他有着同样的头发和面容。

利维娅和他弟弟在房间的角落里跳舞。两人拥抱在一起，安静地舞动着只属于他们的节奏，那并不是狂欢的节奏。喧嚣的人群撞上那两个人，他们对视一眼，这才发出了狂欢式的大笑。雅各布的脸色阴沉下来。他没有勇气走过去和利维娅说话。他恨这个舞会，"我恨那天晚上的音乐，恨那些面具，恨那个夜晚。"他在圣灰星期三的下午对多明嘉丝如是说。那是一个不眠之夜。玛瑙斯的空气中充斥着狂欢人群的喧闹与醉鬼们的喊声。奥马尔在清晨探进他的卧室，他假装睡着了，闭着眼睛闻到弟弟身上汗水混合着香水的味道，那是两个身体相拥在一起的味道，他知道奥马尔正坐在地板上看他。雅各布保持着静止不动，感受着压抑与失败。他注意到弟弟慢慢离开了。奥马尔头上和身上沾着亮片和彩纸屑，带着笑容的脸上写满了愉悦。

那是雅各布最后一次参加舞会。也就是说，那是他最后一次看到在外面玩了一整夜的弟弟直到早上才回家。他不懂为什么扎娜没有因此而责备奥马尔，也不懂为什么两个月后启程去黎巴嫩的是自己，而不是弟弟。

路虎正绕着圣母广场行驶，离家越来越近，雅各布不愿回想起离开的那天。他当时一个人，和同样要去黎巴嫩的一家人一起走，他们是哈里姆的朋友。为什么要离开的是他而不是

"老幺"？雅各布问自己。杜果树和奥提树荫蔽着小路，大片的云毫无生气地飘在空中，看上去像是一幅以蓝色为背景的画。雅各布闻着童年记忆中街道的味道、花园的味道、亚马孙地区湿润空气的味道，看着趴在窗前的向外张望的邻居们。母亲抚摸着他的后颈用甜美的声音说："宝贝，咱们到家了。"

扎娜下车，徒劳地寻找奥马尔。哈妮亚站在前门廊，打扮得很讲究，还喷了香水。

"他到了？我哥哥到了？"她朝大门跑去，看到一个腼腆的小伙子站在那儿。他比父亲高一些，手里攥着破旧的帆布包。雅各布望向她，见她已出落成大姑娘，而不是当年在玛瑙斯港难过地抱着他的小女孩。雅各布不知该说些什么，张开双臂拥抱那苗条、修长的身体。哈妮亚略微抬起的下巴彰显着自信，也可能会令人感到不友善或是冷漠。她看得有点入迷：眼前的人几乎是另一个哥哥的完美复制，但却是不同的人。她观察着雅各布，想找到一些能与奥马尔相区分的地方。哈妮亚靠近看，靠得非常近，从各个角度看，发现最大的区别在于这位刚回来的哥哥十分安静。然而，她马上听到对方用严肃的声音问道："多明嘉丝在哪儿？"他进入后院与等在那里的一个女人相拥。两人进入院子里的一间小屋，他们曾在那里一起玩耍。雅各布看到墙上贴着他儿时的画：房子、大楼和彩色的船。他还看到自己第一次写字时用的笔以及一个已经泛黄的本子，多明嘉丝一直留着，现在都交还给他，仿佛她是雅各布的母亲，而非家里的女佣。

雅各布在后院又待了一会儿，然后回到房子里参观了每一个房间，重新认识家具及其他器物，在独自进入曾经住过的房间时，他有些伤感。墙上有一张照片：他和弟弟坐在一条横跨于小河之上的树干上。两人都在笑，"老幺"的笑容带点讥讽，双臂举在空中；雅各布的笑容则有些克制，双手抓着树干，担心地看着下面幽深的河水。照片可能是在他最后一次参加贝奈莫家狂欢节舞会之前的某一天拍摄的，也可能是之后。背景的河岸边站着几个邻居，他们的面容和雅各布记忆中一样模糊不清。他在写字台上看到另一张照片：弟弟坐在自行车上，头上的帽子倾斜着，脚上是一双锃亮的靴子，手腕上戴着表。雅各布走近了仔细看，想看清弟弟的样貌和神情，却突然被一个声音吓了一跳："奥马尔晚上会回来的，他说好要一起吃晚饭。"

说话的人是扎娜，她一直跟着雅各布到处转，想给他看看绣着他名字的床单和枕套。自从知道大儿子要回来，扎娜每天都在念叨："我儿子睡觉用的床品要绣上我的字，我的手写体。"她在奥马尔面前这样说过，奥马尔嫉妒地问："他什么时候回来？为什么他在黎巴嫩待那么久？"扎娜没有回答，也许她也无法解释为什么雅各布离开她身边那么多年。

房间里预先摆好了一把奥地利椅子、一个衣柜和一个装有十八本百科全书的书架，那些书是哈里姆从一个退休官员那里买来的。一盆五彩芋装饰着房间的一角，靠近朝向街道的窗户。

雅各布趴在阳台上，看着行人朝圣母广场走去。那里有不少货车，一辆接一辆，搬运工人敲击着三角铁。路边有摆成半个圆弧的几把椅子，等待着傍晚时分居民在此落座聊天。蜡烛照亮玛瑙斯没有灯光的夜晚，之前在战时便是如此：晚上，人们聚在肉铺或商店门口，分发肉团、米、豆子、盐或咖啡。电量是配给的，鸡蛋值黄金。扎娜和多明嘉丝在凌晨起床，女佣等着烧炭工，女主人到阿道夫·里斯本市场采购，然后两人一起熨衣服，准备做面包用的面团，开始做饭。运气好的时候，哈里姆能买到由美国飞机运到亚马孙地区的罐装肉和小麦粉。有时他们用食物换一些滞销的织品：散了的棉花、带污渍的绸子之类。

一家人围坐在桌边谈起战争时期：当时有很多曾经的橡胶工人聚集在玛瑙斯城郊，过着悲惨的扎营生活。雅各布不说话，只注意听着，手指敲着桌子，偶尔点点头，高兴自己能听懂父母讲出的词、句、故事以及哈妮亚补充的一些见闻。他又能听懂葡语了。词汇、语义、语言的韵律似乎都恢复了。雅各布一边吃吃喝喝，一边专注地听着，投入与家人和睦相处的气氛中，但仍然有他想不起来的葡语。邻居们来看他的时候，这种语言的缺失更加明显。苏奥塔娜、塔里布和他两个女儿、艾斯特丽塔先后亲吻了雅各布的脸。有人说他看上去比弟弟更加神气，扎娜并不同意："没有的事，他们俩一模一样，双胞胎嘛，身心都一样。"雅各布笑了。因为犹豫不决、遗忘以及担心说出蠢话而导致的沉默在那一刻变成了好事。他拆开收到的礼物，有漂亮的新衣服和皮带，还有一个嵌着他名字首字母的钱包。

"可怜的孩子！我太心疼了！"扎娜表示难过，"我儿子在那个村子里可受罪了。"

她转头看向丈夫：

"想想他当时在里约下船时的样子。你们想看看他带回来的行李吗？就一个又旧又臭的破包！这难道不荒唐吗？"

"咱们换个话题吧，"哈里姆说，"破包和旧衣服是该被遗忘的东西。"

大家转换了话题，也转换了表情。一声拖长的口哨传来，点亮了扎娜的脸，那是一个密码、一个信号，表示他的另一个儿子回来了。"老幺"进家门的时候已经临近午夜。他穿着白色亚麻裤子和蓝色衬衫，胸前和腋下都被汗水浸湿了。奥马尔向母亲走去，张开双臂与她拥抱，就好像他才是那个多年不在母亲身边的儿子，扎娜在搂住奥马尔时所流露的真情与她对雅各布的感情形成了对比。母亲的双臂搂着"老幺"的脖子，两人沉浸在母子同心的氛围中，这令雅各布嫉妒，也令哈里姆感到不安。

"谢谢你们为我准备的聚会。"奥马尔说，这听起来有点厚颜无耻，"给我留吃的了吗？"

"我的奥马尔就爱开玩笑。"扎娜试图纠正他，亲吻了他的双眼，"雅各布，过来，来拥抱你弟弟。"

两兄弟看着对方。雅各布先做出反应：他起身，不情愿地笑笑，左脸的伤疤改变了他的表情。透过雅各布的卷发，隐约能看到他脑袋上有一条灰色的印记，那是只有他才有的胎记，但真正能够区分这对双胞胎的是他左脸上半月形的苍白伤疤。两个人保持对视。雅各布向前一步，哈里姆像要掩饰什么，说大儿子旅途劳累，分别多年，从现在起一切都会好起来。战争过后，一切都会好起来。

塔里布表示同意，苏奥塔娜和艾斯特丽塔提议大家为战争的终结和雅各布的回归而干杯。两兄弟并没有碰杯，水晶杯的叮当响声与略显压抑的幸福感并没能令他们感到兴奋。雅各布只是伸出右手向弟弟示意。两人都没怎么说话，这场景很奇怪，因为他们站在一起看上去就像是同一个人。


雅各布左脸上伤疤的由来是多明嘉丝告诉我的。她觉得导致那次纷争的原因是丑陋的嫉妒。她整日观察着双胞胎的动态，偷听谈话，侦查所有人的私密。她有这个自由，因为这个家的整洁与每日三餐都依赖于她。

我的故事也依赖于她，多明嘉丝。

那是一个阴云密布的周六午后，就在狂欢节过去不久。孩子们在街上排队，准备去雷诺索家度过下午时光，那里即将迎来一位流动电影放映员。在每月最后一个周六，艾斯特丽塔通知邻近的各位母亲她家里要放电影。那可是件大事。孩子们早早吃过午饭，穿上最好的衣服，喷上香水，离开家的时候幻想着即将在艾斯特丽塔家的白墙上看到什么样的影像。

雅各布和奥马尔穿着亚麻西装，戴着领结，有着同样的发型，衣服上有来自帕拉州的同一种熏香的味道。多明嘉丝挎着两人的手臂，为了陪他们一起去，她也打扮了一番。奥马尔挣脱多明嘉丝的胳膊，先跑过去亲吻了艾斯特丽塔的脸，送给她一束花。在房间里，扎伊娅·塔里布和娜达·塔里布正在与利维娅谈话。金发女孩利维娅是雷诺索的侄女。住在塞林佳米林区的某个人带来了自家的两个用人，他们正为客人们提供着瓜拉纳饮料和栗子饼干。众人在等待电影放映员，每一分钟都显得无比缓慢，大家都急着想看白墙上出现的影像，急切期待着一个冒险故事或爱情故事能让周六的下午成为最令人喜爱的下午。厚重的乌云压下来，阿伯拉尔多·雷诺索连上发电机。在灯光照亮的房间里，孩子们被要求到桌边坐下，外国邮票在他们之间传递起来，有风景的、人物的和国旗的。金发女孩欣赏着一枚罕见的邮票，她的双臂轻轻碰触着双胞胎，用食指把邮票抚平。其他孩子玩起了士兵模型。利维娅对双胞胎中的一人笑笑，又朝另一个笑笑。据多明嘉丝说，这次是奥马尔先嫉妒了。他阴沉着脸，摘掉了领结，敞开领子，卷起衬衫的袖子。"老幺"非常生气，但努力保持着风度，他小声说："咱们去院子里转转。"女孩看着邮票说："就要下雨了，奥马尔，你听，都打雷了。"她从邮票册里拿出一张邮票给雅各布看。多明嘉丝说奥马尔讨厌看到那一幕，讨厌看到哥哥的手指碰触到利维娅的手指。她是个好女孩，不虚伪做作，拥有无邪的笑容。她爬杠果树的时候吸引了双胞胎和所有邻近的男孩子，他们抬起头，眼神追随着女孩摇摆的红色短裤。然而利维娅真正喜欢的正是这对双胞胎，她温柔地看着他们，似乎在雅各布身上看到了另一个人没有的东西。羞涩的雅各布懂了吗？奥马尔以为经过了那次舞会，利维娅会连他的屎都愿意吃，会和他一起去参加在瓜拉尼剧院和奥迪昂影院举办的聚会。他还承诺要开着父母的路虎和她一起到塔鲁满去看瀑布。扎娜把车钥匙藏了起来，断了"老幺"的念头。利维娅和雅各布玩着手指游戏，放映员到达的时候奥马尔已经离开了那两个人。放映员的皮包里装着放映器和胶片，他人高马大，举止淡然，瘦长的脸被小胡子分隔成上下两部分："孩子们，我带来了伟大的娱乐，伟大的梦想。"

邮票、士兵和大炮统统被忘到脑后。留声机的音乐被关掉。古老的时钟敲响四下。人群跑下台阶，脚步的震动令房子颤抖，不一会儿便传出叫喊声，第一排座位已经被分完了。雅各布为利维娅占了一个座位，奥马尔对于哥哥这一礼貌的举动十分不以为然。在黑暗中，黑白画面逐渐显现，放映器的单调噪音使午后的寂静更加明显。多明嘉丝在这时告别了雷诺索家。在放映电影的房间里，魔法持续了二十分钟。发电机突然出了问题，影像消失了，有人把窗户打开，观众们借着透进来的光看到利维娅的双唇正贴在雅各布的脸颊上。接着有椅子挪动的声音，然后是酒瓶破碎的声音，奥马尔发起了快、准、狠的一击。人群沉默了几秒。利维娅看到雅各布脸上的伤口，尖叫起来。雷诺索家的人从楼上下来，阿伯拉尔多的声音抑制住了人群的惊慌。奥马尔靠着白墙喘着粗气，右手攥着深色的玻璃片，眼睛冒火地望着哥哥流血的脸颊。

艾斯特丽塔领着伤员上楼，招呼家里的帮佣到扎娜家把多明嘉丝找来，但不要说发生了什么。

这条伤疤从那时起便在雅各布的身体上生长。伤疤、疼痛，还有一种他未曾言明或许并不知晓的情绪。两兄弟没再和对方说过话。扎娜指责哈里姆，说他在教育双胞胎时缺少铁手腕。哈里姆不同意这种说法："没有的事，都是因为你把奥马尔当成独生子一样溺爱。"

据多明嘉丝说，扎娜在看到雅各布受伤的脸颊后哭了。她亲吻着儿子的右脸，在看到肿胀的左脸上缝着线的伤口时痛苦地哭了。十三针。黑色的线就像蜈蚣。雅各布沉默地思考着什么。他拒绝和弟弟说话。是看不起对方，还是打算默默嚼碎这次的耻辱？

在学校里，大家叫他"蝎子脸"，还有"镰刀脸"。每天早晨他都能听到许许多多各种各样的外号。他吞下这些冒犯，不做任何回应。父母不得不面对沉默不语的大儿子，他们害怕雅各布会做出什么反应，害怕会发生最坏的情况：出现暴力事件。

于是哈里姆决定了：一次旅途，一场离别。距离能抹除恨意、嫉妒和由它们引发的行为。

雅各布在父亲友人的陪同下前往黎巴嫩，五年后返回玛瑙斯。这次是独自一人。"一个野人，放羊的，粗人，看看我儿子的吃相！"扎娜难过地说。

她尝试忘记儿子脸上的伤疤，但分别却令儿子的脸离她更近。她寄去的那些信啊！

几十封？也许有上百封。五年的书信，没有一点回音。罕有的关于雅各布的消息都是通过从黎巴嫩回来的熟人和朋友们带来的。塔里布的一位表兄到哈里姆在黎巴嫩的老家拜访，看到雅各布一个人坐在地上看书，身边有一堆干无花果。这人试图与他交流，用葡语和阿拉伯语，但雅各布无视了他。得知这件事后，扎娜一整夜都在埋怨哈里姆，威胁说自己要冒着战火去黎巴嫩。哈里姆写信给老家亲戚，寄钱过去支付雅各布回程的路费。

以上这些都是多明嘉丝讲给我听的。我自己也见证了不少，因为我站在这一家人的小世界之外能够看得清清楚楚。是的，站在外面看，有时站得很远。我观察着这场游戏，也多次参与其中，直到最后一刻。

在雅各布回来的最初几个月里，扎娜热切地尝试对两个儿子投以同样的关注。哈妮亚的存在虽然比我重要许多，但仍然不及她的两个哥哥。举例来说：我睡在后院的小屋里，在房子范围之外。哈妮亚睡在房子里的一个小房间里，在最顶层。双胞胎住相邻的两个房间，家具摆设都一样。他们每月得到一样多的零花钱。两人在同一所神父学校学习。这是优势，也是妨害。

他们早上一同去上学，穿着由多明嘉丝熨烫平整的制服，若是有路人从远处看过来，会以为这两兄弟永远地和解了。雅各布在黎巴嫩耽误了几年接受教育的时间，如今他成了教室里最高的人。扎娜害怕他会在学校院子里随地小便，在食堂用手吃饭或是在路上杀掉一只羊带回家里。这些都没有发生。雅各布有些羞涩，也许正因为这样才会被人误认为是懦夫。他羞于开口讲话，因为会把 B 和 P 的发音搞混，这让他成了同学们嘲笑的对象，甚至一些老师也如此，把他当成野人，觉得他很奇怪：一个没塑好形的花瓶。然而，他也是女同学们注目的对象。雅各布懂得那种目光。从正面看去，他仿佛无所畏惧，左侧眉毛轻轻一挑，就从一个害羞的人变成了别人眼中的征服者。他总能在正确的时刻发出动听的笑声，使得广场、舞会或街上的姑娘们发出热切的惊叹。在家里，扎娜第一个注意到儿子身上的迷人气质。连多明嘉丝都被他的眼神迷住了，她说："这孩子有着'海豚伯图'①的眼神，如果放任不管，他能把所有人都拖到河底。"不，他并没有把任何人迷惑到什么魔法城。那双

①　海豚伯图：巴西民间传说故事中的形象，白天是海豚，夜晚变成非常有魅力的男人，吸引单身女郎，把她们带到海底。

眼睛的魔法只会让期望与承诺飘在空中。母亲需要忍受那些女孩对儿子的围攻。她们派用人送来信件和留言。扎娜全部看一遍，带着近乎残酷的愉悦，她知道她的雅各布才不会屈服于那些摘抄自浪漫诗歌的句子。他把自己关在屋里，花费很多个夜晚学习葡萄牙语语法，重复了上千遍自己说不好的单词的发音：atônito 的重音在 tô 上，不在后面的 ni 上。识别重读音节费了雅各布不少功夫。但他始终坚持学习，慢慢拼读，把词语唱出来，直到我们的鱼、植物和水果，所有一切被遗忘的声音在他口中不再模糊不清。即便如此，他依旧不爱说话。无论在家里，还是在街上，他都是最安静的一个，安静到了极点。这个不善言辞、少言寡语的人慢慢变成了一个数学家，虽然在语言方面有所不足，在抽象思考和计算方面却有着过人的能力。

"这些不需要语言，"父亲骄傲地说，"只需要头脑。雅各布一方面的不足由另一方面来弥补。"

奥马尔听见了父亲的话，并在多年之后又一次听到了同样的话。那是在雅各布从圣保罗寄信通知家人他考上了理工学院的时候（他故意把"第一名"和"爸爸"这两个词按曾经读不好的错误发音拼写出来作为玩笑）。扎娜露出胜利的笑容，哈里姆反复说着："我说过吧？只需要头脑，只需要智慧，这些我们雅各布有的是。"

这位数学家、神气且冷漠的小伙子从不讨好任何人，像一位国际象棋选手在第六步便已经定下胜负，不自觉地吹出鸟鸣般的口哨声，预见到对方的国王即将无路可退。他用这有些恼人的声音宣告接下来不可避免的"将军"。雅各布日日夜夜把自己关在房中，不去河里玩耍，即便是在周末，那可是所有玛瑙斯人都在内格罗河岸边沐浴阳光的日子。扎娜有些担心足不出户的儿子。他为什么不去参加舞会？"哈里姆，你看，你儿子整天不出屋，像寄生虫一样浪费生命。"父亲也不明白为何儿子拒绝青春、拒绝聚会的喧闹以及玛瑙斯喧嚣的夜晚。

那些夜晚算什么！雅各布站在孤独的高台上鄙视着那些舞会，都是充满肉欲的场合，战后比之前有过之而无不及，花车载着充满诱惑的女郎们从相思广场开到市政市场，一路热火朝天。他鄙视年轻人的舞会、提皮提舞、划船比赛、在意大利船只上举办的舞会以及亚马孙公园里的球赛。雅各布把自己锁在房间里，作为激进的利己主义者活在只属于自己的世界里，再无旁人。这是放羊的人或野人进入城市之后的恐慌反应吗？也许吧，或者更应该说：这是一个山间野人正在谋划他充满胜利的未来。

雅各布的肤色变得像湿墙上的青灰壁虎，因为他从不在太阳下玩耍，每日削尖脑袋思考如何计算，如何解题。在神父学校里，他总是第一个解出 X、Y、Z 值的人，大脑里仿佛装配了攻破最难公式的密匙，都不需要用粉笔在黑板上写出来。这令老师们都感到非常惊讶。

而另一个儿子，"老幺"，则在夸张地展现何为年轻人的胆大妄为：翘掉拉丁语课，贿赂神父学校博学的看门人，夜间穿着制服游荡在马罗加·巴雷斯、阿卡普尔科、什克、香格里拉等俱乐部里。清晨，奥马尔随着最后一次夜间报时返回家中。扎娜就在后门廊的红色吊床上等他，表面不为所动、强装镇定，内心却备感折磨，悲伤于儿子又一次宿夜未归。奥马尔并未注意到吊床上的人，径直朝洗手间的方向走去，晚间畅饮导致他在上楼梯时步履蹒跚。这个满身是汗的人偶尔会从楼梯上摔下来，完全失去前一晚的魔法。每每遇到这种情况，扎娜便会从吊床上起来，把儿子拖到门廊，再喊来多明嘉丝。两个人帮奥马尔脱掉衣服，用酒精擦拭他的身体，再把他搬到吊床上安置好。奥马尔一觉睡到中午，脸肿着，皱着眉头嘟囔说要喝冰水。多明嘉丝拿着水瓶往他张开的嘴里倒水，他先是漱漱口，接着就像干渴的豹子一样大口喝起来。哈里姆感到不满，他讨厌闻到儿子身上的臭味，那已经污染了用来进餐的神圣之地。父亲在屋中踱步，瞥了一眼红色吊床上的儿子。

有一天，奥马尔一整个下午都躺在吊床上，只穿了内裤。父亲碰碰他，压低声音说："你这样活着不害臊吗？你这辈子就躺在这张脏床上过了？"父亲准备惩罚他，但"老幺"的大胆作风在他面前只增不减。奥马尔并不觉得羞耻，像一个无罪之人，不用背负十字架。但他没能逃过宝剑，连续两年未通过学校的年终考试。父亲斥责他，以另一个儿子为榜样，奥马尔没开口，却像是在说：去死吧！你们都去死吧！我自己的生活，我爱怎么过就怎么过!

　　他被赶出学校的时候就是这样喊的。他当着父亲的面喊了好多次,挑战他的权威,撕坏身上蓝色的袍子,十分无礼地说:"我暴揍了数学老师一顿,就是你宝贝儿子的老师!只有头脑的那个儿子!"

　　校长请扎娜和哈里姆去学校。只有扎娜去了,她的影子仆人多明嘉丝跟随着她。校长神父列举了奥马尔的种种恶行。"您不知道我的奥马尔在刚出生那几个月病得很严重吗?他差点就死了,神父。只有上帝知道⋯⋯上帝和我这个做母亲的⋯⋯"扎娜全然沉浸在伟大母亲这一守护者形象之中,激动得出了汗。钟声响起,敲了六下,接着他们听见人声和脚步声,是学生们正朝食堂走去,片刻后又恢复安静。扎娜再次开口,此时她的声音较之前平静了许多,也不再带着受到屈辱的意味,"这寄宿学校里有多少孤儿是靠我们的钱才吃得上饭的,神父?还有那些圣诞大餐、慈善免费餐和我们捐给土著女孩们的衣服?"

　　多明嘉丝轻轻推了一下女主人。神父校长忍着没说话,只是看向外面,死气沉沉的夜幕逐渐遮住慈幼会的高楼。学校院子里有羊在吃草。穿着校服的孤儿们在玩跷跷板,晃动的身体慢慢消失在夜色中。校长打开抽屉,取出一个小本子和奥马尔的退学通知书交给扎娜。本子上是波利斯劳神父的医疗记录,就是被打的数学老师。神父校长明白一位伤心的母亲所感受到的屈辱,也理解年轻人的冒失与冲动,但这一次的强制退学是不可避免的。这是学校近十年来唯一的一例。神父校长向扎娜问起她另一个儿子，雅各布。"他还想继续在这里上学吗？"

扎娜一时答不上来，感到有些困惑，转头看见跷跷板上已经没人了。大窗户将夜色拖进室内。她思考着另一个儿子在数学方面的成绩。那个粗糙的小伙子是玩弄数字的魔术师，将来他要成为这个家的大脑。扎娜没有回答神父的问题，而是突然起身，对多明嘉丝说了一句话："希望和痛苦……是相似的。"这话在日后被她像祈祷文一样说了很多遍。

在本可以不那么悲伤的暮年岁月中，扎娜多次对她忠实的女奴多明嘉丝重复那句话。她也会对我说，但不看着我，不在乎我的存在。其实，我的存在对于扎娜而言，只不过是她儿子们留下的痕迹。

被神父们赶出学校后，"老幺"在玛瑙斯的另一所学校找到庇护，那就是多年之后我上学的地方。它有个大气磅礴的名字——胡伊·巴尔博萨中学，"海牙之鹰"。然而，它的昵称就没那么响亮了："违纪者的鸡舍"。

如今我感觉这昵称并不合适，而且带有偏见。在这所并不该被完全蔑视的学校里，自由地大胆行事才是王道，这种自由令常规和准则胆战心惊。玛瑙斯的社会渣滓们在这里上学，我放任自己被不理智的洪流卷走。用我们法语老师的话来说，这里没人 "très raisonnable（有道理）"。他自己就是个古怪的人，像一个被错放到乡下的上流社会公子，满口象征主义，是一个古怪的小丑。他不教语法，只对着我们用男中音的腔调诵读他所钟爱的法国象征主义诗歌，闪烁的灯光和绿色的云，谁知道这些华丽的意象？大家都被他的声音所吸引，某个人在瞬间领悟到什么，感受到那点亮光，迷失在其中。下课后，他在莫甘布咖啡馆的街边座位上赞美合欢树广场上那座婀娜多姿的戴安娜女神铜像。溢美之词从女神转到一个穿中学校服的女孩身上，是个印第安人，有着古铜色皮肤和难掩的欲望。两人离开莫甘布，消失在无光之城的夜色里。

正是这位老师，安特诺尔·拉瓦奥，第一个向被神父学校逐出门的奥马尔打招呼。他对个中缘由很感兴趣，想听听简要描述。"老幺"从未向任何人隐瞒事实真相，用他的话说，那是亚马孙地区慈幼会教理问答历史上最不服管教、声名狼藉的一次壮举。他把这件事讲给全世界，在"违纪者的鸡舍"众多学生面前，奥马尔声音洪亮地笑着说那个羞辱他的波兰神父从今往后只能喝汤，再也无法咀嚼食物。事情发生在那位数学老师的课上，波利斯劳神父脸色红润，身材健壮，总穿一件因汗渍而不洁的黑色长袍。他那双惩罚者的眼睛在寻找目标时盯上了奥马尔。波利斯劳问了他一个难度极高的问题，见他答不出，便取笑他。"老幺"起身朝黑板走去，垂着头停在老师面前，伸手朝对方下巴猛出一拳，又朝他裆部踢了一脚。这一脚威力强劲，可怜的波利斯劳直接跪趴在了地上，弓着背，像竹陀螺一样打转。他没叫喊，只是哼哼。苍白的脸上双眼大睁着，眼眶湿润。教室里一阵喧嚣，紧张的笑声夹杂着愉悦的笑声，直到神父校长在教工的护卫下抵达现场，一切才恢复安静。

奥马尔忘不了他曾受到的羞辱般的惩罚：跪在栗子树下，从中午跪到天上出现第一颗星星为止。学生们围在树边取笑他，冲他喊："要是下雨了怎么办，勇士？要是刺果掉在你脑袋上呢？"羞辱声从四周传来，波利斯劳的身影在奥马尔眼中变了形，面目可憎。那天没下雨，但阴暗的天空中迟迟才出现了第一点亮光。他一想到报仇就激动不已，对母亲说："那个波利斯劳看见了天上所有的星星，妈妈，当时乌云多得都快看不见天了，难道不是奇迹吗？在看不见天的时候竟然看见一个星座？"

啊，那次奥马尔确实过分了。那件事打击了他母亲的骄傲，只是骄傲，并未撼动其信仰。她觉得儿子被退学是不公平的，但上帝希望如此。毕竟受伤的是上帝的牧师。"是那个波利斯劳做错了。"她小声嘟囔，"我儿子只是想证明自己是个真正的男子汉……这有什么不对？"

她不愿看清儿子身上存在的攻击性。"违纪者的鸡舍"对学生没什么要求：老师们从不点名；只有少数人会不及格，并且把这成绩当成壮举；校服是绿色裤子加白衬衫。"鸡舍"的渣滓们只是想混个文凭，就是一张有黄绿边饰、加盖印章并签了字的纸。

我也想得到它。"违规者的鸡舍"的证书就是我的释奴令。

在我不知情的情况下，哈里姆把奥马尔蔑视的那些教科书都放到了我房间里，还有雅各布离开时留下的书，他在 1950 年 1 月出发去了圣保罗。

雅各布的离开为我带来一些意外的好处。除了旧书，他留下的旧衣服在几年后成了我的衣服。三条裤子，几件 T 恤衫，两件领子已磨损的衬衫，两双旧鞋。他去圣保罗的那年，我只有四岁，但那些衣服慢慢等待着我身体的成长。裤子穿起来松垮得像口袋；鞋子后来却变得有些夹脚了，得用点力才能穿进去。人的身体是灵活易变的，不会改变的是雅各布，他在 1949 年的圣诞节宣布他要离开玛瑙斯，面对母亲的反对，他毫不动摇。雅各布在最后关头才把这个决定告诉大家，像是把一个反复琢磨到精疲力竭的主意转化为行动。没有人质疑他的计划，而他却把话说得模棱两可，在日常生活中也有些不易亲近，对他弟弟在"鸡舍"犹如脱缰野马般的违纪举动毫不关心。

雅各布几乎从未说起他在黎巴嫩南部的生活。哈妮亚对哥哥的沉默感到不耐烦，她想知道那些往事，便用很多问题搅扰他。雅各布装作没听到，或只是简单地说："我管羊群。我负责看管羊群，就这样而已。"如果哈妮亚继续问下去，他就会变得粗鲁，几乎无法交流，不同于他正直的姿态与傲气，也许是掺杂了他在那个村子里学来的粗野。然而，在他放羊的时候，确实发生了什么事。也许哈里姆知道，但没有人能从他口中得知那个秘密，即便扎娜也不能。不，雅各布什么都不说。他会后退，在适当的时候把自己封入茧中。他偶尔会有破茧而出的举动，令人感到惊讶。

1949年8月的某个清晨，那天是双胞胎的生日，"老幺"想要钱和一辆新自行车。哈里姆只给了自行车，他知道扎娜私下里给了儿子不少钱。

雅各布拒绝了钱和自行车，他想要一件节日礼服，参加独立日游行时穿。那是他在神父学院学习的最后一年，他将作为持剑者参与游行。平日里本就出众的样貌再配上有金色扣子的白礼服，垫肩上点缀着五角星，腰间系上有银色环扣的皮带，腿上绑着护腿，手戴白手套，手中所持的佩剑闪着银光。想象一下雅各布以这样的形象站在镜前。母亲眼神中流露着惊叹，不知是在看儿子本人，还是在看镜中映出的他。也许她的眼睛在同时看这两个，或是三个，因为"老幺"就在门廊斜眼看着这一幕，他坐在新自行车上，脸上带着奇怪的笑意，不知是想表达不尊重还是嘲笑，看起来有些愚蠢。奥马尔无视独立日的游行。父亲更愿意待在家里享受节日的安宁，他坚持让扎娜在家里陪自己，让儿子独自随心所欲地去参加游行，但扎娜想要亲眼看着穿制服的儿子走在伊度阿尔度·里贝罗大街上，想感受那一刻的心情。

女人们都焦急地想要一睹持剑人的英姿。天刚亮的时候就有人在街上占位子，为了能离乐队和游行队伍经过的地方近一些。他们头戴草帽，拿着菠萝汁和土库曼果，在九月的骄阳下等待了三个小时。首先经过的是步兵队伍，有装甲车、火箭炮和刺刀，在烈日下展示着行进队形。紧接着扩音器里传出声音宣布神父学院的游行开始。人们听到越来越振奋人心的鼓声和金属碰撞的声音。此时游行队伍还没有进入他们的视线，只有声音越来越响亮，在玛瑙斯市中心回荡。人群返回大街顶头儿，扎娜远远望见一个穿白衣的身影正展示着发亮的剑。身影慢慢前行，迈着有节奏的步伐。持剑人独自走在乐队及八个方阵前，收获掌声和口哨声。人们把百合和野花扔向他，都被他毫不怜惜地踩在脚下。雅各布全神贯注在游行的节奏上，全然不理会来自女人们的飞吻和情话，甚至都没有朝哈妮亚眨眨眼睛。他未曾看向任何人，以一种他不曾拥有的独生子般的气势向前行进。少言寡语的雅各布让外表来替他说话。外表和媒体：第二天报纸上登了他的照片，配有两句赞美之言。

在接下来的好几个月里，扎娜把报纸上说到英俊持剑人的部分拿给左邻右舍看，那可是她生出来的。剑在照片上闪着光芒，但随着时间流逝，照片中的金属光泽逐渐逝去，虽然仍能看出来是一柄剑。至于底下那些赞美的话，消失了也无所谓，因为做母亲的已经把它们记在了心里。

雅各布一直考虑着搬去圣保罗。波利斯劳神父建议他离开。"离开玛瑙斯吧，"数学老师说道，"你若留在这里，会被乡土环境所打败，会被你弟弟吞噬。"

一个好老师，一位杰出的神父，这就是波利斯劳。母亲对雅各布要离开的消息感到茫然无措。父亲则正相反，他鼓励雅各布在圣保罗住下，还承诺每月要给他一小笔钱。哈里姆的生活在战后有了改善，他向伊度坎多斯区的居民出售所有能卖的东西，那是玛瑙斯市人口最多的区，从亚马孙地区最远的河流迁至此地的"橡胶军人"①们增加了此地的人口。他们在战争结束后迁徙至此，在河流附近或高地上建起房子。玛瑙斯便在这些先到之人的喧嚣中成长。哈里姆赶上了这第一波发展，比别人更早地开始卖杂物。虽说收入并不太多，他却一直能够警惕地避免陷入没落，他曾对我保证那会是一个深渊。别掉进深渊，也别对自己要求太高。其实最可怕的深渊就在家里，哈里姆知道那是无法避免的。

身着华丽制服参加游行便是雅各布的告别，那对家里和整个城市来说都是一次盛典。神父学校向雅各布致敬。他获得了两块奖牌和长达十分钟的赞美之言，拉丁语学家和数学家们都表扬了他。这些教徒知道这位学生将来会有大作为，那个时候，雅各布与整个巴西看似都将拥有充满希望的未来。未曾闪光的是另一个，"老幺"，他在神父和世人眼中都是黑暗，是个疯子，沉醉在"鸡舍"及整个城市的放荡气氛之中。

① 橡胶军人：特指二战期间由巴西政府组织培训并分派到亚马孙地区、根据"惠灵顿协议"为美国采集橡胶的巴西劳动力。

奥马尔没有参加雅各布的告别晚宴。他在天快破晓时才回到家中，聚会早已结束，只剩下疲惫的家人，正在与雅各布做最后的道别。哈里姆感到骄傲，大儿子就要独自搬到巴西的另一边了，但他需要钱，不能就这样走……雅各布的声音在房子里回响，已经是男人的声音了，充满了决心，他说："不，爸爸，我什么都不需要……这一次是我自己决定要走的。"哈里姆抱着儿子哭起来，就如同雅各布出发去黎巴嫩的那个早晨。扎娜坚持说要每月给儿子汇钱，说他不会有时间去工作挣钱，"你的学业……""我一分钱都不需要。"雅各布看着母亲说。就在此时，他们听到了动静：奥马尔把自行车留在院子里，动手系上红色吊床。他没喝醉，过了很久才睡着，又多次被慢慢升起的太阳晒醒，气得简直要用手捶墙。他被遗忘了，这一次他没有在母亲和多明嘉丝的看护下入睡，直到午饭时间已过才起床，不想吃已经凉掉的食物。奥马尔对母亲的一举一动有所警觉，后者的眼睛只落在即将远行的人身上。哈里姆还待在卧室里。多明嘉丝把成袋的面粉和鱼排装进行李。"老么"一动不动，继续坐在桌前面对着他未碰过的食物，视线悄悄移到哥哥身上。雅各布的决定令他感到煎熬。他，家里的小子，将永远留在那里，统治着家、街道和整个城市，而另一个人却有勇气离开。童年时无所畏惧、无法无天的奥马尔现在枯萎了、受伤了。"他想离开饭桌，但做不到。"多明嘉丝告诉我。他不想看到神气又严肃的哥哥，不想听母亲向雅各布道别，嘱咐他每礼拜都要写信回来，别让她收不到任何消息，在这世界尽头干着急。哈妮亚围在即将离开的雅各布身边，小声在他耳边说着什么。多明嘉丝的眼神就没从他身上离开过，多年后她告诉我，对于雅各布的远行她感到非常紧张。即便是扎娜也无法阻止他的决定。

多明嘉丝颤抖的手从行李箱里拿出几件衣服，试图为面粉和鱼排找到位置。扎娜对这复杂的收拾行李的过程进行了全程监工，正想干预一下就听到门铃不间断地响起来。奥马尔最先跑去开门，所有人都听到他断断续续地说着什么。

"是谁啊，奥马尔？"母亲问道。几声争吵之后是用力关门的声音，接着门铃又响了。

"奥马尔在做什么？"扎娜问，"多明嘉丝，你去看看是怎么回事。"

多明嘉丝合上行李箱，快步走到门口。她的声音传来，响亮且不太友好：

"雅各布再过一会儿就要出发了。"

走廊里回荡着高跟鞋的声音。扎娜看过去，在看到走进房间寻找雅各布的那个女人是谁之后，她的眼神由复杂转为蔑视。从奥马尔在雷诺索家划伤雅各布的脸那天起，没人再听过有关她的消息。扎娜把雅各布脸上的伤疤归咎于这金发女孩魔鬼般的诱惑。即使是雅各布远在黎巴嫩的时候，扎娜都会对多明嘉丝说："我不懂就那么一个小姑娘怎么就迷住了我儿子。"偶尔她会重组这句话:"我不懂怎么我的雅各布就被那只小壁虎给迷住了。"

"利维娅的模样没变,只是比以前多露出了胸口和大腿。"多明嘉丝对我说。

扎娜的双眼打量着利维娅,她用带有恶意的声音说:"你是来找我的宝贝道别的?"

利维娅离开了客厅,把雅各布引到后院。两人笑着耳语,不久便消失在后面的小树林里。甜点吃完了,咖啡喝完了,午睡的时间也过去了,那边一直没动静。静不下心的扎娜朝多明嘉丝做了个手势,后者在栅栏附近找到了那两个人。他们躺在地上,雅各布的手爱抚着女人的乳房和小腹,推迟着离别的时间。多明嘉丝哑口无言,喘不上气。她蹲在地上生气地折弯了罗蜜树的枝条,惊讶得合不拢嘴,看了一会儿便转身离开,只觉得口干舌燥,想要喝水。

利维娅后来没再出现,应该是从后面的小路离开了。雅各布独自进入客厅,脖子上带着抓痕和咬痕,脸上的火焰还没有熄灭。

他就这样出发了:衣服上有褶皱,脸上有汗水,头发里夹杂着枯枝烂叶和金色的发丝。雅各布沉默不语地离开了家,他曾在这里谨言慎行地生活,存在感只比栖息在某处的影子稍微多一点。两次大胆之举便是他给这里留下的回忆:穿着华丽制服游行以及和心爱的女人约会。

奥马尔嫉妒地咬牙切齿，不提哥哥的名字。母亲陷入焦虑，说第二次离开家的孩子就再也不会回家了。父亲同意这一说法，但对此完全不担心，他梦想着儿子能有个辉煌的未来，这比他不再回来重要得多，远胜于分离之苦。一说起这点，哈里姆灰色的眼眸就会被点亮。

那双眼睛我看过很多次，没那么激情澎湃，但也并非毫无光泽，只是疲于生活，里面没有被未来点亮的光，没有任何的未来。

## 2

在 1914 年前后，加利卜在自家房子一楼开起了小饭馆，名
为"朱拜勒"。每天上午十一点开始供应午餐，都是些简单菜
品，却有着罕有的味道。鳏夫加利卜亲自下厨，帮忙上菜，还
要照顾菜园子。为防止烈日炙烤，他在菜地上方罩了一层纱网。
加利卜把从市场买来的鳕鱼、丽鱼或者鲤鱼的肚子里填上木薯
粉和橄榄，放在碳烤炉里烤熟，配上芝麻酱上桌。他左手托着
托盘，右手拉着女儿扎娜，挨桌给客人上菜，扎娜负责拿瓜拉
纳饮料、气泡水和红酒。父亲用葡萄牙语招呼店里的客人：陆
地上的小商贩、船长、水上卖货郎以及玛瑙斯港的工人。自开
业以来，"朱拜勒"成了移民聚会的地方，他们来自黎巴嫩、叙
利亚，还有一些住在圣母广场附近街区的摩洛哥裔犹太人。大
家说着混杂了阿拉伯语、法语和西班牙语的葡萄牙语，在这些
混乱的语言中诞生了一个个相互交织的故事，集结了各色人生，
讲述着所有发生的事：一次沉船事故，普鲁斯河附近爆发的黑

死病，一场骗局，一段不伦之恋，近来的事或遥远记忆；仍鲜活的疼痛，未熄灭的激情，悲伤背后的失去，对于欠债之人能尽快偿还债务的期望。他们在这里吃饭、喝酒、抽烟，交谈声延长了仪式般的午餐，推迟了午睡时间。

把这间餐厅推荐给年轻小伙子哈里姆的是他那位自称诗人的朋友，名叫阿巴斯，此人以前居住在阿克里州，如今在亚马孙地区的玛瑙斯、圣塔伦和贝伦这三个城市游荡。起初哈里姆只在每周六去朱拜勒，后来变成每天都去。他通常会吃鱼、填馅茄子和炸木薯，从包里拿出自带的亚力克酒，一边喝酒一边心满意足地看着扎娜。就这样过了几个月，他总是独自坐在餐厅的角落里，一看到加利卜女儿的身影就激动，眼神始终追随着那位妙龄女郎的脚步。哈里姆满脸急切地凝视着对方，企盼着一个从未发生的奇迹。他经常去湖里捉鱼，把丽鱼和苏鲁宾鱼的肉块带给加利卜。"朱拜勒"的老板感谢他，不收他饭钱，这份交情使得哈里姆更加积极起来，虽然这还不足以让他接近扎娜。

有一天，阿巴斯在"霍阿依斯时装店"遇上了他的朋友，那家店在"大街餐厅"附近，位于玛瑙斯市中心。哈里姆准备以分期付款的形式从玛丽·霍阿依斯那里购买一顶法式女帽。阿巴斯赶在霍阿依斯夫人之前碰了一下朋友的手肘，两人遂离开商店，向亚马孙剧院附近的"极点咖啡"厅走去。他们交谈了一会儿，哈里姆坦言自己的心思，阿巴斯建议他不要送帽子，送一首加扎勒给扎娜。

"便宜多了，"诗人说道，"而且有些词句可是永远都不过时的。"

阿巴斯用阿拉伯语写了一首有十五对对句的加扎勒，又把它翻译成葡萄牙语。哈里姆反复读了几遍那些押韵的诗句："月亮（lua）"和"赤裸（nua）"，"杏仁（amêndoa）"和"帐篷（tenda）"，"心爱之人（amada）"和"枕头（almofada）"。他把诗稿放进信封，第二天假装把信封忘在了"朱拜勒"。之后的一个星期他都没去那里吃饭，等到他再次露面的时候，加利卜把信封还给了他：

"你忘在桌上的，我们差点就给扔了。你这几天去捕鱼啦？"

哈里姆没有回答，只是打开信封，低声读起了阿巴斯的诗。加利卜认真地听着，但客人们的交谈声压过了哈里姆的声音。扎娜没往他们那边走。哈里姆还没读完就沮丧地停下了。

"很美的诗，"加利卜赞美道，"女人们会把这些词句感受进血肉里。"

感受进血肉里，哈里姆重复着这句话离开了"朱拜勒"。他在工作间隙多次重读阿巴斯的诗。清晨六点，哈里姆已经开始在玛瑙斯广场附近沿街贩卖小商品，他也在车站和电车里卖，一直卖到晚上八点左右，然后他会先去"极点咖啡"，再回到他在东方旅馆租住的房间。

在某个周五的早上，哈里姆遇见了希德·塔努斯，此人对仍然没有离开这座没落城市的波兰女人和法国女人穷追不舍。两人喝着塔努斯从法国水手和意大利水手那买来的酒。片刻后，阿巴斯来了，他没有喝醉，只是因为有人找他写诗而兴奋不已。他拍着哈里姆的后背："怎么样，朋友？你这是什么表情？"面临着失败的威胁，阿巴斯在朋友耳边小声说："加扎勒是很有说服性的，人的耐心是强大的，但一颗胆怯的心可没法征服任何人。"他要了两瓶酒，交到哈里姆手上，"明天是礼拜六，给你这两升酒……祝你幸福！"

最终哈里姆决定展开行动，是酒为他注满勇气。他在对我讲起那次爱情征战的细节时，总显得很激动："啊……那天早上我被痛苦急切的心情控制住了。"

阿巴斯的韵脚："疯狂（louco）"和"大胆（afoito）"。扎娜还想要什么？在那个周六的中午，哈里姆步履蹒跚地出现在"朱拜勒"，双眼在人群中捕捉女孩的身影。加利卜注意到了这位客人心中的火，他停下动作，左手中托盘里的鱼张着嘴、瞪着眼珠子。餐具碰撞的声音安静下来，一张张面孔转向哈里姆。室内湿热的空气中只剩下风扇转动发出的嗡鸣。哈里姆朝扎娜的方向迈了三步，站直身子，开始背诵加扎勒，一句接一句，声音坚定、严肃且带着韵律，神情投入地比画着手势。他不能停，羞涩的心已被激情战胜、被急切的渴望侵蚀。十五岁的扎娜惊讶不已，逃到父亲身边。客人们交头接耳的声音逐渐盖过了风扇。有人笑起来，接着很多人都笑了，但那并未能改变哈里姆脸上的表情。他的双眼始终盯着扎娜，全身上下的毛孔都散发着幸福的酒气。胆小的人在冲动之下变得无比勇敢，他也不知道自己怎么就走过去拉住了扎娜的手臂，与她面对面，眼神流露出饥渴、驯服以及满满的承诺，在她耳边低声说了句什么，又把脸移开。他就一直站在那里，直到笑声都停止，肃静的氛围令哈里姆的眼神更具有力量和意义。没人打搅他，那一刻没有人发出任何声音。于是他转身离开了。两个月后，哈里姆成了扎娜的丈夫。

哈里姆朗诵阿巴斯写就的加扎勒！他每次在我面前朗诵那些押韵的诗句时都像一个狂喜的君主。哈里姆凝视着潮湿的绿色纸张，由丹田发声，清晰地吐出每个音节，像在庆祝过往的某一瞬间。他用阿拉伯语朗诵的时候，我听不懂诗的意思，但仍能听得很感动：洪亮的声音，词汇随着音调变化而震颤。我喜欢听他讲以前的事。他的声音在我听来仿佛是记忆燃烧的声音。有时他会走神，突然开始说阿拉伯语。我笑着做个手势，表示我听不懂："很好听，但我不知道您在说什么。"他拍一下自己的额头，小声嘟囔："我老啦，人一老就不能选择自己的语言了。但你可以学学阿拉伯语，孩子。"

哈里姆与两个儿子之间从没有过亲密感。人生的经历，曾经的勇敢壮举，他都没有同双胞胎分享过。他在不同的日子里一点一点将那些故事讲给我听，"就像把碎布拼接成完整的一块布"。我听着那些"碎布头"拼成一块华美、柔韧的布，然后又在一次次讲述中剥丝抽线，直至散成丝缕。

哈里姆历经沧桑。他和很多移民都是如此，刚到这里的时候，除了身上的衣服，一无所有。但他是个醉心于理想主义的人，相信极致的爱，着迷于那些与月亮有关的爱的比喻。一个迟缓的浪漫主义者，一个背井离乡、不合时代潮流的人，对于通过抢夺黄金来获取财富不屑一顾。也许他本可以成为诗人，一个观察者，然而他只是一个心存激情的谦逊商人。他就是这样活的，就是这样吸着水烟准备给我讲述他从未告诉自己儿子们的人生故事。

很快全城人都知道了：哈里姆爱上了扎娜。马龙尼礼教派的女基督徒们，不论年轻或年长，都不同意扎娜嫁给一个穆斯林。她们在"朱拜勒"附近巡视，祈祷扎娜不要和哈里姆结婚。她们说哈里姆是个小商贩，无名的小人物，粗鲁的人，一个来自黎巴嫩南部山区的人，打扮穷酸，在玛瑙斯的各个广场上叫卖。加利卜赶走了那些修女，让她们不要打扰女儿，她们的闲谈会妨碍"朱拜勒"营业。扎娜待在自己的房间不出来。客人们都想见她，午饭的话题只有这一个：姑娘不出屋，小伙子哈里姆疯狂示爱。有传言说哈里姆给了加利卜彩礼，传言不止这一句，从每个角落传来，其中一些十分难听。每个人编派两句，所有人都信了。

"啊，那些个乡间爱情故事。"哈里姆笑了，"就好像站在剧院的舞台上，听着观众嘲笑我们这两个演员，这一对恋人。嘲笑的声音越大，我就越尽力促成这段婚姻。"

扎娜不听嘲笑，也不听建议，只听着自己朗读那首加扎勒的声音。在两个星期之内，她始终犹豫不决。她是父亲的掌上明珠。加利卜每天把三餐送到她的房间，给她讲新鲜事，讲客人们的故事，讲当时在一场舞会上发生的谋杀案。加利卜没有提起哈里姆，扎娜用眼神请求父亲允许她自己做决定。

后来我知道了扎娜为什么总放任哈里姆侃侃而谈各种事情，完全不插嘴。她会歪着头等待，表情平静，到了该开口的时候，她变成了主人，口若悬河，带着预言家般的自信。她从十五岁起就是这样，有种安静的倔强，总在思考，犹如文火一般静静燃烧，待到时机成熟，便会以强大的说服力为武装，迅猛出击，一锤定音，令对方倒地不起。她一直是这样做的。十五岁那年，她把自己关在房间里，陶醉在那首加扎勒中。她对父亲说自己已经决定要嫁给哈里姆，但两人要住在家里，就住她的房间。扎娜当着哈里姆的面向父亲提出的这个要求。她还有另一个要求：必须在黎巴嫩圣母的神龛前结婚，当着玛瑙斯的马龙尼礼教徒和天主教徒的面。

哈里姆邀请了住在卡特拉伊亚区的朋友、为"朱拜勒"提供食材的捕鱼人和卖鱼人，还有来自卡雷鲁岛和甘比谢水域的朋友。不同的语言、不同的本源、不同的服饰与面容，融汇在一起，在圣母教堂聆听佐拉伊艾尔神父的布道。阿巴斯和希德·塔努斯到达时天已经黑了，他们带来两个在佩德罗二世广场的夜总会驻唱的女歌手。四人没有进教堂，但和一对新人合了影，到"朱拜勒"参加了晚宴。晚宴最终在女歌手沙哑的歌声里，在塔努斯带来的法国红酒的催化下，变成了一场喧闹的聚会。

哈里姆把婚礼相册拿给我看，他抽出其中一张照片：他在亲吻扎娜，两人周围摆着白色的兰花，那是期待已久的吻，他完全丢掉了羞耻心，丝毫不顾及圣洁的教堂和佐拉伊艾尔神父，双唇像是黏在了扎娜的双唇上，扎娜吓了一跳，瞪大了眼睛，没想到哈里姆会在圣坛上如此热烈地吻她。"那是一个带着报复心的炽热的吻，"哈里姆对我说，"我让那些说闲话的人闭上了嘴。那首加扎勒的每一句都在那个吻里。"

于是就这样了：扎娜成了当家的人，管理着房子、用人和孩子们，她自己则不受任何人管束。哈里姆这个痴情种只能耐心接受一切，努力实现扎娜的心愿，到老都宠她，像老话说的那样，"只为她一人弹起鲁特琴"。

但在床和吊床上，哈里姆成了魔鬼。他用最自然的口吻给我讲述他们做爱的场景，声音黏腻，时而停顿，爬满皱纹的脸上露出躁动的神情，被汗水打湿，被那些回忆打湿。夜晚、午后或是清晨，他们在吊床上缠绵，那是他们最喜欢的做爱地点。在吊床上，扎娜的强势消解在呻吟与欢笑声中。

"欲望的声音。"哈里姆重复说着这几个字，是加扎勒里的一句。他摇动着水烟壶，烟雾遮盖住他的脸和整个脑袋，在容貌消失的几秒钟里，哈里姆没有说话。中场休息是有必要的，为了能回想起一些已经被时间吞噬的声音或画面。然后他再次开口，过往的薄雾时而被突然涌现的画面冲破。

两人没有到别处去旅游，在"美洲酒店"住了三天，沦陷在激情里。然后哈里姆想要在野外过一夜，在塔鲁芒的瀑布附近，离玛瑙斯并不远。夫妻二人回到"朱拜勒"之后，扎娜建议父亲到黎巴嫩旅行，拜访亲戚们，看看那里的土地，一切。加利卜就想听她这句话。他乘坐着希尔德布兰德公司的大型邮轮出发了，许多移民都是乘坐那艘船来到亚马孙的。鳏夫加利卜留下的照片只有一张，很古老，深蓝色的背景前一张"老好人"的脸。他的胡子末端稍稍翘起，灰白的头发十分茂密，碰触着金色相框。加利卜的双眼又圆又大，扎娜继承了这双眼睛。这张照片挂在客厅的墙上，让想看到的人随时可以看到。

加利卜最后一次在"朱拜勒"做午饭是为了庆祝一位顾客刚刚回到祖国。他梦到过地中海，梦到过自己祖国的山川、雪松。他回到那里，与一些亲人重逢，他们永远地留在那儿，拒绝冒险到其他地方生活。扎娜收到父亲的两封来信，说他住在朱拜勒，就在扎娜出生的房子里。为了庆祝回到故乡，加利卜做起一顿亚马孙美食：巨骨舌鱼配木薯粉，栗子派。原材料是他从亚马孙带回去的。就两封信，再无其他。在朱拜勒那栋靠近海的房子里，加利卜在睡眠中离开了人世。这个消息花费了一些时间才传到玛瑙斯。扎娜得知后，把自己关进父亲的房间，假装他还在。然后，她摸着丈夫的手说："我现在是无父无母的孤儿了。我想要孩子。至少要三个。"

"她哭得比寡妇还厉害。"哈里姆说，"用脸蹭着加利卜的衣服，闻他留下的所有东西的气味。她抓着那些东西不放手，我试着告诉她那些遗物并没有灵魂和血肉，都只是空物，但她不听。"

哈里姆吸进一口烟，用鼻子呼出来，猛地咳嗽了两声，然后又一次陷入沉默，我不知道他这次是忘记了要说什么，还是停下来冥想。哈里姆就是这样一个人，做事从来不着急，说话也如此。他做爱的时候应该也不着急，一口一口，像一个懂得如何品尝美味的人。

哈里姆怎么可能富裕得起来？他从不存钱，把钱都拿去买美食，给扎娜买礼物，实现孩子们的心愿。他邀请朋友们玩双陆棋，带钱玩，每次都是一场持续很久的聚会，需要准备很多食物。

"回到故乡，然后死在那里。"哈里姆说，"最好还是留在我们选择的第二故乡，好好地活着。"

扎娜把自己关在父亲的房间两个星期，两个星期没有和哈里姆同床共枕。她痛苦地一次次高喊着父亲的名字，邻居们都听到了，来家里想安慰她，却没有任何办法。

"大海，渡过去……一切都太远了！"哈里姆悲伤地说，"一个人死在地球另一边，就像是死在战场上，或是遭遇沉船，我们看不到死者，没有任何仪式，什么都没有，就一封电报，一封信……我最大的失败就是让雅各布独自一人回到我出生的那个村子。"哈里姆的声音有些颤抖，"但扎娜想要这样……是她做的决定。"

## 3

雅各布的信每月月末准时从圣保罗寄来。扎娜把读信做成仪式，如同诵读圣诗或古兰经，她饱含深情地朗诵，时而暂停，仿佛想要聆听儿子从远方传来的声音。多明嘉丝还记得那些场合，符合情境的悲伤并不会持续，因为哈里姆邀请了邻居们，每一次读信都成了众人举办庆祝晚宴的理由。多明嘉丝明白哈里姆的用意，如果不办聚会，扎娜就会难过，想着儿子在圣保罗市中心的"威尼斯小旅店"，在潮湿的房间里独自一人度过寂寞的夜晚，忍受寒冷和生活琐事的烦扰。哈里姆用几句话为众人描绘出儿子远在圣保罗的生活。他不在意寂寞与寒冷，只对儿子的学业、大城市的纷乱以及那里的人对待工作的严肃与敬业态度进行评论。偶尔，他在穿过共和国广场时会停下脚步，凝视广场上一棵巨大的橡胶树。哈里姆想看到亚马孙地区的树在圣保罗市中心生长，但这话他没说出来过。

信件逐渐揭露出雅各布对新生活的向往，那是一种脱离家庭、只身一人的生活。如今他居住的地方不再是乡村，而是一个大都市。

"我的圣保罗儿子",扎娜开玩笑说道,心里既骄傲又担忧。她害怕雅各布再也不回来了。离开家的大儿子一点一点淬炼着他对抽象数字的研究能力。在圣保罗生活的第五个月,雅各布开始做数学家教。他简化了来信的内容,短短两三段,或者就一段:表示他还活着,再传达一个消息。他就是用这种毫不张扬、近乎保密的方式通知家人他考进了圣保罗大学,并不想成为数学家,而是要当工程师,一个结构计算工程师。扎娜并不太懂儿子未来的职业,但只要是工程师就足够了,就非常棒了,一位博士。父母给他寄去钱和一封电报。雅各布感谢了双亲的赞美,把钱还了回去。夫妻俩明白大儿子真的再也不需要他们花钱了,即便他缺钱花,也绝不会向他们伸手。

信越来越少,从圣保罗来的消息就像从另一个世界发来的信号,一张纸上空洞的几句话就足以引发一次邻里聚会。扎娜坚持要庆祝,开始每月一次,后来变得罕有,因为等待那些只字片语就如同等待玛瑙斯上空出现拖着苍白尾巴的彗星。来信的内容全部关于大都会的生活:"威尼斯小旅店"的日常,圣保罗的电影院,乘坐有轨电车的经历,车水马龙的高架桥以及深受雅各布爱戴的老师们。在他寄回的第一张照片里,雅各布身穿西装,系着领带,整个人十分神气,让人想起他在独立日游行时作为持剑人的样子。

"和我那时在里约见到的野孩子太不一样了。"哈里姆盯着儿子的照片说。

"野孩子是你儿子,"扎娜说,"我儿子可不是,他是这个站在市政剧院门前的未来博士。"

一个全新的雅各布生活在巴西另一边,戴着最时髦的面具。他变得比以前精致了,时刻准备好发起进攻:蚯蚓将要变身为蟒蛇,差不多就是这么回事。他做到了。像蟒蛇一样在树叶间默默滑动。

从穿衣打扮来看,雅各布确实变了,但从内在来说,他始终是一个谜,一个从不大声说出内心想法的沉默者。


我看着雅各布的照片、听着他母亲读信长大。在某张照片里,他穿着军装;在另一张里,他手持宝剑。锋利的双刃兵器在已成为预备军一员的雅各布手里显得更加有力量。他那穿军装的英俊形象一直令我印象深刻。一名军官,一名理工学院未来的工程师……

要说奥马尔,他出现在我生活中的时间太多了:他就在那儿,躺在门廊的吊床上。他的身体参与着一场在白天宿醉与夜晚欢愉之间转换的游戏。上午,他忘记全世界,一动不动地躺在吊床上。一到下午,奥马尔就发出饥饿的吼叫,活像一个贫困时期的享乐分子。从表面来看,他对哥哥的成功毫不关心,也不参与读信,无视那个军官兼未来工程师。然而,他会嘲讽摆在客厅里的照片。"真是个自我感觉良好的傻瓜。"奥马尔说，声音和他哥哥极其相似，以至于多明嘉丝吓了一跳，在客厅里寻找雅各布的身影。一样的声音，一样的语调。在我脑海里，雅各布的形象是由奥马尔的身体和声音勾画而成的。这一形象包含着双胞胎两人，奥马尔总在那里，在家中扩展他的存在感，以消除雅各布的存在。每当哈妮亚亲吻不在家的哥哥的照片时，奥马尔就会要宝，展示自己，像杂技演员一样试图吸引妹妹的注意力。然而，妹妹对雅各布的回忆取得了胜利。照片散发着强而有力的存在信号。雅各布知道这些吗？他总是显得很严肃，发型整齐，西装完美合体，脸上带着一个不情愿的微笑，让人难以理解。奥马尔与雅各布之间的双人决斗是一定会爆裂的火花。

"双人对决？最好说是竞争，那是令他们不合的原因，也是令我们无法与那二人相处的原因。"哈里姆对我说，双眼盯着院子里的百岁橡胶树。

双胞胎并非在加利卜死后不久出生。哈里姆想要享受和扎娜单独在一起的时光，他想要全部，和她经历一切，只有他们俩，他被源于激情的自私所煽动，夸大她的美丽，笑着说因丧父而处在哀悼中的扎娜比平日更美。

两人躺在吊床上，谈论着扎娜在朱拜勒的童年生活。她的童年在六岁时被打断，父女二人出发前往巴西。父亲曾带她到地中海里洗澡，两人曾一起穿过许多村庄，同行的还有一位在雅典接受过教育的医生，他是整个朱拜勒唯一一个博士。他们到朋友和熟人的家里拜访，都是些受奥斯曼人迫害的基督徒。每到一家之后，医生治疗病人，加利卜做饭。他那令玛瑙斯人流下口水的厨艺当年在故乡朱拜勒时就已经十分惊艳。家里有什么材料，他就做什么。那些人家都在山上：阿尔·卡拉奇夫山、哈乌斯山和拉洛奇山。蔚蓝的天空下，阳光令白雪更加闪耀。千岁雪松排列成白色的波浪，被冬日暖阳镶上金边，那是圣经般神秘、美丽的景色。扎娜停止讲述，流着泪抚摸哈里姆的脸。当她和父亲到海边的一户人家拜访，加利卜会带上他最爱吃的鱼——苏眉鱼，用秘制香料腌好，他从未透露香料的秘密。在玛瑙斯，加利卜爱用味道强烈的香料，把卡宴辣椒和灯笼辣椒拌在木薯汁加蒲桃汁里，用这一混合物来腌鱼，可能还加了薄荷和中东地区的香料扎塔尔。

"加利卜就在那块地方种东方香料植物。"哈里姆说着指向橡胶树旁的草地。

哀悼中的扎娜躲避丈夫的爱抚，继续讲述过往，回忆父亲的形象、父亲的脸庞，从母亲去世那天起，她是由父亲独自抚养长大的。过了很久，扎娜只要开口就会提到加利卜，她梦见自己和父亲在海边拥抱，朝海里走去，那正是带走了她母亲的大海。在梦中相会的两人总是在海边，望着漆黑礁石，那看上去像是一条搁浅的船。扎娜记得她把加扎勒念给父亲听的那一天，念完之后，她立刻毫不犹豫地说："我要和哈里姆结婚。"

"好几个月都是这样过的，孩子。"哈里姆摇了摇头，"我以为她不再喜欢我，想带她去朱拜勒，把加利卜从地底下挖出来，然后对她说：'留着你爸爸的骸骨，咱们带回巴西去，那样你就能和他的骨头聊天，聊到死为止。'"

不，哈里姆什么也没说，只是耐心地继续等待。然后有一天，扎娜提议在巴莱斯路上开一家小商店，位于港口和教堂之间。那个地方不论白天还是晚上都有很多人来来往往。他们可以关掉餐厅，因为所有客人以及那些粗俗轶事、沉船事故或有魅力的人物都会令扎娜想起她父亲。哈里姆表示同意。他什么都可以同意，只要最后谈话能结束在吊床上、床上甚至是客厅的地毯上。

店铺开业不久后的某天，一位修女询问他们是否愿意收留一个孤儿，已经接受过洗礼，认识字。多明嘉丝从此开始在这个家庭里成长，住在后院的一间小屋里。后院一共有两间小屋，中间隔着棕榈树。

"她来家里的时候干瘦干瘦的，满脑袋都是跳蚤和基督教祈祷词。"哈里姆回忆道，"她没穿鞋，向我们问好，看起来是个懂礼貌的孩子，精神也不错：既不悲伤，也不过度活跃。刚开始那段日子，她没少让我们操心，不过扎娜喜欢她。她们一起祷告，一个人的祷告词来自玛瑙斯的孤儿院，另一个人的来自朱拜勒。"哈里姆笑着讲述妻子如何与印第安女孩拉近距离，"是宗教的力量，"他说，"能让两个相反的人接近对方。天与地，女主人与女佣。"

我想，对于这个家和以后的新成员来说，多明嘉丝的到来都算是个奇迹。她确实为主人们尽心尽力地服务，直到不能再服务的那天为止，我目睹了她去世时的样子，和初到家里时一样干瘦，也许她来到这个世界上的时候，也是那副模样。主人们做爱时的噪音令多明嘉丝感到害怕，扎娜的热情让她大吃一惊。

　　"就好像他们把身体里的所有能量都释放了出来。"多明嘉丝曾这样对我说，当时她正在水池里洗主人的床单。

　　时间久了，多明嘉丝习惯了那对夫妻不分时间、不分地点的缠绵。周日早上，扎娜会拒绝哈里姆的殷勤，跑到圣母教堂去。但当她带着纯洁的心灵和嘴里的圣体回到家后，哈里姆会抱着她上楼。衣服、鞋子、袜子和衬裙散落在楼梯上，两人进入卧室时几乎已经全身赤裸，卧室里充满白色兰花的味道。

　　"看在上帝的分上，我对店里的生意就没上过心，"哈里姆用一种假装悲叹的语气说道，"没那个时间，也没那个头脑。我知道自己在做生意方面比较粗心，我在爱情这件事上倒是过于执着。"

　　哈里姆不想要三个孩子，说实在的，如果由他来决定，他一个都不想要。这话哈里姆生气地重复了好几遍，咬着水烟壶的烟嘴。他的生活本可以没有烦心事，没有担忧，因为相爱的两个人如果没有孩子，便可以在贫穷中坚持下来，可以战胜其他困难。然而，他必须屈服于妻子的沉默，屈服于她在沉默之前说出的坚定的话。扎娜知道如何坚持己见。

"你希望就只有我们两个人在这栋大房子里住一辈子？就我们两个外加后院那个印第安姑娘？你也太自私了，哈里姆！"

"孩子会抹杀一切乐趣。"哈里姆严肃地说。

"三个，亲爱的，我要三个孩子，不多不少。"扎娜坚持道，她把吊床系在屋里，把枕头扔到地板上，按照哈里姆喜欢的样子布置。

"那会改变我们的生活，会让我们解下吊床……"哈里姆叹了口气。

"我爸爸要是还活着，绝对不会相信你能说出这样的话。"

哈里姆在扎娜提到她父亲那一刻就退缩了，扎娜非常清楚这一点。她没有放弃，从之前的沉默状态转化为固执地坚持，热情地一次次向哈里姆献出身体。难道哈里姆就没注意到妻子模棱两可的态度吗？他任由自己陷入疯狂的夜晚，听着妻子甜蜜的话语，最终家里将会增添新的成员。

多明嘉丝到家里两年后，雅各布和奥马尔出生了。当看到接生婆用两根手指表明是双胞胎时，哈里姆吓了一跳。两人在家里出生，奥马尔比雅各布晚了几分钟，成了"老幺"。最初几个月里，奥马尔病得很重。他的肤色比哥哥深，头发也更加浓密。他在过度的关心中成长，接受着母亲近乎病态的宠爱。扎娜总担心"老幺"会突然死去。

她抱着奥马尔不松手，雅各布则由多明嘉丝来照顾。干瘦的印第安女孩既是女奴，又是保姆。"发疯般地想要自由。"她有一次疲惫地对我说道。多明嘉丝为这个家奉献自己，和邻居家的女佣们没什么两样，都曾在修女的教育下学会识字，都住在后院，靠近院墙或栅栏，梦想着某天能获得自由。

然而，她没有勇气。应该说是有也没有。疑惑的时候，她倾向于退让，不做回应。多明嘉丝全身心投入地照顾双胞胎，尤其是雅各布，四年后又多了哈妮亚。她对雅各布的感情最强烈，那是一种类似于母爱的感情，并不完整，也许是不可能的。扎娜在照顾奥马尔的过程中重获快乐，带着他到各处去玩：坐电车去马特里斯广场，去露天茶座、橡胶树广场、小农场。他们去看墨西哥马戏团的表演，参加内格罗河俱乐部的儿童舞会，奥马尔在两岁时打扮成黑白花狱，被舞会的摄影师拍下来，扎娜像收藏圣骨一般珍藏着那张照片。

多明嘉丝陪雅各布玩耍，她感觉自己变小了，回到曾在河边度过的童年时光，远离玛瑙斯。她也带雅各布出去玩：到退潮留下的沙地，搁浅的船只被遗弃在那里。他们也会在城里散步，从一个广场走到另一个广场，直到圣文森特岛。雅各布看着岛上的要塞，爬到炮台上，模仿哨兵的姿势。下雨的时候，两人到圣塞巴蒂安广场的铜制大船雕像里避雨，然后再到阿卡西亚斯广场去看动物和鱼。有邻居到处说一些闲言碎语，多明嘉丝对此也感到过恐慌，但她想起自己和扎娜一同祈祷的时候，她们敬爱着同一个上帝，同样的神明，所以两人之间存在一种姐妹般的情谊。每天早上多明嘉丝都会擦拭由石膏制成的圣母像，然后她和扎娜一起虔诚地跪在神龛前祈祷。

双胞胎出生后，哈里姆有两个月没能碰扎娜，他向我讲述了那有多煎熬。他认为这段等待的时间十分荒谬，更荒谬的是妻子对"老幺"无条件的奉献。哈里姆白天待在店里，和顾客们聊天，还有港区附近的无业游民，教他们玩双陆棋。他大口喝着亚力酒，就像当年表白的那天。有时，哈里姆高兴地回家，嘴里带着茴香的味道，舌尖上准备了几句充满爱意的话，也许扎娜就同意了呢？最终他明白了，儿子们的出生就如同加利卜的去世一样，都打断了他和妻子那些充满爱欲的夜晚。哈里姆用上了岳父离世后他对扎娜用过的手段，同样的甜言蜜语，重新获得了妻子的注意力，但曾经他们可以在房子任何角落或后院为欲望而颤抖，那样的日子一去不复返了。

"就在那棵橡胶树下，"他伸出褶皱的手，"树叶曾是我们的床。但是太痒了，那块地方有很多荨麻。在双胞胎出生前，我们一直那样做。"

儿子们学会走路之后，哈里姆失去了宁静。他们摸他的水烟壶，把死去的壁虎捡回家，在吊床上铺满荨麻和草蜢。奥马尔更大胆，敢在午睡的时候进入父母的卧室，在床上翻跟头，甚至要把父亲赶走。只有在扎娜同意陪他到后院玩耍时，他才安静下来。母子二人坐在橡胶树下，愤怒的哈里姆想把"老幺"关进加利卜留下来的鸡舍里。"可怜的哈里姆，没少因为奥马尔受气。"多明嘉丝回忆起有一次哈里姆想让"老幺"安静下来，追着他满屋子跑，奥马尔爬上窗台，威胁要用波罗蜜砸他父亲的脑袋。扎娜笑着对哈里姆说："你比奥马尔还要孩子气。"

一天夜里，哈里姆咳嗽着醒来，觉得喘不上气。他点上灯，透过镜子看到映射出的黄蜘蛛网，闻到一股烟味，想是蚊帐在慢慢燃烧。他从床上跳起来，看到奥马尔正躺在扎娜身边。哈里姆叫喊着把"老幺"推出房间，指责他点火，吵醒了所有人。扎娜反复地说："你做噩梦了，咱们儿子做不出这样的事。"两人在半夜吵起来，直到哈里姆愤怒地摔门离开了家。扎娜和多明嘉丝追了出去，在市政市场附近的报亭找到他。哈里姆站着抽烟，望着刚刚停靠在岸边的捕鱼船。他对两个女人说自己晚点再回家，眼神一直落在内格罗河和船只上，反复回想之前的噩梦，直到清晨的喧闹声将他拉回现实。他光着脚，身上穿着睡衣，一些路过的渔夫以为他是个疯子。一个认识哈里姆的渔夫拉着他的手臂，把他带回家，哈里姆整个人像在梦游。那天之后，他在店里的储藏室睡了两宿，受不了"老幺"爬上他和扎娜的床，受不了他们的床笫之欢被奥马尔打扰。然后有一天，他平静地对扎娜提议，说要当着奥马尔的面做爱。扎娜的表情没有变化，她说："好极了，当着孩子的面，当着多明嘉丝和邻居的面，那我就要宣布，我想要更多的孩子。"

到哈妮亚出生时，哈里姆已经知道会是什么情况。扎娜很少去店里，每次她去的时候，哈里姆都会把客人们赶走，锁上门，带着妻子到二楼的小储藏室，那里有扇朝向内格罗河的窗户。两人在储藏室待上好几个小时，远离三个孩子，远离照看孩子的多明嘉丝，远离一切干扰。就只有他们两个人，像哈里姆喜欢的那样。微风从窗子吹进来，带着鱼、水果和辣椒的味道。哈里姆喜欢这味道，混合着汗味、霉味、皮质凉鞋的味道、棉花吊床的味道和烟卷的味道。再次打开店门后，为了庆祝他和扎娜的约会，哈里姆降低了小渔网的价格。每次都是狂欢，可惜这样的时候越来越少。

孩子们干涉到了哈里姆的生活，对此他从未接受。但那毕竟是他的孩子，与他一起生活，他也会给他们讲故事，偶尔也会照看他们，带他们去湖里钓鱼，到甘比谢水域划船。在那里，他结识了一些养牛人和农场主。哈里姆可以被称为一个父亲，只不过他是一个十分清楚孩子们如何抢走了自己大部分隐私与欢愉的父亲。几年后，他们还会抢走他的安宁与好心情。他反对妻子过度溺爱"老幺"，虽然奥马尔曾差点因为肺炎死去。

"我的小黑猴，我的小毛孩。"扎娜这样称呼奥马尔，哈里姆对此感到绝望。"小毛孩"长大了，十二岁的时候就已经拥有了男人的力量和勇气。

"他就会捣乱，那个奥马尔……但我不想说这些。"哈里姆攥起拳头，"有些事一说起来我就生气，对于我这样的老人来说，还是想想有乐趣的事吧。最好这样，想想能让我再活久一点的事。"

他没有说起雅各布脸上的伤，也没有说起多明嘉丝的生活。不过，经过我对多明嘉丝无数次请求之后，她也给我讲了一些往事。

　　我对自己一无所知。我是如何来到这世上的？从何处而来？源头、根源在哪里？我的过去在祖先的生命中律动，对此我却一无所知。童年时光并没有任何表明我本源的迹象，仿佛我是一个被忘在船里的孩子，漂荡在荒芜的河流上，直到某处河岸将我迎入怀中。几年之后，我开始怀疑：双胞胎中的一人是我父亲。每当我提及此事，多明嘉丝都会搪塞过去，令我困惑不已，也许她认为总有一天我会自己发现真相。我俩一起出行时，她的沉默使我痛苦。在去鸡舍或河边的路上，每当我提起这件事，她便要打断我的话，痛苦地看着我。脆弱战胜了多明嘉丝，阻止她对我坦诚。有很多次，她尝试开口，却又吞吞吐吐、犹豫不决，最终什么也没说。她的眼神总能让我迅速闭上嘴，那是一双充满悲伤的眼睛。

　　有一次，在某个周六晚上，多明嘉丝为日常家务所扰，显得有些消沉。她想离开这个家，离开这座城市。她向扎娜请假，想在周日外出一天。女主人感到有些奇怪，但还是准许了，条件是多明嘉丝不能晚归。那是我唯一一次和母亲一起离开玛瑙斯。她来叫我起床的时候，外面天还黑着。当时她已经做好早饭，正轻声唱着歌。多明嘉丝不想吵醒其他人，急切地想要出发。我们走到卡特拉伊亚港口，登上一艘载着一个乐队的船，他们要到内格罗河支流阿卡亚图巴河岸参加婚礼。在旅途中，多明嘉丝很高兴，像孩子一样，她变成了自己声音和身体的主人，坐在船头，面向太阳，看上去十分自由。她对我说："看那些环颈鸽和水雉。"母亲伸手指向一群鸟，有些从深暗的水面上轻轻掠过，有些在河边的树丛中扑扇着翅膀。她又指向正在豆角树弯曲的枝条上筑巢的麝雉，还有成群的喇叭鸟，怪叫着划开堆积着厚重云层的广阔天空。母亲未曾忘记那些鸟儿，能认出它们的声音，叫出名字。她焦急地望着河面远处广阔无垠的地平线，回想起她出生的地方，就在圣若昂市郊外，在内格罗河支流若鲁巴希河沿岸，距离这里非常遥远。"我的家乡。"多明嘉丝回忆道。她并不想离开圣若昂，不想远离父亲和弟弟。她帮着村里的女人们擦木薯丝、做木薯粉。父亲去农场工作时，由她来照看弟弟。至于她的母亲……多明嘉丝不记得了，但她父亲曾说："你妈妈出生在圣伊莎贝尔杜里奥内格罗，她爱笑，在聚会上她是所有姑娘里最漂亮的一个。"有一天，多明嘉丝的父亲早早离开家去砍树、捡栗子。时值六月，圣若昂日前一天，载着圣若昂像的小舟靠近河流，人们敲着鼓、唱着歌，向圣若昂祈求施舍。若鲁巴希的居民兴奋地祈祷、跳舞，还有邻近几个村庄的村民，就连圣伊莎贝尔杜里奥内格罗的一些印第安人和混血儿都过来参加庆祝。猪叫声盖过鼓声，多明嘉丝看到一头野猪四肢抽搐，浑身颤抖，喘着粗气，嘴边流着口水，那是吃了毒木薯的反应。"一个男人往猪身上泼热水，又在猪头上敲了几棒子，然后开始拔猪毛，为了要烤猪。"多明嘉丝说，"我跑进一间小屋，弟弟正在那里玩。我站在那儿，吓得直哭，浑身发抖……我等着爸爸，他很晚都没回来……没人知道是怎么回事。"

她没能参加庆祝活动。因为她父亲的尸体被人发现在皮亚萨巴树林里。她仍然记得父亲的脸和他的葬礼，在若鲁巴希河岸边的墓地举行。多明嘉丝忘不了出发去玛瑙斯孤儿院的那个清晨，一位圣伊莎贝尔杜里奥内格罗教会的修女陪着她。她记得在孤儿院度过的每个夜晚和那些默默背诵下来的祷告词，要是忘了某一句或某一个圣人的名字，那可不得了。在那里的两年，她学习了读书、写字，每天早晚都要祷告，还要打扫厕所和饭厅，为教会的慈善义卖做针线活、刺绣。夜晚总是最难过的时刻，孤儿们不能靠近窗户，必须在黑暗中安静地躺着。晚上八点，达马斯赛诺修女打开门，走进宿舍，巡视着所有的床，在每个孩子身边停一会儿。修女的身影拉长，一把戒尺在她手中摇晃。达马斯赛诺修女个子高，脸色阴沉，一身黑袍令所有人害怕。多明嘉丝闭上眼假装睡觉，她想起了父亲和弟弟。一想到父亲，她就流下眼泪，父亲会用木头给她做玩具，还会唱歌谣给她听。她也会流下愤怒的泪水。她再也见不到弟弟了，再也不能回到若鲁巴希。修女们不允许，没人能离开孤儿院。她们无时无刻不在监视。多明嘉丝能窥视到广场上一些师范学校的女学生，她们是自由的，成群结队走着，还可以……谈恋爱。她想逃跑。有两个年长一些的孤儿在某个深夜成功脱逃：从后院院墙跳出去，落到西蒙·玻利瓦尔小巷，消失在树林里。她们很勇敢。多明嘉丝也考虑要逃走，但修女们知晓她的想法，"上帝会做出惩处。"她们如是说。厕所的骚臭，消毒水的味道，衣服的汗臭，修女们的痰，多明嘉丝再也无法忍受这些。某一天，达马斯赛诺修女命令她洗个"真正的澡"，用椰子香皂洗头，修剪手脚指甲，必须干干净净、一身香味！多明嘉丝穿一件褐色裙子配白色女式衬衫，这衬衫还是她自己上的浆。修女在她脑袋上系了块头巾。两人离开孤儿院，走到若阿金·纳不谷大街，转入一条通往圣母广场的林荫路，在一幢古老的深绿色二层小楼前停下脚步。在高处，小楼正面的正中位置上，有一个由蓝白相间的葡萄牙瓷砖构成的正方形，中间是圣母像。一个年轻、漂亮、一头卷发的女人出来迎接她们。"我给你们带来一个小女孩。"修女说，"她什么都会，能读能写，但要是给你们添了麻烦，就马上回孤儿院，再也不能离开。"三人进到屋内，有木制桌椅堆在角落。"这些以前都属于我父亲的餐厅，"女人说道，"现在你可以把它们都拿到孤儿院去。"达马斯赛诺修女表示感谢，她似乎还在等待什么，看着多明嘉丝说：

"扎娜夫人是你的女主人，她是个非常慷慨大方的人，你可别惹事，孩子。"扎娜从小神龛上拿下一个信封，递给修女。她们两人朝门口走去，多明嘉丝独自站在屋里，为脱离那位修女的控制而感到高兴。若是她留在孤儿院，就要一辈子刷厕所、洗衬裙、做针线活。她厌恶孤儿院那里，再也没有回去看望上帝的姐妹们。她们骂她忘恩负义、不知感激，但她只想远离修女，就连孤儿院所在的那条路都不去。那栋房子令她感到压抑。达马斯赛诺修女的巴掌！她的戒尺不分时间与场合地出击。"我是在教育印第安人。"她说。在扎娜家，多明嘉丝要干的活儿和之前差不多，但她拥有更多的自由……想祈祷的时候祈祷，可以说话，可以反对，还有属于她自己的小屋。她看着双胞胎出生，照顾雅各布，陪他玩耍……雅各布去黎巴嫩之后，多明嘉丝很想念他。那时的雅各布几乎还是个孩子，根本不想离开。哈里姆面对妻子无法强势，终究是让大儿子一个人离开了。"奥马尔是他妈妈的心头肉。"多明嘉丝说，"他到我的房间来发牢骚，说哈里姆先生自私……他们父子两个从不曾相互理解。"

我们在阿卡加图巴河岸的小村庄下船，母亲的神态变了样。不知是什么令她的脸色如此阴沉。可能是某个场景或是村里的某样东西，让她在看到或感觉到的瞬间就十分难受。她不想观看婚礼，更不想等之后的庆祝、烟火以及在河边的鱼宴。我母亲害怕回去晚了，或者，谁知道呢，可能是害怕自己会想要一直留在那里，被记忆的网缠裹住，喘不上气。我们乘来时的船返回，船上还有十几个阿卡加图巴的小贩，他们到玛瑙斯去贩卖猪、鱼、鸡和木薯。我注意到，离玛瑙斯越近，母亲的话越少。她凝视着河岸，沉默不语。小贩们看管着他们的动物，鸡在临时的笼子里扑腾，猪被捆绑到一起。这次旅途的结尾非常糟糕。当船从塔鲁芒附近经过时，狂风夹杂着暴雨袭来，一切变得昏暗不明，天空与水面融为一体，船晃得厉害，遇到浪就整个跳起来。雨水灌入甲板和舰桥，船长让我们都躺下。所有人都开始叫喊，船上没有救生圈，我们能做的只是紧紧抓住船舷。母亲先开始吐，接下来是我。我们两个把胃都腾空了，早饭和来时路上吃下的木薯粉糕都被吐了出来。我看见所有人都张着嘴，哭着在猪和鸡的上方呕吐，都失去了思考能力，人声混杂着猪叫和鸡鸣，我试着保护母亲避免被身边正在抽搐的几头猪踢到。猪群发出可怕的叫声，它们想跑却滑倒了，绝望地堆在一起，像是正在死去。经过半个多小时的电闪雷鸣、狂风暴雨，我以为我们会遭遇沉船，然后我就因为头晕而没有了任何想法。只剩双眼和灵魂还没被我吐出来，身体里似乎只剩下这两样。可怜的母亲气喘吁吁，没有了力气，她轻声哭泣，低头吐口水，抓着我的手。船身的震荡让我也失去了力气，湍急的河水与急坠而下的雨水合力向我袭来，但我没有放开母亲的手。动物们不停叫着，我很想把它们都扔进河里，但小贩们紧紧抓着鸡笼和猪，他们不能失去那些动物，那都是他们的生活来源。

入夜的时候，我们终于到了，雨还是很大。伊斯卡达利亚港口的码头变成一片泥沼，我们不得不在沙滩附近下船，步行穿过一些帆布帐篷和东倒西歪的遮阳伞。每个人的状态都很可悲，浑身又湿又脏，还带着呕吐物的气味。我和母亲从后院栅栏的小门进到家里，她径直走向自己的房间，躺到吊床上，让我也睡在她的吊床上。我在她旁边的地板上打起了瞌睡，感到头昏脑涨，嘴里一股子酸味。睡到半夜，我醒来听到多明嘉丝的声音，她问我是否喜欢雅各布，是否还记得他、记得他长什么样子。之后母亲便再没开口。清晨五点的时候，她已经起床收拾好，准备去市场。

我们再也没有乘船出行过，去阿卡加图巴的旅程是我和母亲唯一一次旅行的经历。我想，她是缺乏勇气和力量来和我谈论父亲的事。她逃避这一话题，忘了她在那个周日夜里对我提出的问题，发誓说她没有提起雅各布。多明嘉丝心里清楚，我不会放弃询问有关双胞胎的事。也许是她和扎娜、哈里姆之间有什么协议，使她有义务不告诉我到底双胞胎中的哪一个是我父亲。

那次旅行后，哈里姆提议让我搬进后院的另一间小屋。他对多明嘉丝说我的年龄已不合适再与她睡同一个房间，说她应该对我放开一些。打扫小屋、涂漆都是我自己做的，从那之后，小屋就成了我的避难所，它是后院中属于我的小天地。在小屋里，我能听到母亲在无眠之夜哼唱的歌。偶尔当我坐在桌前学习的时候，会看到母亲正坐在她房间的窗边，笔直的头发垂在古铜色的肩膀上，她盯着我看，像在请求我过去和她一起睡，睡在同一张吊床上，相拥入眠。有时我在晚上从后门离开家，她会清醒地等我回来，就像一个哨兵担心着夜间出现任何威胁。多明嘉丝怕我的命运会与奥马尔的合流，就如同两条汹涌不驯的河交汇在一起，再无平静。

周日，每当扎娜让我帮她去卡特拉伊亚港口买牛内脏，我都能放松一下，借机在城中转转，穿过那些金属桥梁，在河流沿岸闲逛，探访那时在玛瑙斯市中心外围建立起来的居民区。在那些角落，我看到了另一个世界，那是我们平时看不到或者不想去看的玛瑙斯的另一面，一个隐蔽的世界，充满了为生存而竭尽所能的人，他们的数量在逐渐增加，就像在高脚屋柱子边巡视的瘦骨嶙峋的野狗群。我看到几个女人，她们的脸庞和动作让我想起母亲。还有几个孤儿，他们有一天也会被送到多明嘉丝憎恨的孤儿院。我在中心的几个小广场转了转，经过阿巴来西达区的小巷，到卡特拉伊亚港口观赏船只。早上这个时间，港口已经热闹起来。圣拉蒙德河沿岸有各种各样的商品：水果、鱼、西印度黄瓜、秋葵、玩具。在河对岸的小山丘上，矗立着德国啤酒厂的老楼。巨大的白色建筑吸引了我的目光，它的存在令周围破旧的房子感到不快。上百条船排成直线的景象非常惊艳。在船划行过程中，已有阵阵内脏的气味传来，撑船人慢慢划着桨，排列整齐的船队像巨大的爬行动物缓缓向岸边靠近。停船后，小贩们把装满内脏的盒子和托盘从船上卸下来。我帮扎娜买好了内脏，强烈的味道和在周围嗡鸣的上百只苍蝇让我厌烦。离开岸边，我步行到圣文森特岛，凝视着幽深的河水流动，泛着微波的无尽黑暗令我感到放松，在那一刻，它将被禁止的自由还给了我。只要看一眼河流，我就能呼吸。我就这样度过了几乎所有闲暇的午后。哈里姆偶尔会给我几个零钱，我就庆祝一番，到电影院去，听着观众们吵闹的声音，因为荧幕上不停变换的画面而感到头晕，黑暗中荧幕亮起了光。然后我就开始睡觉，睡过一两部电影，直到被人摇晃着肩膀叫醒。结束了，所有电影都放完了。我的星期日结束了。

我可以进到房子里面，可以坐灰沙发，或是客厅的麦秆椅子。我极少和主人们同桌吃饭，但可以吃家里的食物，他们并不在意。不去学校的时候，我会在家里帮忙打扫卫生，清理后院，把干树叶装袋，也会修理栅栏。我随时出去采购，替母亲省点力气，她忙得一分钟都停不下来，没有尽头的日常忙碌。扎娜一天能发明出一千种家务，不能见着一点儿灰尘，墙上、地板上和家具上不能有一个虫子。小神龛上的圣母像必须每天擦亮，每周有一天我得爬到房檐上擦拭正面的瓷砖画。除了扎娜，还有邻居们，都是一群懒人，让扎娜派我去帮他们跑腿，于是我得到小农场去帮人买花，到科伦布之家取衣服，或是到城市另一边送信。他们从未给过我路费，有时甚至都不说声谢谢。艾斯特丽塔·雷诺索是这里唯一一个真正的富人，是个铁公鸡。她家的大房子非常奢华，客厅里铺着从波斯运来的地毯，椅子和镜子来自法国，水晶杯闪耀着光芒，每天都需要打扫一百遍。金质钟摆闪闪发光，但那座大钟已静止许久。进雷诺索家的厨房之前，我必须先脱鞋，这是规矩。艾斯特丽塔在扎娜面前说自家女佣们的坏话："那些没福气的懒货，什么都不会干！教育她们根本没用，无可救药，一点用都没有！"一个名叫卡里斯托的印第安小伙子住在她家后院附近的群租房里，负责照看雷诺索家的动物，主要是猴子，它们生活在后院，在用铁丝网制成的一个个隔间里叫唤着跳来跳去。

那些猴子很有趣，很听话，会冲前去参观的人做鬼脸，照看起来并不麻烦。服管教的猴子是艾斯特丽塔的活宝藏。明明有那么多仆人供她差遣，这位每天什么都不做的太太却是邻居中最爱使唤我的，就像是故意的一样。"扎娜，"她用一种虚假的甜美声音说，"你家里那孩子能不能帮我去取个牛奶？"我去取了，非常想往奶里撒尿或者吐口水。有时，吃过午饭后，我在桌前做作业，就听见艾斯特丽塔的高跟鞋敲在房子里木地板上的声音，那锤击般的响声足以吵醒所有人。扎娜关上门，避免邻居们听到哈里姆说粗话。我已经知道等待我的将是什么。女邻居带着一脸睡意，浓妆被汗水弄花了，发胶过量的脑袋像个椰子。我听见她那大嗓门挑剔地说灰沙发上有污点，吊灯已经过时，地毯都快破了。扎娜被女邻居的家族历史深深吸引，她祖父是亚马孙州的一位权贵，曾登上某北美杂志的封面，她向所有人展示过。她还给大家看照片，上面是家族企业的船只，这些船在亚马孙流域活动，把各种货物卖给河边居民或是橡胶园主。艾斯特丽塔会说出这样的开场白："比利时国王曾经住在我家，在我祖父的游艇上玩。"如今的雷诺索家族靠出租玛瑙斯和里约热内卢的多处房产来挣钱。每月的某个周六晚上，艾斯特丽塔的豪宅变为赌场，灯火通明，整条街只有她家有发电机。然而邻居们并未被邀请到她的宫殿，只能在黑暗中窝在自家窗前羡慕地看着那些彩灯，猜测着客人都是谁。在那些夜晚，艾斯特丽塔竟有胆子向扎娜要走好几桶冰块。有一次，她还要一团纱布。我去送冰块和纱布，心里好奇不知是谁在雷诺索的宫殿里受了伤。回家之前，我到将要进行晚宴的房间偷看了一眼，纱布变成了装有柠檬的一个个小包，是为了方便客人往鱼上挤柠檬汁。我把这件事讲给哈里姆听。"他们都特别精致，属于贵族阶层。"他说，"所以他们喜欢后院那些关在笼子里的猴子。"有一天，我执意不动，拒绝为雷诺索家送信。母亲不敢对扎娜说我并不是他们的用人。我自己去说，夸张了一点，我说艾斯特丽塔打扰我的生活，我都没时间干家里的活了。哈里姆表示支持。多年之后，当扎娜粗暴地把艾斯特丽塔从家里赶走的时候，我当着那个泼妇的面哈哈大笑。

塔里布还好，我和这个鳏夫相处得不错。他通常会让我去买薄荷和洋葱，他的女儿们做饭时用来调味。偶尔他想要香烟和亚力酒。塔里布总会给我点小吃。"进来坐吧，孩子，尝尝我们做的生肉丸子。"扎伊娅比她父亲高，比妹妹娜达健谈。当她扭动身体或是唱起歌的时候，娜达也模仿她的样子跳起舞来。扎伊娅害羞地停止动作，大笑起来，露出白得发亮的牙齿。这两姐妹一同出现的时候真是美得令人头晕目眩。在我看来，她们是不知疲惫的两个人，干起活来一分钟都不停，承担了所有家务，还去父亲的酒馆帮忙。中午的时候，两人出现在路上，身穿制服，经过艾斯特丽塔家的时候转了几圈。我吞着生肉，眼睛始终盯着扎伊娅交叉的双腿，上面有金色的腿毛。我之前祈祷着她能换掉制服，再回到厅里的时候只穿T恤和短裤，当这一切真的发生时，我看得十分满足。塔里布拍了一下我的脑袋："想把我女儿吞了吗，你个混蛋!"我克制住自己，扎伊娅笑了。两姐妹来扎娜家跳舞的时候，我一次都不会缺席。在这种场合，她们成了哈妮亚的对手，转起圈来无人能比。在扎娜生日的前一天，塔里布一大早就把我叫过去："你把这只羊带回去。"哈里姆把羊宰了，我母亲不忍看到鲜血从羊脖子上流下来，她堵住耳朵，羊的惨叫听起来既悲伤又绝望，似乎是在祈求帮助或怜悯。多明嘉丝走到远处躲了起来，心疼不已。上帝可怜的小羊，她说。羊满身是血，吊挂在橡胶树上，这景象令她难过。我从小就会剥羊皮、开膛破肚。哈里姆切好羊肉，扎娜用已逝的加利卜的秘制配方调味。羊头留给塔里布做汤喝，他要放上很多蒜。我一整年都等着吃羊腿，有滋有味地吃下我自己和母亲的那份，她帮我除去上帝的小羊的骨头。有一件差事能让我在稍微放松的同时得到些许快感，它并不是真正的工作：每当有叫喊声从街上某个人家爆发出来的时候，扎娜就会派我去看邻居的热闹，我打听一切，嚼着邻居们腐烂的骨头。我是这方面的专家，能记下每一个场景，回去讲给扎娜听，她从中获取乐趣，好奇地瞪大眼睛："快说说，孩子，但是讲慢一点，不着急。"我尽量讲清楚细节，偶有杜撰，有时停下来，神情专注，像是在努力回忆后面的情节，直到爆出最大的料：鳏夫塔里布的姑娘们！不是说他女儿，而是他在库房边上勾搭上的女孩们。有一次，在"米尼奥之花酒馆"的柜台后面，鳏夫和一个姑娘被女儿们抓了现行。这出乎他的意料，不能相信学校的所有老师居然都在那一天缺勤了。两个女儿对他一通拳打脚踢，塔里布的叫声在街区回荡着，我到他家附近，看见他被女儿们粗壮有力的手臂按在地上，口中重复着请求："我只是找个乐子，孩子们……"两个女孩像押囚犯一样抓紧塔里布，她们嫉妒得要死，见不得有女人接近父亲，对单身汉希德·塔努斯来拜访的夜晚感到恐惧，她们看住父亲，监视着他，只在有哈里姆陪同的情况下才允许塔里布去巴尔玛的店里打打台球。但当她们跳起舞来，塔里布会因快感而落泪，他的肚子愉悦地颤抖。他称女儿们为"我的黑发女战士，我美丽的亚马孙姑娘"。她们正是鳏夫的"米尼奥之花"，因为她们的母亲来自葡萄牙。

雷诺索家发生的事更糟糕，扎娜几乎要喘不过气，让我把一切都讲给她。当混乱发生时，仆人们打开了发电机，为的是掩盖猴子的声音和阿伯拉尔多·雷诺索的喊叫声。嘈杂声令整条街颤抖，好奇的人们跑去看艾斯特丽塔如何一大早动手打她丈夫。我看见那男人蹲在关猴子的铁丝笼里，蹲在一个角落里，他老实听着艾斯特丽塔的辱骂和威胁，一切都因为艾斯特丽塔的妹妹，那个多嘴的人，她是利维娅的母亲。艾斯特丽塔命令用人不许给那个混蛋任何东西：香蕉不行，水也不行。"你就在里面关着吧，"她喊，"你是我的猴子们最差劲的陪伴者。"第二天一早，在去学校的路上，我爬上塔里布家后院的橡胶树，看见可怜的阿伯拉尔多痛苦地待在动物之间。夜里，鳏夫往铁丝笼里扔了饼干，看见猴子像巨大的蜘蛛一样在阿伯拉尔多身边移动。艾斯特丽塔不在乎别人说闲话，她十分高傲，自认为比那些移民邻居高贵得多，以家族过去的神话为精神食粮，一刻不忘比利时国王曾造访她家的事，向众人炫耀她祖母从国王那里获得的象牙项链和手链。

当邻居们的生活都平静和谐的时候，扎娜便会派我去酒馆和其他十个地方买些并不需要的东西。她买东西靠信用，每月月底结一次账，她不信任我，不信任所有人。扎娜责备我："这不是我要的东西，赶紧跑回去买我要的。"我想跟她争辩，但没有用，她很固执，给别人下命令能让她感觉良好。我数着每一秒，期待去上学，那是一种解脱。但我每周都会缺勤两三节课。

早上我穿好校服，正准备出发，扎娜一声令下便推迟了我的上学时间："你去裁缝那儿拿裙子，再去蓬马歇商店缴账单。"我本可以下午去做这些事，她却固执地坚持要在早上。我无法按时完成学校布置的作业，经常受到老师们的责备，他们说我不知悔改。我做一切事情都很快，直到现在依然是从早忙到晚，疯狂地想要休息，想坐在小屋里，远离那些声音、威胁和命令。而且还有奥马尔，一切都被他扰乱了，简直是地狱。我不能和这位"老幺"同桌吃饭。他希望桌上只有他一个人，午饭和晚饭都是什么时候想吃就什么时候吃。一个人吃。有一天，我正在吃午饭，他走过来命令我离开，到厨房去吃。哈里姆当时就在边上，他对我说："别动，就在这儿吃，这桌子是咱们所有人的。""老幺"生气了，之后就会报复我。他就见不得我晚上在闭塞的小屋中专心致志地学习。夜晚是我遥远的希望。奥马尔一喝醉就是一团乱，有时他醉得东倒西歪，倒在地上一动不动，但只要他回来的时候还有些清醒，有力气大声喧哗，就会叫醒家里所有的女人，我也得起来帮助扎娜和我母亲。"端盆凉水来……他胳膊流血了……跑起来，快去拿红药水！小心别把哈里姆吵醒……烧点开水，他需要喝杯茶……"她们不停吩咐我做这做那，奥马尔打着嗝，咒骂着所有人，脱掉上衣，像头牛一样，他把我母亲拽过去，摸她，还在她屁股上拍了一下。我跳起来扑到奥马尔身上，想掐死他，他却先给了我一巴掌，又踹了我一脚，其他人赶忙劝架，扎娜命令我回自己房间，多明嘉丝过来救我，抱着我掉眼泪。哈妮亚抱住她哥哥："快住手，看在上帝的分儿上！"但他仍想要继续，想毁掉所有人的夜晚，奥马尔指责上帝和全世界，吵醒了住在后院、街上和整个居民区的住户。他最希望的是父亲能在场。哈里姆很少在这种时候下楼。他咳嗽一声，打开灯，我们能看到他拉长的影子在移动，之后就无声地消失了。哈里姆用力关上门，发出一声巨响。第二天没人说话，大家都在生气，只有坏心情和阴沉的脸。那是恨。我恨那些无法正常休息的夜晚，我恨所有因为"老幺"而失去的夜晚。扎娜反而责备我，说我不理解她儿子，说她那可怜的儿子因为过于困惑连学习都不会了！她趁哈里姆不在家的时候，整出一堆莫须有的重活让我干，使我的工作量加倍，我都没时间陪母亲了。我想逃跑，想了太多次！有一回，我进到一艘意大利船里躲起来，下定决心要离开，两周后那艘船将会到达热那亚，我只知道那是意大利的一个港口。我一直有逃跑的冲动，也可以坐船去圣塔伦或贝伦，那更简单。我望着停泊在玛瑙斯港口的小船和舰艇，推迟了离别。母亲的形象浮现我脑海中，不能把她一个人留在那个后院，我做不到……但母亲从不想出去冒险。"你疯了吗？我光想想都浑身发抖。对待扎娜和奥马尔，你必须得有耐心。哈里姆喜欢你。"多明嘉丝陷入名为耐心的神话中，但她会在看到我生气地跑开、缺课、咽下别人无理的要求时为我流下泪水。于是，我留下来陪她，忍受我们的命运。我曾看到哈里姆和双腿朝天的扎娜全情投入地舔吻着对方，在我十岁、十一岁的年纪，他们令我感到既愉悦又恐惧，因为哈里姆会吼叫，而扎娜，明明早饭时一副女圣人的模样，在床上却化身为一座不折不扣的性欲火山。偶尔他们没来得及或是忘了锁门，我的左眼便透过门缝跟随那两具躯体律动的节奏，扎娜的乳房消失在哈里姆的口中。

也许由于遗忘，哈里姆的记忆忽略了一些奇特的场景，但记忆本身会杜撰，哪怕你想要忠实于过去。有一次，我想引出他的一段回忆：在开始恋爱之前，你背过阿巴斯的诗吗？他看着我，看进我的双眼，又转头看向后院，视线停留在橡胶树上，那棵老树就快死了。回答我的只有沉默。哈里姆迷失在过去，在他背诵那首加扎勒的那一天里绕圈子。那是序言，扎娜被那严肃又富有乐感的声音所打动，在身体进行疯狂交合之前，那首诗一定触碰到了她的灵魂。遗漏，空白，遗忘，对遗忘的渴求。但我记得，我一直渴望拥有回忆，对一个未知的过去的回忆，它不知被谁扔在了哪一条河的河滩上。


雅各布已搬去圣保罗六年，他越来越出色，为自己感到骄傲，但并不自夸。他定下几条路线，每条线尽头都有一个指向辉煌目的地的箭头，婚姻是其中之一。这位建筑计算工程师并未遇见前往圣保罗的弟弟。那是1965年，"老幺"已经抛弃了"违纪者的鸡舍"，完全不提学习、学历之类的事。安特诺尔·拉瓦奥给他带来几本书，邀请他到自己的住处朗诵诗歌。

他赞叹奥马尔声音的韵律，而后者则在朗诵完朋友的诗后说："这是你唯一一位读者的声音。"两人没在家里停留多久，奥马尔掏空了母亲的钱包，把拉瓦奥带到莫甘布咖啡厅，在那里能看到胡伊·巴尔博萨学校的女学生，既有成熟的，又有青涩的。

"老幺"整天游手好闲。有一天，他带回一个姑娘。那人住在简陋的群租房里，是卡里斯托的妹妹。两人举行只属于他们的聚会：在神龛附近跳舞，抽水烟，随心所欲地喝酒。一大早，哈里姆站在楼梯高处，闻到蒲桃和波罗蜜的味道，看见几个亚力酒的空瓶子和一些衣服散落在地板上，他看见平摊在神龛前地毯上的那本《圣经》上面放着果皮和果核，他的儿子和一个女孩赤裸着睡在灰沙发上。哈里姆慢慢下楼。女孩醒过来，吓了一跳，很不好意思。哈里姆站在楼梯中间，等待她穿好衣服离开。然后，他走到装睡的儿子身边，拽住他的头发，把他拉到桌边。于是我看到已经是大男人的奥马尔遭到了一记耳光。就只一下。父亲的大手像桨一样重重拍在儿子脸上。哈里姆对儿子所有徒劳的请求、所有严厉的教导都集中在那一巴掌上。如同铁锤敲击空心木。多棒的手！多准的一击！

勇士、夜行动物、婊子征服者瘫倒在了地毯上，没能站起来。哈里姆把他绑在保险柜的把手上，然后在灰沙发上坐了几分钟，顺了顺气，离开了家。他两天没回来。扎娜没能插手，没来得及拯救儿子。看着奥马尔被绑在生锈的保险柜上，脸肿得像浮雕一样，扎娜感到非常心疼，愤怒地大吼大叫。在我心底，那一巴掌扇出了复仇的声音。

哈妮亚把山金车花敷在哥哥肿胀的脸上，扎娜喂他吃饭，多明嘉丝摆正尿壶位置好让他能小便。一个囚犯和他的三个女奴。扎娜出去找哈里姆，发现店铺门关着。我负责到市中心去找，找遍了分散在圣母广场的遮阳伞、隐藏在山丘上的小饭馆，还有迷宫般的"浮城"里的小酒馆，他常去那儿找朋友聊天。没人见到哈里姆，即使我找到他，他也不会说什么。在伊斯卡达利亚港口的尽头，一条杂种狗被拴在一艘小船上，它十分痛苦地流着口水。我笑了，因为这场景让我想起家里那位肿着脸的囚犯。勇气都是脆弱的。温和的哈里姆知道这一点吗？他用力地打了儿子的脸，离开家，两天之后才回来。在奥马尔被绑住的两个夜晚，我们听见他的喊叫、他对保险柜的拳打脚踢以及铁环叮叮当当的声音。其实只需要一个喷枪就能解放他，但大家都没想到，我更想不到，我都不知道喷枪的存在，脑中只想着报复。但我要报复谁呢？

直到发生了"银色舞女"事件，哈里姆才决定送奥马尔去圣保罗。那时雅各布已经结婚了，又一次拒绝了父母的钱。也许就连上帝的恩赐都会被他拒绝。他没公布妻子的名字，只发电报说自己结婚了。扎娜咬着嘴唇，对她来说，结了婚的儿子就相当于丢了，或者被拐走了。她假装对儿媳是谁不感兴趣，用更多时间守着"老幺"，像磁石吸铁一样把他引向自己。

扎娜生日那天，客厅的花瓶插上了"老幺"赠送的鲜花，旁边有一张充满爱意的贺卡。鲜花和那些甜蜜话语唤醒了哈妮亚心中某些从未有过的感受。在那一刻，一年中唯一的一次，哈妮亚忘记了平日里只会嘲笑别人的恶人，从哥哥的高贵举动中瞥见一个理想未婚夫的幻影。她拥抱他，亲吻他的脸庞，然而这个幻影只是过客，奥马尔又回来了，有血有肉，朝妹妹邪恶地笑笑，在她臀部和腰间挠了挠，一只手滑到她腿间。哈妮亚出汗了，感觉汗毛都竖了起来，转身离开，快步走回自己的房间。晚饭前，客人们在厅里谈话、畅饮，这时哈妮亚才重新出现。她是所有人里衣着最讲究的，几乎比她母亲还漂亮，邻居们看着她，不懂这个女人为何坚持单身，独自睡在一张窄窄的床上。哈妮亚本可以出去跳舞，参加六月节的聚会、狂欢舞会，去内格罗河俱乐部的水上公园游玩，但她却避免这些场合。在罕有的几次去贝奈莫家参加聚会的时候，美丽的哈妮亚保持着疏离的态度，沐浴在彩纸屑中，男人们排着长队走到她面前。有年轻小伙子，也有头发已经灰白的中老年。好似女主角的哈妮亚选择回避。多明嘉丝看着她出生、长大，记得某天下午那母女二人发生了争执。哈妮亚收到的鲜花在客厅中逐渐凋零，散发出哀悼的气味。我母亲不知道那天到底发生了什么，我也是多年之后才知晓，因为一场出乎意料且难以忘怀的相逢。据多明嘉丝说，哈妮亚原本是个快乐的、爱与人接触的小姑娘，但自从那天之后，她只接触两个男人：双胞胎。她不再去城里的沙龙跳舞，不再到广场散步，也不再和"亚马孙人中学"的学生去欧典影院、瓜拉尼剧院和波利帝阿玛剧院。哈妮亚开始深居简出，夜晚，她一个人在房间里坚守着孤独。没人知道她在那四墙之内做什么。一过晚上八点，她便不再出屋，与世界脱离。千万别去打扰她。只有在母亲生日那天和圣诞夜大餐时，哈妮亚才不会闷在屋里。她在大学里学习了一个学期就放弃了学业，请求父亲允许她到店里帮忙。哈里姆同意了。他对奥马尔的期许实现在了哈妮亚身上，在这一转换中，诞生了一位头脑精明的生意人。哈妮亚很快开始买卖或交换商品，结识本地最强的一些商贩，不出玛瑙斯，甚至不离开巴莱斯路就能知道哪些商人把衣服卖到了最遥远的地区。她和这些商贩定了买卖协议，起初他们看不起她，认为哈里姆躲在背后指挥。哈妮亚会假装理解顾客的任何需求，露出迷人的微笑。她知道如何吸引他们，用一个温柔、留恋、诱惑的眼神，不同于那些动作敏捷、时刻准备接待下一位顾客的商人。

一张雅各布的照片，背面写了六个词，勾起了哈妮亚想要写信的冲动。然而，她从不回复向她献殷勤的医生或律师的信。扎娜总会用温柔的、充满希望的声音朗诵那些信的内容，哈妮亚则把它们全部撕碎，扔进火炉里。

"你就这样对待你的追求者？"母亲问。

"都成烟啦！都成了烟和灰。"女儿咬着嘴唇，笑着回答。

母亲在生日时偷偷邀请女儿的追求者来家里吃晚饭，每年如此，我已经见过很多单身男人拿着两束花进门，一束给母亲，一束给女儿。第二天一早，院子里的落叶中间夹杂着花瓣。哈妮亚撕碎收到的情书后，非常自然地揪掉了花瓣，她当着母亲的面这样做，甚至带着笑容。母亲的忠告毫无作用："你会变成一个老姑娘的，孩子。眼看着一个姑娘就这样老去是件很悲伤的事。"

衰老还很遥远，痛苦却始终存在。哈妮亚知道如何隐藏。她藏起了很多东西：她的思想，她的主意，她的幽默，还有大部分的身体。我一直崇拜着她的身体。可惜了她那双小麦色的手，手指修长、完美，却只用来换灯泡、修水龙头、疏通下水道，或者算账、数钱，或许这才是商店得以持续营业的原因，即便是在人流稀少的时期，她会卖些便宜的小商品，确保收入足够家庭生活开销。这一切都在白天进行。晚饭后，她便钻进自己的房间，黑夜正在那里等她。

谁知道哈妮亚在与黑夜的神秘约会中都做了什么，也许就连黑夜都无法理解她的举止和想法。扎娜的生日晚宴对于哈妮亚而言是临时打破夜晚幽禁状态的轶事。在这一夜，她会让众多追求者中的一个燃起希望，然而结果是这个人不会出现在下一年的生日聚会上。在母亲逐渐老去的过程中，在每个欢庆的夜晚，哈妮亚让追求者们的希望逐一落空。她的脚步声在二楼走廊响起之前，我先闻到了她身上的香气。哈妮亚站在楼梯口看看楼下众人，然后谨慎地下楼。我马上就能看到她精雕细琢般的双腿、赤裸的圆润手臂和落在肩膀上的卷发。裙子领口的剪裁令她呼吸时胸部的起伏更加明显。她拥有古铜色的皮肤，身高几乎赶上了双胞胎，化了妆，涂了口红，这是她在一年中唯一一个化妆的夜晚。哈妮亚脸上带着些许困惑与不解，像是在问她究竟为何要走进这个挤满人的房间。她令我的身体颤抖起来。我渴望亲吻、噬咬那双手臂，急切地等待被她拥入怀中，一年中唯一的一次。等待过程总是十分煎熬，我闭口不言，身体里却有团火在灼烧。这个深藏不露的女人走到我身边，给我一个拥抱，她的胸部压着我的鼻子，身上的茉莉花香味令我整晚神情恍惚。我们分开时，哈妮亚抚摸我的下巴，就好像那里有胡子，接着她用带着口水的双唇亲吻了我的眼睛，我跑回了自己的房间。

塔里布为她着迷。这位鳏夫向哈妮亚致意，亲吻她的双手、双臂和脸庞，他是当晚第一个胆敢这样做的人。扎伊娅和娜达分外眼红，跑过去拉开了父亲，塔里布正对哈里姆说："上帝作证，我愿意拿我的两个女儿换你这一个。"

当追求者把花束递给哈妮亚的时候，我感到很嫉妒。她那飘忽不定、谜一般的眼神能让善于言谈的美男子害羞起来。哈妮亚接受了跳舞的邀请，在开始时她会假装害羞，保持一定距离，慢慢地双臂就伸向对方后背，搂住他的腰，闭上双眼，头枕在男人的右肩上。这时，扎娜会关掉客厅里的灯，祈祷能有一段恋情或一个婚约从这支舞中诞生。突然，一个表情不悦的男人出现，哈妮亚停止舞蹈，跑过去扑进刚刚进屋的奥马尔怀里。追求者们被兄妹间的亲密惊得目瞪口呆，随即愤怒地离开，其中一些人都没和寿星道别。奥马尔骂他们愚蠢，是没有灵魂的奴隶。他们之中没有人拥有奥马尔那种眼神，像是要吞噬一切。也许哈妮亚想拽住那群蠢货中的一个，对他说：你看看我哥哥奥马尔，再看看我亲爱的雅各布，把他们俩混合成一个人，这个人将会成为我的丈夫。

她从未遇见这样的一个人。哈妮亚快乐地崇拜着两个哥哥，清楚即便是血缘关系也消除不掉那两个人之间无法和解的部分。在很长一段时间里，她对那两个哥哥的崇拜是发自内心的，且几乎对等。她和雅各布的照片聊天，亲吻印在哑光相纸上的脸庞，低声说出几句话，之后把它们写在信纸上。

年复一年，在扎娜生日第二天，我都能听到她对女儿说："你错过了一个好小伙子，亲爱的。你把自己的好运都扔到窗户外面去了。"哈妮亚生气地回答："您知道的……我想要的不是他这样的。到咱们家来的这些傻瓜，从没有一个能让我动心。"

母亲所认为的"走运"在女儿眼里不过是持续三首歌或十五分钟的短暂愉悦。和扎娜不同，哈妮亚很会掩饰她对奥马尔恋情的醋意，当奥马尔把新女友带回家时，母女二人就会为了成为聚会的女王而使出浑身解数。但"银色舞女"出现的那天，统治夜晚的不再只是那一对母女。

有传言说奥马尔正在追求一个比他大的女人。在扎娜的生日晚宴上，塔里布家的扎伊娅把这一消息告诉众人。两姐妹和她们的父亲早早就来了。塔里布带来一只鼓，达拉布卡鼓，说是要在聚会上演奏，让他两个女儿伴着鼓声起舞。扎娜表示感谢，但在听到扎伊娅接下来的话之后，她脸上的笑容瞬间消失。"奥马尔好像看上了一个姑娘，据说他们俩整宿在阿卡不克跳舞……"

"一个姑娘？在阿卡不克？算了吧，扎伊娅，你就那么看不起我的'老幺'！奥马尔可是一直很尊敬你的。"

扎伊娅带来的消息令扎娜坐立不安。每来一位客人，她就要展示一遍儿子送的鲜花和贺卡。她心里清楚，或早或晚，奥马尔回来的时候身边会有一位女伴。晚上十点，"老幺"回来了，在塔里布姐妹跳舞之前。他张开双臂，用阿拉伯语对母亲说："生日快乐，女王。"这是他硬背下来的，但听上去十分贴心。他热情地亲吻着母亲，扎娜流下了眼泪，因为感动，也因为儿子在亲完她之后，向她介绍了自己的女友。

这次她不想再掩饰，笑容温和，眼神却带着轻蔑，那女人绝不会成为她的儿媳，不过是个还未战就已失败的对手。其实扎娜并不太在意"老幺"曾经带回来的那些女人。他不挑剔，不会对特定的某种颜色的眼睛或头发着迷，总和一些无人知晓的女人搞在一起，无论家里人还是邻居们都说不出来她们到底是谁家的女儿、孙女或侄女。奥马尔追求过的女人都不去有名的美容沙龙，更别提"理想俱乐部"的"绿色沙龙"了，她们都不曾离开玛瑙斯，没游览过里约。然而，这些女孩总能令人惊讶，奥马尔策划了一次次“惊喜”，他以众人的反应来娱乐自己。哈里姆希望这些女孩里能有一个人把奥马尔带去远方，或者塔里布两个女儿中的一个，最好是更漂亮、性感、厉害的扎伊娅能把他的“老幺”套牢。但他能预感到，扎娜才是更强势、更大胆、更有能力的那个。

奥马尔的女人们引起了多少醋意、恐惧、妒意和同情啊！这位来自伊基托斯的秘鲁女人身材娇小、容貌迷人，整晚都在用西班牙语唱歌，还冲哈里姆噘嘴，于是扎娜用所有人都听得见的声音说：“儿子，你带回来的这位姑娘是来找工作的吗？”

所有那些女人都是扎娜的受害者。所有，但除了两个。我认识并一直近距离关注的那一个如今就站在我面前，仿佛记忆中那个遥远的夜晚与今夜相交汇。

其他那些，无论轻浮或强势，都不是扎娜的对手，对她完全构不成威胁。从未发生过双人对决，根本就不需要。此外，那些女人都没有名字，我的意思是，“老幺”只称呼她们为“亲爱的”或者“公主”，这令他的“母后”非常开心，没人能撼动她的地位。但那一晚奥马尔带回来的女人有名字：“达丽雅。”她被以这个名字介绍给每一个人。光有名字还不够。奥马尔还说了她的姓氏，我已经忘记了。可以说达丽雅的一切迷人之处都来于她这个人本身。扎娜与可能的儿媳人选开始了精彩的对决！那是一场无声的战役，极少有人察觉，笑容与礼貌有力地掩饰了战况。

达丽雅的美丽源于自身，被红裙放大，那颜色比瓜拉纳种子的红还要叛逆、性感、血腥。她比哈妮亚吸引了更多目光。秘鲁女郎引人注目却保持沉默，显得十分神秘，激活了我们的想象力。不久后，人们的目光就从红裙转移到她的脸上，看到一个自然的笑容。奥马尔和达丽雅窝在客厅一角，扎娜走过去要和达丽雅聊天。奥马尔走开，留那两人单独聊。没人知道她们具体说了什么，两人都在伪装自己，试探对方的界限。两位星空下的女演员都十分紧张。达丽雅的声音和语调占上风，她有着迷人的声音，说起话来像在唱歌，从不会走调。扎娜感受到了威胁，撤退到另一个角落。这是她第一次失败，还没结束，还不到十二点。

一吃完甜点，哈妮亚就回自己的房间了，因为就连她的追求者也被达丽雅迷得神魂颠倒。这个夜晚不属于哈妮亚。她没向众人道晚安，在穿过客厅准备上楼的过程中仍尝试钓到一个美男子，然而她的美丽被忽略了。

夜晚真正开始。客厅里的灯都灭了，从门廊透进来的月光照出在座众人的身影。鲁特琴的琴声伴着巴图克节奏的鼓点，回荡在客厅里，回荡在整栋房子里，回荡在我的耳道里。塔里布家的两个女儿在黑暗中翩翩起舞，波浪从手臂延伸到腹部、臀部，身体随鼓点律动，音乐似乎加剧了两位舞者的舞蹈效果。两人姿势相仿，提前排练过，在预料之中，展现出两姐妹思考加工过的性感。她们重复着舞步和旋转，沉浸在音乐中的身体因鼓点的骤然停止而僵住。一个高大的身影在黑暗中旋转着靠近客厅中心，接下来我们看到一具纤细的女性躯体，赤着脚，犹如女神一般舞动起来，头和肩膀向后仰，整个身体成了弓形，这时伴舞的音乐由掌声和鞋敲击地板的声音打节奏。天气闷热，气氛更加火热，突然有光照在女舞者脸上，于是我们看清了她的笑容，饱满的双唇没涂口红，她的视线转向客厅一角，奥马尔正兴奋地站在那里，手中握着手电。手电的光在奥马尔手中颤抖地照在达丽雅身上，发生了魔法。所有人的目光都被她吸引，达丽雅就那样跳了很久，身着银色的演出服，因鼓声、掌声和鲁特琴声而疯狂，我们看着她旋转，看得如痴如醉。我们嫉妒"老幺"，双胞胎里好斗的那个。

但奥马尔犯了个错，背叛了那个从未背叛过他的女人。扎娜坐不住了，眼见儿子走向达丽雅，手中的灯光逐渐照亮女舞者的脸，这个爱炫耀且正在恋爱的男人给了女友一个戏剧般的吻，然后请众人为她献上掌声。所有人随着鳏夫塔里布的鼓声拍手，只有扎娜对众人给予达丽雅的敬意无动于衷。她不让大家为她唱生日歌，不看多明嘉丝和她一起准备的蛋糕，就连蜡烛也不愿吹了。蜡烛被哈里姆摆成扎娜的名字，红色的火苗至今仍在我的记忆中燃烧着。哈里姆明白是怎么回事，转身上楼回屋了。母亲冲我打了个手势，让我随她离开，但我没动，留在客厅里，于是母亲自己朝后院的小屋走去。邻居们一一道别，塔里布是最后一个离开的，带着他的鼓。不再有音乐，奥马尔和达丽雅在客厅中黏在一起，摇摆着身体。扎娜坐在摇椅上，手中的扇子一动不动，看着那两人在寂静中舞动。

在庆祝母亲生日的那些个夜晚，奥马尔从未和哪个女人贴身热舞如此之久。这对他母亲来说是一种冒犯，是"老幺"对她的背叛。扎娜等待那两位舞者逐渐疲惫，等待着一个有利时刻来结束那个夜晚，不久便等到了。她放下扇子，起身打开所有的灯，用温柔的声音请求达丽雅帮她一起擦桌子。奥马尔希望她们能亲密相处。他躺到红色吊床上，离我的位置不远。我想他没看见我，眼睛只盯着"银色舞女"。两个女人收拾着桌上的餐具，一趟趟将它们从客厅拿到厨房，有时边走边聊，在其中一次，扎娜突然用力拉住达丽雅的胳膊，小声对她说了些什么。达丽雅进了洗手间，出来的时候已经换回红裙子，把银色演出服放进袋子里。我只能远远地瞥见她的脸，和刚进门的时候不一样了。达丽雅不再是吸引众人眼球的舞者，而是一个受到了羞辱的女人。她在客厅停下脚步，在离开前，达丽雅大声说："咱们走着瞧，走着瞧！"

睡眼惺忪的奥马尔从吊床上坐起来，听见大门被人用力撞上。他跑出去追达丽雅，消失在夜色之中。

我们都知道达丽雅是"银色舞女"之一，每周日在"马罗佳小剧院"演出。很多舞女都是亚马孙人，却自称来自里约，相信这样的谎言能带来更多观众。扎娜想尽一切办法试图说服博士儿子收留不正经的儿子。"他把自己拴在一个马罗佳的轻浮女孩身上了,那舞女在我生日那天晚上还表演了舞蹈。他要是不去圣保罗待一阵子,肯定会抛弃一切,学业,房子,这个家!"她在寄给工程师的信中如此写道。

雅各布拒绝收留弟弟。他给母亲回信说自己可以给奥马尔租一间房子,再帮他进入私人学校,把他在圣保罗的生活写信汇报给家里,但不允许弟弟住自己家。"希望他能找到属于他的路,远离我,更远离我的家庭。"

奥马尔知道这一计划后,许多天没回家,在外吃住,只派人送回表达愤怒的留言,骂他哥哥"无情、卑鄙、虚伪"。他尝试约母亲和达丽雅一起谈谈,却是徒劳。扎娜发现了舞女的家,是位于萨托尔里诺镇的一个破房子,再往北走就要出玛瑙斯了。那是镇子里最靠北的房子,坐落在满是废车残骸和旧自行车架子的一片空地上。通往那个镇子的路上落满了红色蒲桃花。

达丽雅和两个姨妈住在一起,一个是女裁缝,另一个会做甜点。三人生活在贫困边缘。她们的房子让人看了心里难受:一间简陋的房子里用隔板分出卧室和其他部分。我曾在扎娜的命令下前去拜访。即便是在大白天,没有化妆也没穿银色演出服,达丽雅依旧十分美丽。她穿着短裤和薄衬衫,坐在地上,小麦色的大腿间有一堆五颜六色的线轴。她一看见我,脸上的表情立马严肃起来。达丽雅把针别在已经磨损的袖子上,走了出来。我近距离看到了她的乳房，破旧的衬衫没能把它们遮住。我的任务不太光彩，但若能让"老幺"离开圣保罗，只要他不在，哪怕是暂时的，都对我有利，能让我过一段安生日子。我把扎娜给的钱交给达丽雅的姨妈。她们一开始拒绝收下，但那一时期已经鲜少有人找她们定衣服或甜点。巴西的另一边正以令人晕眩的速度发展，正如雅各布所期待的那样。而在虚弱的玛瑙斯，别人赠予的钱财就如同神赐之食。

两位姨妈最终接受了那笔钱，也许她们已经换了屋顶的碎瓦片和腐朽的椽子。如此一来，我既帮她们免受冬季寒雨之苦，又安抚了一位母亲的心，还得到了几枚铜币作为赏钱。

达丽雅不再去"马罗佳小剧院"工作，不在萨托尔里诺镇的家里，不在玛瑙斯市。我们不知道她还在不在这个世界上，就连奥马尔也不知道，也许他知道。"老幺"在一个下着雨的午后终于又回到家里，什么也没说。他光着脚，上身赤裸，裤子湿透了，活像个逃离水灾的稻草人。奥马尔又喝醉了，撞倒两个瓷花瓶和一个架子，最终倒在红色吊床上。扎娜并没有跑过去帮他。多明嘉丝和哈妮亚很着急，想过去帮忙，却因为扎娜一个严厉的眼神而止住了脚步。"老幺"在门廊睡了一宿，咳嗽着醒来，浑身无力，一步都走不了。他发烧了，听见母亲说：

"折腾成这样就为了那么一个平庸的舞女！那条毒蛇要把你拖进地狱啊，儿子。你哥哥会在圣保罗帮你。"

"我哥哥？"奥马尔愤怒地喊。

哈里姆走到儿子身边：

"你去圣保罗学习，必须得努力，得比你哥哥还努力……"

"不着急，哈里姆……这孩子正发着烧呢，"扎娜搂着儿子说，"他需要先恢复身体，然后再去，到圣保罗待几个月就回来。"

奥马尔双眼通红地盯着父亲的脸，试着站起来，但哈里姆一把将他推回到吊床上，转身离开了。直到奥马尔出发那天父子二人都没说过话。扎娜后悔了，想推迟儿子的旅程。她祈祷一切顺利，整个人像在服丧，这场分离对她来说几乎带着死亡的不悦。

奥马尔出发时生气地拳打脚踢，显示自己的反叛。接下来家里安静了六个月，哈里姆舒了口气。"老幺"的书，那些他躺在吊床上阅读过的小说和诗集，都到了我手上。书、本、笔，所有，除了他的房间，那只属于他，为他存在。杂乱的房间里，旧床垫和床单都被换掉了。"老幺"在走之前让多明嘉丝不要碰他屋里架子上的东西。多明嘉丝用布盖住架子，上面是奥马尔的收藏：烟灰缸、杯子、装满沙子的酒瓶、内裤、内衣、红色的种子、口红和烟头。多明嘉丝在他的衣柜里发现了一把印第安桨，深色的，带着光泽。桨面上刻着一些女性的名字。她抚摸着桨面，低声念出一个又一个名字，有些发呆地坐在奥马尔床上，不知是否在想念他。现在她可以进入奥马尔的房间，和他留下来的东西相处，打开窗户眺望远方的地平线，就像奥马尔以前每个午后会做的那样。她在房间里绕着家具慢慢走，不断有新发现：小物件、照片、玩具、"违纪者的鸡舍"的军服。雅各布的房间与这里不同，空荡荡的，没什么东西，也没留下什么痕迹，只是一个容身之所，再无其他。不知我母亲更愿意打扫哪一间。其实，每天无论心情好坏，她都会到这两个房间，待上好一会儿才开始打扫。如果奥马尔的桨和其他小东西令她充满活力，雅各布房间的清冷则使她冷静下来。也许我母亲喜欢这种对立。

扎娜把"老幺"的制服拿给我。略大的制服松垮地挂在我身上，惹得扎娜哈哈大笑。我咽下她的笑声，在被她的眼神吞噬之前把制服还了回去，她见不得这件衣服穿在别人身上。感谢哈里姆，我最终也进入了"违纪者的鸡舍"。

学校里仍流传着"老幺"的光辉事迹：与前女友们的往事、打架斗殴的经历、英勇的场景、双人对决、各种挑战。厕所墙上有他留下的话。奥马尔所经之地，都记录着他的大胆举动、英勇事迹，或者是一些幽默、讽刺的话。我后来完成了他在最后一学年放弃的学业。实际上，他什么都没完成，也不会去上大学，看不起大学文凭，无视所有不能给予他强烈快感的东西，想像猎人一般经历没有尽头的冒险之旅。

哈里姆和扎娜认为博士儿子能纠正他，圣保罗的艰苦生活早晚能驯服他。在那几个月，他们相信奥马尔信中所写的一切：他很好，只在初到时对寒冷有些不习惯，但已经开始学习，清晨出发去学校，中午回到塔曼达莱路的小公寓吃饭，平时几乎不出去玩。这是一个全新的"老幺"，听话，不逃课，只是还不太跟得上其他同学，毕竟之前一直游手好闲。八月最后一个周六，雅各布家的女佣到奥马尔的住处拜访，送去扎娜寄来的衣服和甜点。两件大衣、一件毛衣、一条天鹅绒长裤，为了避免她的"小毛孩"受寒风冷雨之苦。一罐子阿拉伯甜品，为了让他想起他母亲。奥马尔写了几句话表示感谢："非常感谢，哥哥。这是我到圣保罗以来第一次吃得这么开心。只有我妈能让我这么开心。"女佣向雅各布汇报说，奥马尔拿着甜点坐在床上狼吞虎咽。雅各布只是听着，保持沉默。

　　这个全新的奥马尔存在了几个月。十一月十五日是共和国日，在与妻子出发去桑托斯前，雅各布决定去一趟"自由街区"，奥马尔就住在那儿。多年后，雅各布对父亲说不想再和奥马尔说话，更不想再见到他。经过小公寓的时候，他观察了一下那栋悲伤的小楼，里面住满了来自其他城市的学生。雅各布回忆起自己刚到圣保罗那几个月所度过的寂寞夜晚，每周六，他都会走到总港大街和三月二十五日大街，逛杂货店和布料店，听着阿拉伯移民和亚美尼亚移民聊天，一个人笑起来，或是因为想到玛瑙斯而伤心，想起他童年时所在的港口街区，在那儿他也听过类似的谈话声。接下来，他会在达玛斯克市场待很久，感受各种香料的味道，用眼睛吞食买不起的食物，心里想着那些他去不起的餐厅和俱乐部，想着他喜欢默默观看的商店橱窗，位于从"威尼斯小旅店"到理工学院的路上，在没有父母和朋友的这座城市里无聊地度过周日和节日。极端的孤独可以驯服奥马尔这样一个野人。雅各布相信，煎熬、心酸、日常忙碌以及孤独带来的绝望一定能够教育奥马尔。他不会出手相助，坚信无助能令人成长，但他对弟弟的生活仍有些好奇。他过得怎么样？在学校表现如何？他在玛瑙斯认识每一条路，是奢华俱乐部和妓院都欢迎的客人，家里有家常菜，有对他备加爱护的女人们助长他的嚣张气焰。奥马尔是如何能离开那一切的？在玛瑙斯，奥马尔绝不是一个无名之人。而对于雅各布来说，无名是一种挑战。

节日过去一周之后，雅各布决定去弟弟所在的学校看一看。他和老师同学们聊了一会儿。他们说奥马尔不怎么热情，是个冲动、大胆、喜欢战胜困难的人。他上课挺认真，经常去实验室，只是对体育课不太上心。本来学得挺好，不知为什么就不来上学了。雅各布惊讶地睁大眼睛：他从什么时候开始不上学的？节日过后就再没来过。

雅各布到塔曼达莱路的小公寓，奥马尔离开了，没留下任何解释，连房租都没付。他进屋看到地上放着一个空行李箱，衣服挂在自制衣架上，书桌上有一张美国地图。没有留言，一个字都没有，无迹可寻。雅各布想到意外事故、悲剧，于是他找遍了圣保罗的医院、警局和停尸房。妻子告诫他说："别跟你父母提他失踪的事。他会回来的。如果不回来，也不是你的错。"

他们觉得奥马尔随时都可能再出现，再等一两个星期也无所谓。一盒盒甜品照旧从玛瑙斯寄来。十二月份，他们收到了第一张明信片。

## 5

在奥马尔的人生中，常有令人难以置信的事发生。或者说，是他放任那些事发生，张开双手迎接冒险。不就是有这样的人吗？追求生活中充满幻想的一面，任由偶然与不寻常来指引自己。

雅各布自搬到圣保罗后第一次回玛瑙斯。直到那时，他才把弟弟的情况告诉了父母。

得知雅各布要回来，我有种异样感觉，开始坐立不安。家里人为他塑造的形象是完美的，或者说是力争把一切做到完美的。如果他是我父亲，那我就是一位近乎完美之人的儿子。雅各布的智慧并不令我恐惧，于我而言那从来不是一种威胁。他是个坚韧不拔的人，在家里受众人尊敬，连哈里姆都对其赞不绝口，不知大儿子最终能到达多高的位置。有一次，哈里姆告诉我，雅各布会隐藏一切：他是一个从不暴露自己的男人，身披坚实的盔甲。在父亲眼里，这样的孩子终究会大有作为。奥马尔则正相反，什么都藏不住，简直连内脏都要暴露出来，这种过度分享成了扎娜的武器。我试图找出这两人中哪一个背叛了我母亲。每当奥马尔用粗鲁的声音命令我去很远的地方送信，多明嘉丝看起来都有些紧张。"老幺"仗着有扎娜护着他，连说话声音都粗了几分，但只要哈里姆在附近，他就胆怯了，我母亲便能松一口气。雅各布要回来拜访，多明嘉丝变得不愿离开我身边。工程师在后院遇到我们母子俩正手牵着手，他显得有些害羞，不知要先拥抱谁。我很开心，还有些惊讶。他拥抱了多明嘉丝。母亲汗湿的手在颤抖，抓紧了我的手。我模糊地记得雅各布的声音，他以前总到母亲房间和她聊天，那时我还听不懂。唯一一个令我记忆犹新的画面是：多明嘉丝在得知雅各布将要去圣保罗那天问他："你要带那个女孩一起走吗？"她问了好几遍。雅各布没有回答，沉默地离开了。很多年以后，母亲告诉了我那个女孩是谁，还有奥马尔如何为她割伤了雅各布的脸。

我能认出雅各布的声音就是我五六岁时在母亲房里听过的声音。他说给我带了几本书。他不是陌生人，只是一个无法在自己出生的家里随心所欲的人。

扎娜询问他为何不带妻子一起回来，他只是严肃地看着母亲，深知自己的沉默会令对方不悦。

"你是想说我不能见自己的儿媳妇？她是怕热还是觉得我们都是野人？"

"你另一个儿子会给你带回一个儿媳的。"雅各布不带任何感情地说，"一个和他同样优秀的模范儿媳。"

扎娜不打算回应这句话。

在雅各布到来的前一天夜里，扎娜梦见双胞胎二人在她房间进行了一场严肃的对话，突然场景一转，她看到年少的雅各布站在码头上，冲她冷冷地笑，身后是一艘白色的船。他就那样一直盯着她笑，直到消失。

早饭时，扎娜把梦境讲给哈里姆听。她很紧张，还有些害怕。哈里姆轻轻抚摸着妻子的手，打趣地说："看在上帝的分儿上，扎娜，我要是出现在你的梦里，肯定要把那两个孩子赶出咱们的房间，然后把吊床系上……"

"就是这样一个梦。"扎娜痛苦地说，"我该怎么办？那两个孩子都不理解对方。"

"你该怎么办？把注意力分给大儿子一些。雅各布都好几年没回家了，看看他一个人在圣保罗取得了多大的成就！有了自己的生活，有了老婆。"

扎娜害怕两个儿子见面，怕他们吵起来。她晚上不睡觉，等着"老幺"回家，在多明嘉丝的帮助下把他搀扶进房间，等奥马尔第二天走出房间时，雅各布已经离开家去附近散步了。连续三天皆是如此，奥马尔没有睡在门廊上的红色吊床里，扎娜成功地避免了雅各布遇到他弟弟。

雅各布在家里停留的时间并不长，却让我对他有了一些认识。他的某些举动令我无法理解。这位工程师给我的印象具有两面性，他是个固执、坚定且严肃的人，却又隐藏着某种渴望，某种近乎被压抑的感情。也许是我的想法像跷跷板一样摇摆不定。其他人对雅各布的描述与我的所见所感并不一致。在家里，面对家人，他的态度会发生变化，变得不信任其他人，但在我面前，他身上并未穿着哈里姆所说的"坚实盔甲"。我们俩在城里到处逛，走到港口附近，他似乎厌恶那里的一切。汗水浸湿了雅各布的衣服，堆积在路边的垃圾也令他愤怒。靠近"亚马孙酒店"的时候，雅各布在德乌萨夫人卖木薯汤的小摊前停下，喝了两碗汤，细细品味木薯的味道，慢慢嚼着汤中微辣的千日菊叶子，仿佛想要重获儿时的乐趣。接着，我们走到伊斯卡达利亚港，租一艘小船去伊度坎多斯区。内格罗河退潮了，留下一片泥泞的河滩，几条小船搁浅在上面，还有几副倾斜的废旧船骨。雅各布和船夫一起划起了船，时不时将船桨举起来向住在河边高脚屋里的人打招呼。一些小孩子在岸边奔跑，穿过随意搭建的简陋足球场，还有一些爬到废弃船只的船篷上。看着他们，雅各布笑了。"我小时候总在这里玩耍，"他说，"和你妈妈一起，我们礼拜天来这岸边……在树丛里。"他看上去很开心，并未因岸边散发着臭味的烂泥而生气。雅各布指向铁桥附近的一处高脚屋。我们把船停在那附近，他一边观察着那个小屋，一边走上台阶，然后转过身叫我。小屋原本是蓝色的，如今它的正面布满了灰色污点。里面有两张小桌子和两把椅子。正在擦桌子的女人问我们是否要在那里吃饭，雅各布反问女人是否记得他。"不，不记得，你是谁？""我和这孩子的母亲以前在这里吃过炸鱼，在河里游泳……还踢过足球，放过风筝……"女人后退了一步，眼睛上下打量着雅各布，想知道他说的是什么时候。"很久以前？""我是哈里姆的儿子。""住在巴莱斯路那家？我的老天爷，你是那个男孩？都长这么大了！你等等。"女人拿出一张黑白照片，上面是雅各布和我母亲，两人坐在一条小船里，就在这间高脚屋前面，这里是"河岸酒吧"。雅各布安静地看着照片，陷入沉思，眼神寻找着那曾令他感到幸福的河岸。不久后，他告诉对方自己住在圣保罗，已经许多年没回来了。女人想再多聊几句，他却几乎不搭话了，快乐在逐渐消失，雅各布的表情又严肃起来。告别的时候，女人把照片给了雅各布，他表示感谢，说也许以后还会和多明嘉丝一起来。我们回到小船上，朝港口进发，雅各布对我说，他永远也忘不了离开玛瑙斯去黎巴嫩的那天。太糟糕了。"我被强制和所有人分开，离开这里的一切……我并不想去。"

离别的伤痛似乎盖过了与童年世界重逢的喜悦。雅各布用河水洗了把脸，让船夫围着"浮城"转转，那里已有星星点点的光亮在闪烁着，是蜡烛和油灯。在那个潮湿的夜晚，小船慢慢前行，留下背后一片黑色的树林，前方的灯火越来越明亮。我快速地看了雅各布几眼，想象他在黎巴嫩的小村庄里都经历了什么。他被强迫离开自己的世界，也许再没有比这更暴力的恶行了。那几天，我注意到他的心情变化不定。他与熟悉的人、景色、气味和味道重逢的喜悦很快便会被记忆的断层扼杀。这对我来说已不难理解。雅各布跳下船朝巴莱斯路走去的身影依旧浮现在我脑海里。我还能听到他对哈里姆的店铺的评价，说它跟不上时代。他还说到那些聚集在店里下棋的人：

"他们会妨碍生意。像一群秃鹫围着腐肉转，就等着下午吃些小吃。这样下去，生意可做不久。"

哈妮亚表示同意。哈里姆双手撑在柜台上问：

"是为了什么要把生意做久？看他们下棋很有乐趣啊，跟他们聊天也是。"

"生意可不是靠乐趣做出来的。"雅各布说着向妹妹走去。

哈里姆让我陪他去巴尔玛的店里。

"今晚伊萨和塔里布要在那儿打台球，我可不想错过。"

于是我向两兄妹告别，到第二天才再次见到雅各布，那是他回圣保罗的前一天。

雅各布早早下楼，边喝咖啡边看一本关于大型建筑计算的书。当哈妮亚把几张照片拿到他面前时，雅各布合上书，有点惊讶地看着照片中的自己。哈妮亚瘦了，变得更美，一双杏核眼显得更大，脖颈细长，脸和她母亲非常相像。她就这样慢慢老去，从未被任何男人驯服，每一年都展示着那令我印象深刻的美丽。哈妮亚宠爱双胞胎，也从他们那里得到疼爱，就像那天早上，雅各布把她抱在怀里，她古铜色的双腿轻触着哥哥的腿。哈妮亚用指尖轻抚着雅各布的脸，后者陶醉其中，变得不再那么严肃。她怎么会在自己哥哥面前变得如此性感！雅各布或者奥马尔都可以和哈妮亚配成十分养眼的一对。

在雅各布回到老家的四天里，哈妮亚显露出前所未有的兴奋，似乎她长久以来压抑的性感因哥哥的到来喷涌而出。工程师送礼物给家人，最好的被哈妮亚得到，而非扎娜。是一条珍珠项链和一条银质手链，她从不在我们面前戴。

当两兄妹手牵手上楼的时候，外面仍在下雨。他们进入哈妮亚的房间，关上了门。我的想象如脱缰野马般奔跑起来。两人到午饭时才下楼。

一起吃午饭的有两兄妹、父母、塔里布和他两个女儿。雅各布的言谈举止偏正式，在邻居面前显得很谦逊，带着恰到好处的热情。他用过滤烟嘴吸着烟。扎娜再一次用青豆和羊腿填满了他已经吃空的盘子，这令他感到厌烦。雅各布叹了口气，离开了桌子，没有碰盘子里的食物。

众人在后院的橡胶树下喝咖啡，雅各布没有说起任何关于建筑学的话题，也没提起他取得的成就。其实没那个必要，他生活中的一切都进展顺利，日常生活的痛苦与烦扰只属于其他人。我们就是"其他人"，我们和其他所有的人类。

然后发生了一件意料之外的事。塔里布用粗哑却响亮的声音问：

"你不想念黎巴嫩吗？"

雅各布脸色变得苍白，很久没能回答。突然他反问道：

"什么黎巴嫩？"

哈里姆又喝了一口咖啡，皱起眉头看着儿子。扎娜咬着嘴唇，哈妮亚移开视线，看着在橡胶树枝条上叽叽喳喳叫着的黄鹂鸟，我坐在附近。

"只有一个黎巴嫩。"塔里布回答，"其实有很多个，这里就装着一个。"他指了指自己的心。

扎伊娅站起来，塔里布朝她做了个手势，她又安静地坐下。娜达不知道该看哪里。没人知道该说什么。

"我不认识整个黎巴嫩，塔里布先生。"起初雅各布的声音温和、不带任何感情，渐渐有提高的趋势，待到他真正提高了嗓门，那声音大得吓人，"他们把我送到黎巴嫩南部的一个小村子里。在那里的日子，我全都忘记了。就是这样，几乎忘了一切：那个村子，那里的人，村子的名字，亲戚们的名字。只是没忘记语言……"

"塔里布，咱们别说——"

"还有件事我可忘不了。"雅各布激动地打断父亲的话，"我忘不了……"他重复了一遍，然后陷入沉默。

扎娜邀请邻居们到客厅喝酒。塔里布谢绝了，说他头疼，要回去睡午觉。鳏夫带着女儿们告别。家里人也回屋了。雅各布仍然坐在橡胶树下，陪着他那句没说完的话。一个省略号，便是他生命中的噪音。此时的雅各布看上去更像是个人了，不再那么完美。我知道他在紧张，他急切地吸着烟，双眼始终盯着地面。我没有足够的勇气走过去。雅各布变了样子，像是连他的灵魂都在咬牙切齿。

晚上，他想和哈里姆谈谈。两人出去吃晚饭，很晚才回来。周日，我在他即将出发去圣保罗的时候才再次见到他。工程师已经恢复了常态，再没有任何脆弱和痛苦的痕迹。他用力拥抱我，然后退开一点，观察着我的身体，又看看我的脸。

哈妮亚要送他到机场。两人站在门外，多明嘉丝把一盒面粉和一些香蕉递给雅各布，拥抱了他，流泪看他离开。这是雅各布整个拜访过程中最感人的一幕。


他对父亲说了奥马尔曾经失踪的事。哈里姆并不知道真相。他和扎娜都被骗了，还以为"老幺"一直在圣保罗最好的学校之一读书，整个学期都伏在书桌上不遗余力地认真学习，所以他回来的时候才能说出几句英语和西班牙语。

"蠢货！奥马尔真是疯了！"哈里姆说着喝下一口亚力酒。

他带我到"浮城"的一个小酒馆。在那里我们能看到伊度坎多斯区的条条冲击沟，宽阔的河流将这个水陆共生的街区与玛瑙斯市中心隔开。已经到了喧嚣的时刻。迷宫般排列的小屋躁动地浮于水面，一群小船在周围游弋。住户们下班回家，排队走在狭窄的木板上，条条木板相连，形成一张交通网。胆子大的人敢抱着罐子、孩子或面粉，如若不是精于掌握平衡，一定会掉进内格罗河里。曾有一两个人消失在河水的深暗处，变成了新闻。

我曾在周日休息时走遍"浮城"的小木板路，然而哈里姆比我更了解那里。当店里的营业额已经令人满意时，哈里姆就会提前关上店门，进入"浮城"错综复杂的路网。他走家串户，和这个打招呼，和那个寒暄，在最后一家小酒馆坐下，喝点小酒，从刚回来的渔夫手里买新鲜的鱼。

在我们开始聊天之前，哈里姆把一根烟卷递给一个来自加纳乌阿卡湖的同志，此人名叫波古，在玛瑙斯卖山梨、棕榈纤维和面粉。卖不出去的时候就用这些东西来换盐、咖啡、糖和捕鱼工具。他总会带点炸鱼做小吃，边吃边讲一些见闻趣事。他以前是一艘船上的指挥官，曾在许多河流航行。我们听他讲了一件就连哈里姆也未曾听说的事：有一对亲兄弟在一艘搁浅的废船上过着隐蔽的生活，就在里奥普雷托达伊娃河的河口附近，远离一切。那一带罕见人迹。

某天傍晚，捕鱼归来的波古遇到了那对兄弟，和他们说了几句话。

"牲口……"波古小声说，"他们活得像牲口一样。"

"牲口？"哈里姆摇了摇头，双眼眺望着远处平缓的水面，一艘艘小船聚集在港口附近。

"对，牲口，但他们看上去过得挺幸福。"

"我也认识一个牲口一般的人，但他没有胆量。"哈里姆说着又喝下几口酒，卷上一支烟，视线在"浮城"和树林之间逡巡。

我们能听到傍晚特有的喧嚣，包含着船夫的喊声、孩子的哭声、猪叫声和邻近住户的谈话声。

"一头没有胆量的牲口。"哈里姆叼着烟卷重复道。他约波古第二天中午之前去他店里转转。前指挥官离开了小酒馆。我幻想着那对兄弟情人的结局。是波古杜撰的吗？这位航行者的话哪句是真的，哪句是假的？他的讲述拥有令人确信的语气和热忱，确实像是来自亲身经历。我继续想着住在废船里的那对兄弟。

"就是个疯子。"哈里姆用手指敲敲桌子，抬手抓了一下胡子，灰白的胡子令他的脸更显苍老。"奥马尔想活在激情里，他不放手，每分每秒都想感受激情。扎娜还以为这个儿子……"哈里姆看向河岸，像尝试回忆什么，"你知道吗，其实我也是……相信他真的在一所好学校上完了一整个学期的课，之后还能进入大学。但就连圣保罗也没能纠正他！没有任何一个神或一个城市能改变他。"

雅各布向父亲讲述了真相，他所知晓的真相。他只对父亲一个人说了，哈里姆默默听着他抱怨。平素少言寡语的工程师，这次不遗余力地讲述着弟弟的恶行："那个忘恩负义的东西，野人，毫无理智，坏到了骨子里。他羞辱了我和我的妻子。"

哈里姆当时听得很专注，表情严肃。如今在小酒馆里，他突然大笑起来，令我感到害怕。

你们听听，"老幺"给雅各布寄去的第一张明信片发自迈阿密，之后又寄了其他地方的：坦帕、莫比尔、新奥尔良。上面写着他在每一个城市胡闹的经历。雅各布只留下其中一张，把剩下的都撕了。他把这一张拿给父亲看："亲爱的哥哥、嫂子，路易斯安那州展现了美国的野蛮与粗暴，密西西比州则是美国的亚马孙。你们为何不来转一圈？路易斯安那虽然野蛮，却仍比你们二人文明得多。你们若是要来，就染一头金发，如此便可高人一等。哥哥，你那个老婆，曾经很美丽，配上金发一定能恢复青春。你在美国能赚大钱。弟弟/小叔子奥马尔向你们献上一个拥抱。"

"你儿子在一百天内表现良好，是三十年来从未有过的，结果是一百天的骗局。"雅各布对父亲说，"他偷了我的护照，去了美国。护照、一条丝绸领带和两件爱尔兰亚麻衬衫！"

在收到第一张明信片的时候，雅各布已确定是奥马尔偷了他的东西。他开除了女佣，是她趁雅各布和妻子去桑托斯度假时把奥马尔领进了他的公寓。女佣坦白了一切：奥马尔带她逛了特里阿农公园和光明公园，两人到布拉斯区吃午饭，也去过市中心的一些餐厅。"两个蛀虫！用的是你们给他的钱。"工程师愤怒地说。然后他想到了自己的两本微积分旧书，是他从欧若拉路的一个二手书店意外淘到的。刚把书翻开，他就有了不祥的预感。雅各布咬牙切齿地用颤抖的双手翻阅第一本，书里曾经存放着很多张一元面值的美钞，另一本里则夹着很多二十元面值的美钞。雅各布一页一页地翻书，又把书倒过来甩了甩，只有一张张一美元钞票掉落下来。卑鄙小人！好啊，那混蛋拿走了护照、丝绸领带、亚麻衬衫，但是现金……"他只把一美元面值的剩下了，他就和这些小钱一样没价值。这就是你儿子，一个强盗，强盗！"

"他喊了好多次强盗，我差点以为他是在说我。"哈里姆说，"好吧，他说的是我儿子，还是和我有关。我由着他说，让他把一切不满都发泄出来。然后我问他：'你就不能忘了这些事吗？不能原谅他？'我的天啊，结果更糟糕了！"

雅各布从指责转为索赔。在弟弟把那八百二十美元还给他之前，他都不会罢休。那可是一笔财富啊！是他辛苦工作一整年攒下来的，一整年都在给圣保罗市和其他几个内陆城市的房屋做计算，一整年都在测量建筑。应该让扎娜知晓这件事，如此她便能看清"老幺"的真面目，那个在她眼里脆弱的"小毛孩"。"你们就溺爱他吧，等他哪天把你们都毁了！等他逼你们把房子和店铺都卖了！把多明嘉丝卖了！把一切都卖了！就为了能让他为所欲为！"

"他不停地说，不停责骂被我老婆宠坏的'老幺'。就好像是魔鬼让这个母亲在两个儿子中选择了一个……"哈里姆看着我，失去神采的双眼像是还有话要说。他坐直身子，"他不只是因为美元的事生气。女佣告诉了奥马尔谁是雅各布的老婆。他生气是因为，奥马尔进了他家，动了他们夫妻俩的结婚照、旅游照，还有其他东西。只有我知道雅各布的初恋女友利维娅也去了圣保罗，是在雅各布的邀请之下。他本想保密，但终究还是被奥马尔发现了。我不知道他们俩谁更嫉妒谁。雅各布不会原谅奥马尔在他结婚照上画不雅图案这件事……"

哈里姆伸手扶额："就是这么一回事，奥马尔在利维娅脸上画了下流的东西，在所有结婚照上留下脏话和不雅的图案。雅各布气疯了。他并没有原谅弟弟在他们儿时对他的攻击，那道伤疤……他从未忘记，发誓总有一天要报仇。"

哈里姆看上去有些悲伤，喝着加冰的亚力酒，他极少喝其他饮品。桌上摆着两个蓝色小酒瓶，上面有扎赫勒的印章，是从走私犯那里买的。哈里姆喝下三四口，又卷了一支烟。河水与天空的界限模糊不清，远处，闪烁着光亮的一队小船在黑暗中勾勒出一条曲线。风带来树木的味道，并不很遥远。喧嚣停止了，"浮城"安静下来。

哈里姆讲完了吗？他再次看向我，愤怒地咬着下唇，伸手在桌上重重捶下一拳，像在要求肃静。

"你知道我在听完这些指责后都做了什么吗？"他看上去很激动，已经醉了。我怎么会知道。"你知道当我们的儿子、亲人或者是其他不相关的人因为金钱而发生纠纷时，该怎么解决吗？知道吗？"

"不知道。"我几乎无意识地说。

"我任由雅各布说完。他变了，我从没见过我儿子那副样子。他发泄完之后，整个人都蔫了，像离开了水的水草。于是我说：'好吧，我来解决这件事。'他以为我会去追究他弟弟的责任，以为我会把这一切告诉扎娜。我回到家，在卧室的花瓶里放满兰花，系上吊床，喊我老婆……那两个儿子！上帝啊，我必须忘掉他们之间发生的那些破事，那八百二十美元、护照、领带、衬衫和路易斯安那……扎娜进屋看见我光着身子躺在吊床上。看我一眼她就懂了。我背诵了几句阿巴斯的诗……是暗号……"

那是我第一次看到哈里姆步履蹒跚的样子。他喝醉了，差点从椅子上摔下来。他想在那里多坐一会儿，不再开口。一艘电动小船靠近，船长抛出绳子，我帮忙把船拴好。小船停靠在小酒馆附近，船上的聚光灯慢慢旋转，依次照亮浮木、桌子和哈里姆的脸。我看见他的下嘴唇被咬伤了，红得过分，一脸迷醉。我请求船长把灯打在我们所坐的小桌子上，我搀扶着哈里姆起身，陪他回家。我们两个人相互搀扶着，穿过一条条狭窄的小路，走过"浮城"一片片弯曲的木板。偶尔有人叫他，但他不回应，默默地与我在黑暗中前行。哈里姆的沉默。我怀疑他最害怕的情况发生了。工程师儿子有所成就，发达了。而双胞胎中另一个不用挣钱就能活出真我，为所欲为。

真的是为所欲为！从奥马尔逃跑到雅各布回玛瑙斯拜访，之间经过了五六年。我们后来才知道雅各布飞黄腾达了，也许已经达到了人生的顶点。他搬了家，新家所在的街区就很能说明他的成功。搬进新家后，雅各布寄回来的照片重点展示令人印象深刻的家居装潢，人却鲜少出现在照片中。哈妮亚因此抱怨："就想让我们看房子，连脸都忘了露一下。"

确实，夫妻俩的脸都远离相机镜头。雅各布的妻子只存在于我的想象之中，如今在照片中化为一个高挑、苗条的身影，纤细如刀锋。据奥马尔说，这女人会拉着雅各布去高档俱乐部，工程师便在那里结识顾客，做成生意。"她不能生孩子，"奥马尔冷冰冰地说，"但他们会养其他东西，你们等着瞧吧。"

即便如此，哈妮亚仍旧把照片都装进相框。扎娜把它们展示给朋友们看。她为博士儿子感到骄傲，但在和邻居们聊天的时候，她还是不停地夸"老幺"。她把双胞胎放在跷跷板的两端，只为奥马尔说好话，盲目地称赞他。然而扎娜并不瞎。她能看清很多事，从各种角度，由近到远，由前至后，自上而下。她的视线中蕴藏着一种智慧。她被过分的嫉妒所支配，假装自己并未对大儿子结婚这件事感到失望，知道如何控制自己，但只要还不知晓儿媳的身份，她就不得安宁。好奇心伴着妒火与日俱增。儿媳从圣保罗给哈里姆寄来礼物。一瓶瓶亚力酒、水烟壶用的烟丝、成袋的开心果、干无花果、杏仁和椰枣。贪吃的哈里姆以此为乐。"多好的姑娘！多棒的儿媳妇！"扎娜背过脸去，很想把那些礼物都扔进垃圾桶，但她其实会在背地里偷偷地吃，一个人在厨房，嘴里装满了椰枣。大家都听说过这句话：所有人都会死在嘴上。"老幺"无理地要求他的一切都必须是最好的。吃鱼的时候得有人给他挑刺，让他免受其扰；加椰丝的木薯布丁必须烘焙得久一些。若是火候不太够，他就嚼几口，直接吐到鸡笼里。我会细细品味的布丁，他只啄几口。我母亲在她屋里的动物木雕后面藏了一把椰枣和一把杏仁，让我在睡前吃，她一点儿都不碰，全都留给我。多明嘉丝想看我健康成长，像马一样健壮。

哈里姆只求填饱肚子，从未想过获得更多，他吃得很好。他不会因为屋里漏雨或屋顶碎瓦片下有蝙蝠而生气。在没有光的夜里，那些蝙蝠在低空飞行。巴西的新首都正在建设之中，与此同时，北部地区常在夜晚停电。发展的喜悦从一个遥远的巴西传来，犹如温热的呼吸，拂过玛瑙斯。未来，或者说认为未来充满希望这一想法，消解在亚马孙湿热的空气里。我们距离工业化还很遥远，距离辉煌的往昔更加遥远。扎娜年少时享受过玛瑙斯曾经的繁华，不喜欢如今家里的冰箱、油灯、炉灶和爱冒烟的旧吉普车。

那段时间，哈妮亚想要翻新店铺，再换换商品种类。哈里姆不胜其烦，也许他并不关心。他们没钱装修家里的房子和店铺，更不要提后院的两间小屋，也就是我和母亲的住处。令我们没想到的是，一个神明对我们的生活展开了行动。雅各布出手了，非常慷慨。多年之后，在他人生最悲惨的时刻，我回报了这份恩情。也许他做这件事时并没想到我，但他的慷慨之举确实以某种方式改变了我的人生。雅各布并非对世界漠不关心，正相反，他观察着一切，我逐渐明白了这一点。在短暂拜访玛瑠斯的几天里，雅各布肯定注意到了家里缺少什么，父母和用人们都需要什么。这个因八百二十美元而争吵的人改变了我们的家。

哈里姆都没来得及拒绝，代表圣保罗先进工业水平的商品就已送至家门口。邻居们围观装满木箱的大卡车，红色的"易碎品"字样跃入眼帘。崭新的陶瓷厨具在客厅里排列整齐，犹如上帝的馈赠。如果说巴西利亚的建立令全国人民感到幸福，那雅各布送来的东西则在我们家里造成了同样影响。最大的问题是当时几乎每天都要停电，扎娜决定开着旧的煤油冰箱。多明嘉丝在每天傍晚停电之前把新电冰箱里的东西都拿出来放进旧冰箱。所有这些新商品，即便使用起来有一定限制，依旧令人赞叹。雅各布还做了更加令人惊讶的事，他出钱让家里整修房子、给店铺重新刷漆，于是我们的房子有了现代化的外观。说"我们"是因为我和母亲的小屋也重新装修了。我换掉屋顶的木板，用灰泥堵住墙上的洞，把墙壁刷成白色。我还建了稍微倾斜的房檐，避免雨水流进屋里。如此一来，我便可以在不漏雨的屋子里安心睡觉和学习，在一年中最潮湿的日子里也不会再有霉菌影响我的呼吸。我打开墙上的两扇窗子，一扇朝院子，一扇朝门廊，让阳光温暖墙壁和地板。在雨不大的时候，多明嘉丝来到我屋里，让我帮她剥下一块桑木的皮，她之后会以耐心和精湛的手艺做雕刻。我母亲不敢换电灯泡，却能把一块木头变成栩栩如生的木鸟。托雅各布的福，我们的小屋变得四季宜居，雨水多的月份不再对我们构成威胁，我们更愿意在小屋里聊天了。

哈妮亚主持店铺的整修，我帮她完成在正面涂灰泥的工作，她自己拿着刷子把墙都刷成了绿色。我的帮助并非无用，但在哈妮亚身边工作的人都会有种自己是在给她添麻烦的感觉。她什么都想自己干，所有的工作与她的努力和投入相比都显得无足轻重。她力大如貘，耐心如她父亲。哈里姆在棋友和酒友们的包围中犹疑地观察着女儿。扎娜更喜欢装修后的店铺，她发号施令、负责收钱、管理库存和债务，不再允许赊账行为，因为那是"不适合做买卖的慈善之举"。哈妮亚在报纸和电台登广告，雇人印刷宣传小册子。她以折扣价卖掉了店里那些属于另一个时代的老旧商品。

她相信时尚的力量，追逐当时的时尚潮流。

我疑惑她这份进取精神从何而来，后来知道那源于雅各布的双手和话语。不到六个月，店铺走上了新的发展之路，预示着不久后将要迎来的令人愉悦的经济收益。

奥马尔蔑视家里和店铺的整修，禁止任何人粉刷他的房间，拒绝来自哥哥的任何物质享受。他不在家里吃饭。扎娜早上到"老幺"房间发现人不在，都要疯了。奥马尔继续着他的冒险，依旧是夜店的忠实顾客，在那里非常受欢迎。若是没有他，阿卡布克夜店的扇形灯牌都少了些光亮。二月的时候，奥马尔房间里充满酒精和香水的味道，他幻想着奢靡的生活，把左拥右抱半裸美女的彩色照片钉在墙上。扎娜觉得那些照片挺有意思，比起儿子带回一个穿戴整齐的女人来见她，她更愿意面对他被近乎赤裸的女人包围的照片。奥马尔为保持他的夜间冒险，会偷拿店里的钱。偶尔我看到母亲手里拿着几张钞票，以为是扎娜替奥马尔补上的钱，实则并非如此，扎娜也活在幻想里，不去面对这样的事实。偶尔当"老幺"在客厅照镜子的时候，扎娜接近他，在他脖颈处嗅闻，"老幺"颤抖起来，被母爱包围。扎娜帮他整理衣领，接着手向下帮他系紧皮带，与此同时，她悄悄将一沓钞票塞进"老幺"的口袋里。

奥马尔知道这些钱中的一部分来自圣保罗，还有一些生意，他更愿意忽视这一事实。雅各布认识圣保罗和内陆地区的生产商，他们是同一家俱乐部的会员，他帮那些人建过房子。哈妮亚收到生产商们送来的样品，选择布料，从他们那里购买衬衫、钱包和女士手提包。等哈里姆回过神来，发现店里已经不卖曾经那些固定商品：渔网、火柴、刀具、烟丝、鱼饵、手电和煤油灯。如此一来，他便再也见不到曾经由内陆地区而来的一些顾客，他们曾到店里买东西、交换商品或者只是聊聊天，对哈里姆来说没什么区别。

如今店铺正面有展示商品的玻璃橱窗。这个距离内格罗河岸两百米远的小店已无法令人想起它往昔的模样，只留下一点熟悉的气味仍在抵抗着灰泥墙、油漆和新时代。店铺楼上有间小屋，没有翻修，哈里姆偶尔去那里祈祷，或者和妻子躲起来逍遥。小屋里堆着他的杂物，如今他常常一个人待在那里，扎娜并不一起去。我偶尔见他坐在窗边卷烟，眼睛望着巴莱斯路上的报亭、小商贩、乞丐和醉鬼。他留意着从市场和小港口延伸到整条街上的喧闹人群。

我觉得哈里姆并没有在看我。他看着我的方向，但没有看见我，也许误以为我是随便一个行人，总是有很多人在这片港口区域的小路上漫无目的地闲逛，进入某个小酒馆喝口小酒或是吃点炸鱼。哈里姆喜欢欣赏市政市场及其周围的景色，有卖水果的、卖鱼的，水中有腐朽的木板和树干，不甘就此死去的大自然坚持通过它们的气味重生。

"这味道，"哈里姆在店铺楼上的小屋里说，"还有这些人、渔夫、车夫、搬运工，我年轻的时候就认识他们，在我去加利卜的饭馆之前。"

已经年迈的搬运工们从市场前经过，身上背着成袋的面粉和香蕉。他们朝哈里姆打招呼，但已经不再像以前那样会进店里歇脚，喝点水或是瓜拉纳饮料。他们不再停歇，一口气爬到广场最高点，卸下货物后再返回港口，进到船里继续背货。这些人是从何时开始做起这一行的？

"有半个多世纪了，"哈里姆说，"那时我还是个孩子，他们也是，就已经开始背货物到广场，一背就是一整天。我走家串户卖东西，进过玛瑙斯上百户人家的门，赶上什么都没卖出去的时候，他们会给我瓜拉纳、炸香蕉、木薯饼和咖啡。到了二十几岁，我去了加利卜的饭馆，遇见了扎娜……后来，加利卜去世，双胞胎出生了……"

他没提到多明嘉丝。我没问他关于我的身世和父亲的问题。我总是推迟询问这件事的时间，也许是出于害怕。我反复思考、猜测，对自己说：雅各布是我父亲，但也有可能是奥马尔，他总招惹我、嘲讽我。哈里姆从不想谈及这个话题，也从未暗示什么，他应该是在害怕，我也不知道他在怕什么。幸好他没有见证最糟糕的时刻。哈里姆所恐惧的最坏的、犹如置身深渊底部的状况在"黑皮树"事件几年后才发生。


虽说黑皮树是一种美丽的树，但怎么能用它来称呼一个女人！

这个外号可不常见。在达丽雅之后，扎娜以为"老幺"不会再爱上谁了。但他并没有放弃，他没那么脆弱，再说家里的女人们也无法满足他的饥渴。这位冒险者无预警地坠入了一张大网，蜷缩其中。

这次哈里姆看起来不太高兴。他没喝酒，并不想开口。他说了一些事，关于双胞胎，关于他自己和扎娜。我把这些碎片拼接起来，试图重塑过去。

"有些事情不应该讲给任何人听。"他看着我的眼睛。

哈里姆在反抗自己的意愿，想要保持沉默。但除了我，他还能向谁倾诉呢？我是他信任的人，不论好坏，我也是他的家人，是他的孙子。

奥马尔和"黑皮树"藏了起来。他从未带那个女人回家。在很长一段时间里，奥马尔不再去夜店，晚上回来的时候不再因为醉酒而东倒西歪，每天都回他自己的房间睡觉。曾经爱闹的"老幺"变得谨慎过头了，太过安静。每天早上，奥马尔在自己房间平静地醒来，没有了宿醉，也没有了因睡眠不足而不悦的眼神。这个男人蜕变为一个天使，扎娜对此感到诧异。天使没能令她放心，反而让她觉得不安。奥马尔会和家人一起吃饭。这个之前从未工作过的人开始每天早起，洗漱后穿上最好的衣服到外资银行上班。一切都令扎娜觉得奇怪。那是一份很好的工作，大概是奥马尔在佛罗里达和路易斯安那游玩的经历派上了用场。他看上去并不像外国人，更不像英国人，但是戴上领带、挺直身板、头发梳成中分之后，从远处看，奥马尔可能会被认成是雅各布。我的意思是，光从外貌来说，他可以变成另一个人。奥马尔不再为所欲为、游手好闲，他身上那种追求刺激的热情和冒险者之心也消失了。他被驯化、征服了？曾经点燃玛瑙斯夜晚的熊熊篝火变为安静的烛光，明亮的眼睛默默凝视着黑夜。奥马尔变成遵规守纪的上班族，腕上戴着金表，脚下步伐稳健。

哈妮亚就差把这个崭新的哥哥吞下肚了。她比之前更频繁地和他聊天，在吃早饭的时候聊，母女二人围着奥马尔，就他的衣服、香水、领带和鞋子的颜色给予意见。某天早晨，当扎伊娅看到衣着讲究的绅士奥马尔时，扎娜和哈妮亚抓着他不放手，眼睛盯紧了扎伊娅的领口。

"这下子会有很多姑娘想做奥马尔的新娘。"扎伊娅说着亲吻了奥马尔的脸颊。

"他不需要。"哈妮亚说。

"要新娘做什么，亲爱的？他现在这么幸福。"扎娜补充道，"倒是我闺女缺个新郎。你也是，扎伊娅……你多大了？上帝啊，你们两个都长这么大了……"

"是啊，我是缺个新郎。"扎伊娅表示同意，"没准他就在这个家里呢。"

"哈里姆对你来说太老了，亲爱的。"扎娜笑着说，伸手捏了捏奥马尔的脸颊，"多明嘉丝的儿子又太年轻，而且只知道学习。"

扎伊娅乌黑的双眸看向站在厨房门口的我。

"只知道学习，却比其他人都胆大。"她笑着看我，眼神炽热，让我想起她在扎娜生日和在苏奥塔娜·贝奈莫家的舞会上跳舞的样子。扎伊娅知道这里并没有她未来的丈夫，也没有她妹妹的，她只是不知道奥马尔到底怎么了，他穿着白色西服，一脸幸福的样子，话比以前少，但笑容多了。他的变化之大震惊了雷诺索一家和所有其他来拜访的人。"看你儿子，多好的小伙子！"艾斯特丽塔赞美道，"完全不是之前那副闲人样子，肯定是着了哪个女人的道，不然我把脑袋砍下来给你。"扎娜有些紧张，笑了一声说："那你赶紧动手吧，艾斯特丽塔。奥马尔可不傻。"

我们没再见他双脚朝天睡在红色吊床里，或是留着肮脏的长指甲等着多明嘉丝给他剪，也没再听到他用含混不清的声音下令说要吃哪种鱼配上哪种馅料。一段时间内，我母亲从奥马尔的粗言粗语和荒谬要求中解放出来。他没再因为饥饿而咆哮，我也不再需要替他跑腿到遥远的街区给女人送信。每天晚上，奥马尔清醒地归来，如果他没直接回房间，便会坐在院子里，呼吸着玛瑙斯湿润的空气，想着什么，独自笑起来。在有月亮的夜晚，我在屋里做作业，抬头看到奥马尔的脸被笑容点亮。我们没有说话。他心醉神迷，我则专心于阅读和各种公式。有几次我看到扎娜就坐在客厅里偷看着奥马尔，一脸不悦。奥马尔无视她。

"扎娜疑神疑鬼。"哈里姆说。他犹豫了一下，不知是想闭嘴还是想继续讲下去。他放弃了让两个儿子和解的想法，但并没放弃影响"老幺"的生活。奥马尔早就是个大男人了，但他身上有很多奇怪的地方。"不可预见……他带回来一个看起来挺有派头的英国人，叫维克汉姆还是韦克汉德，说是外资银行的经理。那人的饭量比姑娘还少，坐姿像是第一次登台的演员，不敢尝酱汁、鱼和塔布勒沙拉。居然会有人害怕品尝美食？"

维克汉姆吃了几口多明嘉丝做的小吃，拒绝了甜品，离开桌子的时候肯定没吃饱。他走的时候，奥马尔送他到门口，我们看到门口停着一辆奥兹摩比敞篷车，车身是银色的，里面有蓝色的车座。真是辆好车。令我们惊讶的是，车是奥马尔的。

两人进到车里，邻居们透过窗子看着这一幕，震惊于车子的奢华与两人举止的高贵。真令人赞叹！完美的服饰，高级皮鞋，进口车。这一切都与"老幺"的形象正相反，都不是他。直到最后一刻，都没有人知道到底发生了什么，即便是哈里姆。然而，扎娜知道，她是第一个知道的，在最后的战役中奋力拼搏。上帝啊！都是一些破碎的信息，她是怎么从中看出来事实真相的？

"怎么看出来的？"哈里姆咬着嘴唇，"她不需要追着奥马尔，她追了那辆车……那一堆钢筋铁骨。奥马尔本可以直到现在还和那个女人生活在一起。在我看来，他可以和任何一个女人一起生活，不论美丑，不论是不是婊子……任何一个女人都行，或者同时与很多女人交往，只要他能让我和我老婆安生就好。"

哈里姆的儿子很强壮，在谁面前都是一副硬汉样子，然而这一形象总能在母爱面前瓦解，像青竹一样随风颤抖。你们会见识到一个母亲的力量，扎娜的力量，只有她对儿子在外资银行工作这一套并不买账。"老幺"欺骗了全世界，谁会质疑他那强势的外表、准时上下班的行为和他带回家来的那个英国人？那人的声音、演练多次的举止、简短话语，很多迹象表明他出身于好人家。身材高挑的维克汉姆先生有一对修长的手臂，圆脸上长满红色小雀斑，他的真实身份逐渐被扎娜揭晓：一个骗子，一个走私犯。那声音、言谈举止、吃饭方式都是他本人的，只有职业是假的。奥马尔跟着维克汉姆做事，是他的左膀右臂，他们还有一位女合伙人，敞篷车和女人就此出现。扎娜依从直觉探寻着、想象着，如同拆解一栋建筑，慢慢摧毁已经建好的四角。这栋未完成的大楼本可以成为一栋宏伟壮观的建筑。

第一步，也是最简单的一步：扎娜发觉儿子在英国银行的工作完全是幌子。接着，她到港口管理处和玛瑙斯港货仓，收买用人和搬运工。慢慢撒网，耐心捕鱼。她还打入奥马尔所在的走私团伙内部。哈里姆直到事情快要结束的时候才得知真相，就在我们到小储藏室聊天之前。

"一旦关系到儿子的命运，没有任何侦探能比得过一位母亲。"他说，"她什么都没说就做了这一切，比影子还安静。"

扎娜每天早上都去港口。有好几次，她看到了儿子，却没让对方看见她。走私商品都堆在货仓里，不知将被销往何处。扎娜发现了它们的来源及去处。这些货物由布斯运输公司的货船运来，奥马尔在九号仓库清点数目，然后开着他的敞篷车离开，组织底端的小喽啰们把货物运到一个小庄园。货物有瑞士巧克力、英国服装和焦糖、日本照相机、钢笔、美国运动鞋。它们的款式、颜色、品牌、包装和外国气息是那个年代在巴西任何一个城市都见不到的。维克汉姆知晓人们对新事物的购买欲望及每一件商品自身的魔力。奥马尔以何种方式入伙？他挣到钱了吗？哈里姆对此一无所知。扎娜知道一件事，她的宝贝儿子被一个女人迷住了。那两人从不在白天同时出现，只在夜晚陷入爱的旋涡，在他们的二人世界里，再无其他人。

"我一直都想要二人世界。"哈里姆笑着说，他朝一个渔夫打招呼，"奥马尔这次的做法随我，但扎娜把一切都毁了。"

她结识了一个名字很奇怪的人——扎努里。他有天来到家里。不只名字奇怪，这人本身也很奇怪，想表现得淡定，想展现自己的能力，想微笑，却又总是差了点意思，不自然，给人一种不上不下的感觉。他鼻梁高耸，脸庞消瘦，看上去似乎没有灵魂。一顶绑着黄色缎带的巴拿马帽斜着扣在他脑袋上，看着几乎有些喜剧效果。

"我说几乎，是因为这人从头到尾都有一种没完成的感觉。他身上都没点腱子肉。"哈里姆抱怨道，"就是个懦夫。"

哈里姆对扎努里很不客气，当面亦是如此，因为他曾看到扎努里在阿道夫·里斯本市场和扎娜交头接耳，密谈着什么。哈里姆对这人的反感在某个夜晚加剧了，那晚扎努里竟然不敲门就进到房子里，大晚上的，只有多年邻居才有这份胆量，他扎努里可没这个权利。哈里姆正和扎娜一起躺在门廊吊床上，两人忘记了世界，徜徉在甜言蜜语之中，享受着凉爽夜晚的静谧。哈妮亚已经回到她自己的房间，疲惫的多明嘉丝躺在她屋里的吊床上。后来我看到了来者的身影，他脸上似笑非笑。当时我听到扎娜和哈里姆在低语，扎娜声音更大一些，她的手势像在斥责别人，在墙上投下奇怪的影子，有小跑的脚步声传来，扎娜闭上了嘴。墙上的手影消失了，奥马尔出现在客厅中央。他在镜子前面梳理头发，挑起眉毛冲自己笑了笑。"老幺"穿着爱尔兰亚麻西装，十分优雅，西装上带着熏香，他身上则散发出更强烈的味道。两种味道的混合体充斥了整栋房子，只有一点余香飘到我的藏身之所，在寂静中散去。

哈里姆看着儿子离开了家。不一会儿，那倒霉的扎努里就来了。

"只要我和扎娜躺在吊床上，就没有任何人能打扰我。"哈里姆对我说，"但这次我对扎努里的举动有些怀疑，想弄清楚这个入侵者到底是谁。原来是一个告密者……"

扎努里在法院工作，私下有个收费颇高的副业：替人监视情侣。他靠这一行当赚了不少钱，告发那些挥霍笑容与激情的恋人。都是一些秘密进行的地下恋情，被他这条隐形的毒蛇所监视。扎努里就是这样一个极会隐藏自己的人，像蜷在树叶间的一条翡翠蟒。

扎努里远远跟着那辆敞篷车。奥马尔的奥兹摩比车离开市中心，穿过河流上的铁桥，进入迷宫一般的卡束埃里尼亚区。微弱的灯光将马提尼亚路照亮。"右手边第三间房，无门牌号。那是一栋木头房子，墙上刷了石灰，两扇窗子开着，窗台上摆着花瓶。室内亮着灯，一幅椭圆形的基督像挂在墙上，朝向小路。门被铁丝网保护起来。奥马尔把车停在更往前大概十五米远的地方，下车朝房子走去。他看起来有些担心，先向两边张望，又向身后看，停下来拨了拨头发，理了理衣领，从兜里掏出一个小瓶子，喷了点香水。在进入那栋房子之前，奥马尔观察了一下周围：几个小孩子围着一团篝火玩耍，一对恋人站在杧果树下，两位老妇坐在路边笑着聊些八卦。他用口哨吹奏出熟悉的歌，是一曲"肖罗"[①]，门开了。没人出现。那女人肯定就藏在门后。房间里的灯灭了，窗子也被人关上。奥马尔一直待在那栋破旧的房子里，直到凌晨三点十分才离开，两人一起。那是一个女巨人，大高个儿，块头不小，身材壮硕，黑皮肤。好似黑皮树的树干。一个非洲女人。她的脸庞棱角分明，皮肤平滑，鼻子小巧，下巴上有个酒窝，令人垂涎。嘴长得一般。笑声带着韵律，声音不大却尖锐，颇有几分放荡之感。拉直的长发依旧有些卷曲，一条辫子落在右肩，上面有银色的发饰，肯定是便宜货。她手上的戒指倒是贵金属。项链坠是象牙的，极小一块，源自她祖先的故土。两人亲吻了好久，搂在一起朝敞篷车走去。进入车里之后，他们又一次亲吻，很快便分开，并不急切。女人脱掉上衣，奥马尔爱抚着她的乳房。她把身体交给对方，靠在座位上。接着她的脑袋和右手消失了。我看不见，不能确定她在干什么。但我能听到奥马尔的呻吟，像

———————

① 十九世纪起源于里约热内卢的一种音乐形式。

124

发情的虎猫一样。他吞咬着女人的左手。一个醉鬼出现在路的另一边，对着瓶子喝了几口酒，步履蹒跚，嘴里嘟嘟囔囔。他朝那辆车走过去，停在附近，侧目观察着车上的淫乱行为。一场露天的肉体狂欢。群星在天上眨眼，醉鬼在地上眨眼。那两人一直折腾到凌晨五点。路上开始有了人声，第一拨出门赶集的人，最后一拨回家的夜行者，奥马尔发动引擎，女人下了车。再见，我的爱，她说。再见，我的眼，他说。然后他又说了几句阿拉伯语，我没听懂。就这样，他离开了。这就是事情经过，不差分毫。"

"不差分毫，一个酒鬼的话。"哈里姆不满地说，放下手上的一张纸，"一个由告密者伪装成的酒鬼，他还有胆量为此要求高额报酬。我真该把那顶巴拿马帽拍在他脸上。"

扎努里这个职业告密者记录下奥马尔秘密约会的一切细节，然后用打字机打出一份翔实的报告。哈里姆把报告的最后一页递给我。字母在白纸上翩翩起舞。一次密会就写满了七页纸。其中不乏一些夸张的细节："在卡束埃里尼亚区的路上，垃圾堆成一座座小山。在等待这对爱情鸟出笼的期间，我抽完了八根烟。那'黑皮树'走起路来姿态挺拔、傲慢，正如那高贵的树。一个白色的风筝上画着骷髅，被人遗忘在路上的一堆碎石旁，没有尾巴……"

扎娜阅读并分析这份报告，所有细节、题外话和密会本身。她遣走扎努里，开始谨慎地发起进攻。扎娜开战的第一步是买回许多英国焦糖和瑞士巧克力。她送给奥马尔一条丝绸领带和一件爱尔兰亚麻大衣，说是为了"让你出门穿得更讲究，儿子，让你在去卡束埃里尼亚区的夜晚成为最美的人"。

奥马尔听出母亲话中的厌恶，知道她已发现了一切。他假装不知道，两个人都装作不知道，寻求一段停战期来思考下一步该怎么走。在整理思绪的同时，"老幺"还整理了其他东西，比如他的房间。然后他把衣服整理到了行李箱中。最后，他理出了一个离家出走的理由。

奥马尔决定离开，做自己的主人，表面上的。他要坚持自己的决定，从西装革履、阔绰的银行职员这一虚假身份中解放出来，抛开学来的举止言谈，鉴于装绅士这一计划并未成功。

母亲感觉受到了威胁，围着儿子团团转。

"你要去哪儿？这次旅行是去干什么？"她大喊着拉住儿子大衣的袖子，"我都知道了，奥马尔，这趟旅行是假的，你撒谎。我知道那个女人是谁……她会榨干你，迷惑你，最后你只能落魄地回家……她们都一样，她会让你变成疯子……你只是个天真的小伙子……你现在这样都不像我的儿子了。"

扎娜尽全力想威慑住儿子，说话时眼睛始终盯着他的脸，她感觉到奥马尔不同于上一次坠入爱河的时候。"老幺"飞快地脱下大衣，放进母亲手里，像是解开了身上的绳子。他身上依旧散发着那种混合气味，和之前同样难闻。

哈里姆站在楼梯高处看着这一幕，心里盼着儿子能够离开家。奥马尔听着母亲的责备，忍受着她不赞同的目光。突然，他夺过扎娜手中的大衣，伸手指着她说：

"您还有一个儿子呢，他从不让人失望，有身份有地位。现在到了我过自己生活的时候了……我和我的女人离您远远的……"他抬头朝父亲喊道，"也离您远远的，远离这个家……这一切。别追着我，没用的……"

奥马尔像疯子一样大喊大叫着离开，都没向哈妮亚和多明嘉丝告别。要是有人阻拦他，他肯定会动手打人。那一夜无人入睡。扎娜伤心不已，先是自责，随后又责怪起哈里姆："你从没尽到做父亲的责任，从来没有！他离家出走都是因为你的自私……就是这样，自私。"扎娜手足无措地不停上楼下楼，叫我和多明嘉丝去见她。她不知该说什么，该对我们说什么。我和母亲睡眼蒙眬地等待她的吩咐，但扎娜只是问我们："你们怎么看？我儿子居然就随随便便因为一个女人迷失了自己！你们怎么想？哈妮亚呢？她为什么不下楼？不来帮我，成天关在屋子里都要发霉了。"最终，她命令我把哈妮亚叫下来。哈妮亚打开房门，脸上带着明显的不悦。她没睡觉，屋里亮着灯。母女两人一同祈祷，许愿，点蜡烛。她们点亮了一切：灯、双眼和心灵。时间飞逝，奥马尔没有回家。彻底解放了？他有翅膀，有冲劲，却缺少展翅高飞的力量，在欲望的广阔天空中自由自在地迷失了方向。

"扎娜的儿子！没定性，爱喝酒，犹豫不决，一挣脱锁链就软下来了。"哈里姆遗憾地说,"他坚持了挺长一段时间,但我心里清楚他做不到。他手上和心里有一切:爱和一个高大的女人……他有金子,就是缺乏勇气。不过他真的努力尝试了,甚至骗过了扎努里,我们付给那个告密者的很多钱都白费了。"

扎娜行动起来,在城里到处寻找敞篷车的身影。三个司机受雇在各个区域寻找,搜索隐秘的停车场、花园里的停车区域以及玛瑙斯的一些老镇子,还有广阔的无人之地,他们在城市及其周边搜寻。不可能找遍所有地方:河岸上成百上千座高脚屋、"浮城"、小船、附近城镇、大船、湖泊、河流。

扎娜满脸悲伤,嘴里嘟囔着:"他们抢走了我的'老幺'。"她晚上睡不好觉,总做噩梦,逐渐失去了精气神,吃饭就吃几口,也不怎么喝水。但她不放弃,不满足,绝望地小声啜泣。这是一位正在哀悼的母亲。不过她的哀悼是暂时的,儿子回家只是时间问题,不是生死问题。

"可费劲了。"哈里姆叹了口气,"我发现,或者说我理解到,一个女人,我的老婆,在感觉自己快要失去儿子的时候会用特殊方法补偿,翻开一张张塔罗牌,直至翻到宝剑国王。"

某天晚上,那个扎努里又出现了,依旧是故作镇定的入侵者模样。扎娜用吹火工具把他赶了出去,用她所知的两种语言骂他。愚蠢的小偷,强盗!她的双眼燃着烈火,也许心里都是灰烬。扎娜在邻居们面前一言不发,不理会别人的建议,对一切保持沉默。但在她心里,原本平静的水面泛起波澜。哈里姆想要做些什么，却因害怕而退缩。全世界都知道了这件事，全城的人，包括临近城市的居民。流言蜚语如同彩色纸屑一样飘在空气中。不存在不为人知的狩猎行为。一个母亲的狩猎行动就像一场暴风雨，狂风倾覆了整个世界。有人知道她在策划什么吗？扎娜在她的沉默中摆弄着木棍，朝烈焰里的焦炭吹气。她在进攻之前保持平静，在背篓中装满了神秘。那段时间她最常做的是祷告，和修女们一起，就像蜂巢里的蜜蜂一样循规蹈矩。多明嘉丝也开始每晚祈祷。我母亲也想让奥马尔回来？我注意到她有一个欲望、一种焦急，她知道如何隐藏，像一小块情感的阴影。每当她因奥马尔不在而难过时，我都会感到困惑、迷茫。

啊，她难道是想念那个瘫在吊床上满身是汗的男人！他的汗液都带着酒精，浑身散发出强烈的酒气以及猎豹皮毛味道的汗臭。多明嘉丝帮他擦干脸庞、脖颈和多毛的胸膛。奥马尔几乎全裸，瘫在红色吊床上。水泥地上有一堆朗姆酒和威士忌的空瓶，被火蚁包围。他身上血肿的地方敷着山金车花、可可脂和柴油树树油的混合物，散发出特有的气味。这种气味与面包树、大花可可的味道混合在一起。大花可可褐色的外皮包裹着银色果肉，那是它独特气味的源头。多明嘉丝把这些植物的叶子也敷到奥马尔身上，为他准备好大花可可汁。在喝下果汁前，奥马尔张开双臂拥抱了我母亲，亲密地在她脸上亲了一口。

她想念这些？想念那个多次扰人清梦的人和他身上的味

道？我母亲似乎渴望着奥马尔的身体，不再掩藏盼着他回家的急切心情。多明嘉丝问女主人："我能不能做一个'伯图之眼'？您戴在脖子上，这样一来，奥马尔就会回家，给您一个充满爱的吻。"扎娜不知如何回答。她靠近我母亲，转头看着神龛。两人一起祈祷，就像以前那样。一个印第安女人，一个中东女人，靠在一起，表情庄严，火热的心跨越大洋与河流，在那个客厅里悸动，祈祷着奥马尔能平安回家，最重要的是，能一个人回家，回到他的房间里，永远单身。

"于是我和扎娜之间的激情一下子变淡了。"哈里姆说，手上编着棕榈纤维，"我们进入了欢愉的'节制期'，基本就是生命的'节制期'，都是因为'黑皮树'这件事。"

哈里姆从未向我提及过死亡，只有一次，他绕着这一话题旁敲侧击。那是在"黑皮树"事件的几年后，他已经感觉到自己将不久于人世。哈里姆没有目睹那件糟糕的事，不过他从朋友那里听说了一些事情，他非常想要相信。哈里姆是个伪装的天真之人，是爱与欢愉的追随者，是乡下的老好人。他原本无忧无虑，无论粗糖还是细糖，能让咖啡变甜就行。但是面对扎娜，他总想得到她的爱，时刻都想要得到更多。在奥马尔离开家的那几个月里，哈里姆因缺失扎娜的爱而感到痛苦。他行动了，用尽各种办法想让妻子停止祈祷。他并没有做出不切实际的夸张承诺，只说了一件事，一件难以完成的丰功伟绩：我要把奥马尔找回来。他要么回家，要么和那个女人永远地离开这里。

## 6

哈里姆年事已高，七十几岁，快八十了，就连他也不清楚自己是在哪年出生的。"我生于上世纪末，在一月的某一天……越来越老却不知道自己到底有多老，这是好事，是移民的运气。"话虽如此，岁月正拼尽全力令他的肌肉松弛。在店铺开门和关门时，哈里姆就像一匹强健的马，用力推着两扇铁门，金属门轴发出清脆的响声。哈妮亚本可以承担这项工作，但父亲总是抢先一步，向女儿展示自己的肌肉。哈里姆这一辈子，在朋友之中一直是个低调的人，从不会忘形大笑。他为人慷慨，从他身上看不出雄性的勇猛，然而面对敌人，他可以重击对方的下巴。

这曾发生在 A. L. 阿加斯和他的狐朋狗友身上。那是在二战结束一年后。对我来说，想记住那个日期并不难，因为多明嘉丝告诉我："你出生的时候哈里姆正在广场上跟人打架，全城的人都在说这件事。"

那是一场全城人都知晓的对决，人们偶尔还会提起这件轶事，但事情的原貌早已随时间流逝，在众人越来越魔幻的表述中逐渐扭曲。

游手好闲的阿加斯散布谣言，说哈里姆和几个印第安女人不清不楚，就是他家和邻居家的几个女佣。阿加斯还说有印第安小孩请求哈里姆赐福。心宽的哈里姆是最后一个听说这些谣言的人，当时他正和朋友在"浅滩酒吧"消遣，那是位于伊度坎多斯区的一个小酒馆，建在一艘废弃的船上，客人多是曾经的橡胶工人，几乎都极其贫穷，总是有那么两三个人兜里装着小刀。哈里姆喜欢这个小酒馆，用木箱做桌子，上面摆着木薯小吃和炸鱼。那时他已经离不开亚力酒和双陆棋了。哈里姆听到谣言后，脸上没了笑容，放下手中的色子。

阿加斯居无定所，这个无业游民到处找寻空置的房屋，闯进去住上一段时间，假装自己是主人。他在有钱人的舞会清场的时候打听各种八卦消息，然后到"浅滩酒吧"，只要有人愿意听，他就讲，但他爱夸大事实，喜欢恶意诋毁别人名誉。这个多嘴之人在午后发出有毒的声音，用恶意来抹除人们的理性判断。阿加斯又矮又胖，头发是黄鹂鸟似的金黄色，裤子贴紧双腿，兜里总揣着一把小刀。

哈里姆合上棋盘，收起色子，付了账。他看着一位朋友说："这个叫阿加斯的人没有家吗？那就让他一个人空手到欧泽奥里乌将军广场，下午三点。"所有人都知道了这件事。谁不向往双人决斗？观众数量可不少：伊度坎多斯的居民、"浅滩酒吧"的客人、市场的小贩，都坐在广场周遭的树下，巨大的椭圆形广场变为绿色的角斗场，这是曾多次举办六月节舞会的地方。

A. L. 阿加斯在三点之前就到了，在没有树荫的广场中央等待着敌人。他的白色 T 恤被汗水打湿，人们说他当时摩擦着手掌，像只焦躁的老鹰一样巡视着四周，准备迎接任何一个入侵者的到来。但所有观众都默不作声专心地看着，一动不动。阿加斯朝各个方向眺望，想知道对手来了没有。哈里姆迟迟不到，似乎是胆怯地放弃了。于是到了三点半，浑身是汗的阿加斯露出笑脸，沉醉在胜利的喜悦之中。他走到观众面前展示自己，朝空气挥拳，发出战斗的吼声，对幻想中的敌人拳打脚踢，像只疯了的吼猴。他想震慑"浅滩酒吧"的客人们，已经喘不上气却还用力大喊出诋毁对手名誉的话。就在这时，哈里姆淡定的身影出现在一群朋友之间。他缓缓起身，请众人为他让出一条路。看到哈里姆之后，阿加斯停下动作，愣住了。他的疯狂需要休息，人们说他一下子从疯狂的吼猴变成了松鼠猴宝宝。阿加斯来不及思考，几乎都来不及防御，他把所有力气都用来庆祝未发生的决斗以及敌人的懦弱。哈里姆向前迈了几步，毫不畏惧对方手里握着的刀。哈里姆也备有武器，一个动作就从腰间抽出一条钢链。处于劣势的阿加斯退后，结巴着提议扔掉武器，赤手空拳地对战。哈里姆无视对方的话，谨慎却坚定地甩着链条向前出击，双眼盯着敌人的脸。

当时人们称那场对决为欧泽奥里乌血战，直到今天依旧如此。两人都流血了，他们扔掉武器，空手对打，直到满足了报复对方的渴望。平时沉着冷静的双陆棋爱好者这次给酒馆的客人们留下了非常深刻的印象。他们能阻止哈里姆割掉阿加斯的舌头，但阻止不了小刀和钢链的对击。接近傍晚的时候，对决也快结束了，广场周围满满都是人，却无人上前干预，这样一场双人对决，只有上帝才能调解。

三年后，身有残疾的阿加斯死于刀伤，在一个更小且没那么显眼的角斗场：一家水手和妓女常去的台球厅，就在港口附近，玛瑙斯很多爱逞能的无名"勇士"都在这里倒下。据说哈里姆在得知这一消息后，没有庆祝也没有哀悼，只是小声说了一句："想要获得荣耀，就得付出代价。"

哈里姆从来不提那场对决，任由别人将故事口口相传。总有新版本出现，他和对手在其中重生为英雄或者懦夫，对此他漠不关心。已逝的阿加斯借着故事又重生了几次，被美化成勇敢且战无不胜的形象，哈里姆并不因此感到耻辱。多明嘉丝告诉我，最糟糕的情况发生在对决之后，哈里姆回家看见妻子抓住奥马尔的腰带，说着："看在上帝的分儿上，儿子，别再烦你哥哥啦。"走投无路的雅各布跪在楼梯下，听着弟弟的威胁，说他太能装相，就会拍神父的马屁，连葡语都说不好，实在是欠揍。目睹这一场景后，哈里姆脱掉上衣，转着钢链条喊道："来跟我打……你们两个小子和老子对打，看看你们是不是男人。"

奥马尔看到父亲的后背和肩上都是血，赶忙闭上了嘴。哈里姆身上都是阿加斯用刀弄出来的划伤和刺伤。惊恐的扎娜放开"老幺"，让哈里姆冷静，她颤抖着问了好几次是谁伤了他。哈里姆回答说："一个诽谤我的人……到处跟别人说我和好几个印第安女人生了孩子。我要真是有那么几个印第安小孩，反倒心里踏实了。"他靠近奥马尔，命令他回房间，不准私自出来。待弟弟上楼之后，雅各布从他的藏身之处爬出来，跑到了多明嘉丝的小屋。哈里姆趴在客厅地板上，抚摸着身上的伤口。

"多明嘉丝，"扎娜喊道，"让雅各布帮你看一会儿孩子，你快过来帮我。"

我母亲站在厨房门口，看着哈里姆身上的血，吓得直发抖。哈里姆一整夜都在呻吟，在那几个星期里，他是家里最受溺爱的人，这是多明嘉丝告诉我的。扎娜帮他清洗后背和肩膀，把植物药膏敷在伤口上。她怕伤口感染，但哈里姆说："不会的，那把刀很干净，脏的是阿加斯的嘴，是他到处散播的谣言。"

在伤口全部愈合之后，哈里姆仍旧喊疼，说后背和肩膀发麻。扎娜知道他在装。

"和印第安女人生孩子？这是怎么个故事？"

"你看看我后背和肩上的疤，"哈里姆说，"要不是诽谤，我至于跟他一个拿着刀的人决斗吗？"

那些所谓的印第安私生子并没有出现。哈里姆不会默默忍受诽谤，但也不会为一点儿小事就爆发，他人生中最重大的战役发生在他与儿子们之间。

哈里姆现在要做的是把奥马尔抓回来，或者把他和他的小美人鱼驱逐到离家非常远的地方。若他们已经出了城市，那几乎就不可能找到了。要找好几个月……此外，从哪里开始找起呢？有那么多小村、小镇分布在每条河流及其每条支流的岸边……如果真的离开玛瑙斯，奥马尔应该会不适应。哈里姆想起了维克汉姆，那个走私犯。

　　哈里姆在一条布斯公司的船上见到了那个人，问他关于儿子的事："奥马尔很久没回家了，我想知道他的消息，你知道他在哪儿吗？"维克汉姆表现得很热心，但也很精明。他赞美奥马尔，说他们两人都离开了银行，打算开一家超市，专门卖进口商品，奥马尔为此去了美国，目前他还没收到任何消息，不过消息随时都可能传来，像个惊喜，奥马尔就喜欢搞惊喜。

　　"上帝啊，我真想抽那个骗子一个大嘴巴。"哈里姆抱怨，"他斟词酌句，说话像牧师一样有信服力。"

　　于是哈里姆想起了希德·塔努斯，此人也爱玩双陆棋，是能和他闲聊的朋友。塔努斯有一双大眼睛，在草蜢一样的脸上发光。他并不常去哈里姆的店里。哈妮亚不喜欢他在，说他妨碍生意，因为他会在店里待很久，和哈里姆一起高声谈论着曾经去过的赌场和遇见的波兰女人。

　　扎娜看不惯他：

　　"那个老单身汉就只知道纵欲。"

　　塔努斯是各种俱乐部的常客，总去参加舞会。他有时会在舞会上碰到奥马尔，两人偶尔坐在一起喝酒聊天，没有女人陪同。分别时，塔努斯总会让奥马尔帮自己问候哈里姆，但奥马尔从没做到。

"他没跟我说过他遇见了你。"哈里姆说，"他确实也不想跟我说话。奥马尔只会跟她妈妈聊天。"

"他当然也会和其他女人聊。"希德·塔努斯笑着说。

"那个'黑皮树'……奥马尔像是被她迷住了，两个人消失了。"

哈里姆想赶在扎娜之前找到那两个人。也许塔努斯知晓他们的下落。塔努斯笑着摇了摇头，不过同意帮他一起找。他们寻遍城市的每一个角落，连续三天，每晚都到市中心的高级俱乐部和城郊的夜间娱乐场所去找。周三晚上，两人来到科里纳区的一家小店，就在德国啤酒厂附近。到处都没有奥马尔的影子。他们坐在一张小桌子边上，塔努斯打开一瓶威士忌，倒了一杯，没加冰，他说："这可是真正的美酒，哈里姆。知道这是谁送给我的吗？维克汉姆勋爵。"

于是哈里姆得知了更多关于维克汉姆的事，其中还有一些和奥马尔有关。维克汉姆并不是英国人，也根本不叫维克汉姆。他的真名是弗朗西斯科·凯勒，但港口附近的水手和搬运工们都叫他希古·基莱。他祖父那一辈是贫穷的德国人，曾经富有过，后来失去了一切。他不是银行经理？这人确实曾在银行工作过，在各个部门，但他忍受不了，不喜欢固定的工作时间，厌恶打卡和对同一群人说早安、午安，就这样过一年甚至一辈子。基莱是个力求摆脱日常惯例的人。他在维罗妮卡俱乐部结识了奥马尔，那是一家有名的浴场兼妓院，里面到处是用淡紫色透明彩纸包着的灯泡。奥马尔和基莱在那儿同桌共饮，挑逗同一群姑娘。基莱，也就是弗朗西斯科·凯勒，身材高大，举止优雅，偏红的头发是随了他父亲那边。他的温柔气质吸引了很多女孩，一些最漂亮的黑发美女，她们几乎还是孩子，笑容充满稚气。基莱还有其他东西：最好的威士忌、英国焦糖、丝绸衬衣、法国香水。还有最重要的：一辆奥兹摩比。那本是辆旧车，空架子，基莱给它安上了从其他车上卸下来的引擎、车轮、玻璃和保险杠，把一个废车架子变成了一辆敞篷汽车，有点粗制滥造，是个令人震撼的怪物。他每次去维罗妮卡俱乐部都开这辆车。到达后关掉引擎，让车子在细软的沙地上慢慢滑行，车灯照亮包围在阿萨伊树之中的淡紫色建筑。汽车像一艘古老的船，一艘带轮子的蒸汽船，特拉华州那种，属于另一个时代。

大厅里的姑娘们丢下身边的伴侣，都朝敞篷车跑去，基莱向她们分发香水、糖果、衬衫和他的吻。他在树丛边上挑逗那些姑娘，在潮湿的五彩芋之间。姑娘们求他开车带她们兜风。基莱就只做这些，他从不曾踏进俱乐部里面的小屋，不喜欢那些棉花床垫上散发出的别人的体味。他也不曾带哪个女孩离开，就只是喜欢挑逗、亲吻她们。真是奇怪的癖好。

"但你儿子可是什么样的女人都喜欢，哈里姆，从泥里的水生花到最罕见的兰花，他全都摘。"

某天晚上，奥马尔在"维罗妮卡"寻欢作乐，注意到了姑娘们的骚动，见她们好似一群花蝴蝶，扑腾着跑出去。奥马尔好奇地站起来，想知道那些最漂亮的姑娘要去哪里。他走近那一群人，观赏起敞篷车，喝着手中的一瓶朗姆酒。等到奥兹摩比的主人安静下来，姑娘们都离开了，奥马尔注意到车后座上有一个女人。她没下车。这女人是基莱带过来的。她不是"维罗妮卡"的，也不像亚马孙人，高个子，神态有点傲慢。她的胸部、肩膀和脑袋都暗示出她是个美女。女人对于那些姑娘的喧闹毫不在意，都是些贫穷又狡猾的女孩子。奥马尔抓着酒瓶，愉快地看着她。那眼神足以系得上一张红吊床。然而，女人始终保持沉默，头颅如雕塑一般，黝黑的皮肤像是经过精细的粉刷。奥马尔被迷住了。希古·基莱回到车边，和奥马尔聊了起来。他把奥马尔手中的朗姆酒扔到了树丛里，拿出一瓶威士忌，一瓶真正的美酒。三人一同离开"维罗妮卡"，去向某个夜间场所。

塔努斯也在其他地方遇到过那三人，总是在晚上，总是开着那辆敞篷车。后来就只有两个人：那女人和奥马尔。不是在"维罗妮卡"，也不在任何一个妓院或夜店，而是在玻利维亚桥附近的路上，两次。在卡束埃里尼亚区附近连续三晚都见到了他们。在这家小酒馆，只碰见了一次。当时他们就坐这张桌子。

英俊的奥马尔身上喷了香水，不停说着什么，一副融化在恋情里的样子，他交出了一切，心、灵魂和整个身体。那女人默不作声，她懂得如何优雅地接受对方的赞美。两人喝酒，对视，喝酒，相互抚摸，沉醉其中。他们眺望着绵延在河岸上直至山谷的一排小房子。再远一些，内格罗河河湾里的小船上的灯光组成一条飘带。一条动力船经过，噪音在河上传开，灯光闪动。附近的印第安小孩们用手摸着敞篷车，艳羡地看着这项伟大发明，汽车对他们来说是另一个世界的机器，即便是那辆粗制滥造、问题不少的车也足够吸引他们。追着那辆奥兹摩比，就能知道那两个人的动向。但奥兹摩比消失了，奥马尔和那女人也消失了。在这个由许多岛屿、湖泊与无尽头的河流组成的世界里，想要找到他们几乎是不可能的。

"有时候，放弃才是更明智的选择……就让他们俩去过自己的日子吧。希望你儿子这回彻底离开家，哈里姆。希望他沉醉在和那个女人一起的快乐生活之中。"

"我也希望如此。"哈里姆说，"但奥马尔想要的不止于此，他想要一切，他困在了自己过多的欲望里。"

哈里姆打算用几周的时间沿水域航行，直至找到奥马尔为止。他想起那些因为"老幺"而无眠的夜晚。哈里姆租了一艘动力船，召唤了波古船长，他想到各个湖泊和水域寻找。他请我帮忙，坚持让塔努斯也一起去。我们花了几周时间，在各个岛屿之间绕圈子，一大早就出发，先在马拉帕塔岛上找一圈，再穿过西伯莱塔水域到马耳山特里亚岛。等到了索力蒙斯河之后，小船进入卡雷罗水域，向着亚马孙河蛇形驶进。我们询问河边居民和渔夫是否见过那两人。哈里姆展示儿子的照片，塔努斯在旁描述那女人的样貌。居民们看着照片，皱起眉头，努力回忆，"没见过，先生，没有陌生人从这里经过。"哈里姆那时总说："我要把奥马尔送上绞架，你们等着看吧。"只要一看见有高脚屋、偏僻的房子或简陋的小屋，哈里姆就立即让波古在边上停船。每天都如此。塔努斯说哈里姆失去了理智，不是在寻找儿子，而是在追捕他。我们已经不知道时间是星期几，是几月，每天深夜在玛瑙斯下船，第二天早上五点哈里姆准时叫我起床，然后我俩徒步走向港口。我们找遍了新土区、马林巴区、姆鲁姆鲁图巴区，转遍了卡雷罗岛附近的湖泊：若阿尼柯、帕伦、阿伦科尔尼、伊玛尼亚、马里尼奥、阿卡拉、帕冈……毫无"老幺"的痕迹。波古趁机抓了不少麝雉和野鸭，他还在湖中撒网，回程时把捕获的鱼捞上来，待之后拿到玛瑙斯市集上卖。在巴拉乌阿河附近，一位老者严肃地说："是伯图迷惑了他们，那两个人肯定是被迷住了，都在河底呢。"我们从深色水域航行到带泥浆的水域，在甘比谢河岸边停靠上百次。我和哈里姆走访小农庄，由他做出说明并提问，并未获得任何信息。某一天，疲惫的波古提醒哈里姆，我们已经从同一个地方经过了至少七次。"这是在浪费燃料。"波古说。哈里姆幻想着航行到马德拉河，也许那两人就在乌玛伊塔市……或是到了和哥伦比亚交界的地区，或是秘鲁，在伊基托斯……突然，憔悴的哈里姆又变了主意：不，也许是在伊塔夸蒂亚拉，或在帕林廷斯附近的岛屿上，但那里有上百个岛。他又想到了圣塔伦，他就是在那里结识了诗人阿巴斯，阿巴斯会帮他一起找，诗人对亚马孙州中部和南部都很熟悉，去过很多次。

哈里姆有一些住在各个湖泊附近的朋友，他们也都帮忙寻找。又过去了一个月，几个月，在"浮城"的酒吧里，朋友们不再聊此事，都失去了希望。不过他们可以肯定，奥马尔和那女人不在那些湖泊附近，也不在玛瑙斯周围的市镇。

塔努斯看着哈里姆备受煎熬的样子，觉得他很可怜，劝他放弃，那两人不在任何地方。"他们在云彩上呢，在云上的树荫下享受地吃着炸鱼。"

放弃？

哈里姆想再等等，焦急地想要抓住一个奇迹：在已然没有盼头的情况下，等待着偶然闪烁的光亮。

没有任何神赐的光亮，闪烁的只有院子里的萤火虫和客厅里神龛上的烛火。哈里姆无聊地看着妻子，他从未被宗教的狂热所俘获，从未全身心投入其中。他的祷告总是很严肃，似乎在质疑那些看不见摸不到的东西。如果没有用来跪着的小毯子，他就会推迟祷告。当生命进入终章，这些仪式都可以免去。如果哈里姆不需要面对两个儿子的隔阂与扎娜对"老幺"疯狂的占有欲，他的人生就没有任何值得操心的事，就可以把剩下的时间，数日或数年，全部用在小酒馆里，用在迷宫般的"浮城"里，或者用在他和扎娜的床上。

哈妮亚成为店铺的负责人，与圣保罗建立联系，大批货物从那里运来，填满玻璃橱窗。除了精于做生意，她还知晓如何控制家里的生活支出，每一分钱都精打细算，却服从母亲的命令，买了过多的鱼。

我们从没吃得那么好过，各种不寻常的美味鱼类都端上了桌：碳烤大盖具脂鲤，炸丽鱼，填馅石首鱼。短盖肥脂鲤，石脂鲤，鲮脂鲤，软嫩的大块鲶鱼肉。还有用红腰果和黑腰果炖的食人鱼，加了辣椒酱，在桌上冒泡。用鱼的下脚料做的汤，用鱼骨和头磨成的粉，添加了香芹和洋葱的巨骨舌鱼丸子。

"突然买那么多鱼，难道不奇怪吗？"哈里姆讲道，"把两个冰箱都填满了。扎娜还把鱼分发给邻居们。我问她为什么，为什么买那么多鱼。她说：'吃鱼对骨头好，咱们的骨头很脆弱。'"

能买到大量的鱼本身就有些蹊跷，毕竟那时并不是多鱼期，河流水位也没有下降，距离圣周五还很久。我们吃鱼吃得快吐了。强烈的腥味引得野猫来院子里安家，苍蝇环绕，乞丐们也来讨些下脚料。丰足的食物令我们对其他人和动物慷慨起来。雨季的几个月就在这份富足中度过。

到了三月，扎娜恢复了笑容，比之前祈祷得少了。哈里姆把注意力从鱼转向一位名叫阿达莫尔的卖鱼人。我们认识他。这位人称"青蛙腿"的卖鱼人又开始在我们这条路上叫卖。他是最早开始卖鱼的那拨人中的一个。天还没亮，就能听到他那业余男中音般的声音，被回音拖长，喊出他赖以生存的那个词：卖鱼。这是清晨的乐章，大嗓门和着树上鸟群的叽叽喳喳，这是"青蛙腿"的乐章。声音过后便能看见一个身影迈着小步走在路上，偶尔跳一下，正朝一户他认识的人家走去。"青蛙腿"停下来歇歇脚，天已经亮了，足以看清他的身体。他手里拿着装鱼的盒子，站在那里不动，不再叫卖，就像个哑巴。阿达莫尔左腿残疾，有一部分没知觉，脸肿得几乎睁不开眼睛。他尝试慢慢眨眼，汗湿的脸上露出两条细缝。清晨并不强烈的日光逐渐照亮房子、树木和街上的行人。高空中，晨风吹散了云朵。地上，多明嘉丝站在肮脏的路边，倾身看向阿达莫尔手里的盒子，用手摸着鱼眼睛。她不满地说："这条石脂鲤已经不新鲜了，只能用来喂猫。"多明嘉丝的挑剔让阿达莫尔感到有些生气。他想在这条路上卖光盒子里所有的鱼，但我母亲要求高，不容易满足，不会买不新鲜的鱼。"容易吃坏了，不值得买，吃了会得皮肤病。"女佣和卖鱼人吵起来，叫来了女主人，多明嘉丝说得有道理。在挑选鱼这件事上，我母亲总能胜利，她因而骄傲。

多明嘉丝只在阿达莫尔面前据理力争，她把这份在家里被压抑的胆量展现在了路边，谁爱看谁看。"我今天不买，阿达莫尔，你这鱼用香芹、洋葱和番茄腌过了，更适合艾斯特丽塔夫人……我不喜欢这种，调味料会骗人。"卖鱼人拖着腿走开，骂我母亲自以为是、就会拍主人马屁。多明嘉丝在面对采石工的时候就不会有如此强硬的态度，那是一个很有音乐天赋的印第安小伙子，喜欢敲着三角铁轻声哼唱。她对卖皮同巴果和人心果的老人也不吝啬，脸庞黝黑的老人在这个世纪里游走，卖他从无人之地或废弃房屋的院子里采摘的果实。

都是些穷人，多明嘉丝甚至会帮助他们。她把采石工叫到跟前，拿出前一晚剩下的木薯粉糕给他吃。小伙子正吃着，她观察起对方带着泥的指甲、满是污垢的双脚和破破烂烂的裤子："怎么能就这样出来工作？这么脏你不害臊吗？"责备过后，她替我挑了几块石雕，付了钱，建议那人以后洗个澡再出家门。在固定时节出现的"青蛙腿"是多明嘉丝最喜欢针对的目标。他突然失踪了，他和他的声音。然后，在某个早晨，"青蛙腿"又回来了，整个人哆哆嗦嗦，脸因为饮酒过量而肿了起来。他尝试着迈步，看上去像是随时可能倒下起不来。很难想象这样的人清醒的时候是什么样子。他身体和外貌上的欠缺都在勇气上补了回来，一枚代表骄傲与勇敢的奖牌照亮了他的过去。"青蛙腿"的故事在我们这条路、这个街区、这座城市里口口相传，那些故事从最遥远的河岸顺水漂来，在玛瑙斯重获新生，其中一个发展势头迅猛。阿达莫尔出生在拉布里亚镇，喝着普鲁斯河的水长大，那里有很多残疾人。他是个放荡不羁的人，是最恶劣的坏人，耻辱中的耻辱。在战争年代，他是拾柴人。那时候，亚马孙地区的河流中航行着美国船只，天空中飞着美国飞机，那是属于货船和水上飞机的时代。它们从美国带来很多东西，再把巴西的橡胶带回去。1943年的某一天，一架卡塔琳娜水上飞机偏离其在普鲁斯河上的固定航线，失去了踪影。搜寻过程中，许多小飞机包围了整个区域，在低空盘旋，时而扩大范围，时而又缩小范围。它们在空中搜寻，追着秃鹫降低高度，那些贪食腐肉的鸟也许是嗅到了两位飞行员的残骸。飞机飞过丛林时，搜救人员感叹景色之美，又因想到救援难度而有些惊恐，最终放弃。九月，还没到独立日的时候，拾柴人兼寻迹人阿达莫尔出现在拉布里亚，拖着一个人。我的意思是，他拽着一个看起来很重的包袱。居民们感到高兴，难以置信又有点恐惧。那是一个幸存者，裹在一张吊床里，他还有力气握阿达莫尔的手，有力气哭。A. P.宾佛德上尉飞行员好似一块人形破布，赤裸的身体上到处都是伤口，肋骨断裂，两只脚转向后方，活像库鲁皮拉①。他就像是树林里的幽灵。阿达莫尔几乎失去了左腿，先是伤口感染，后来腿就没知觉了。在玛瑙斯，他经历了自己的英雄之夜，因对盟友提供帮助而获得了一枚奖牌，照了相，还接受了采访。阿达莫尔和中尉飞行员宾佛德拥抱，再一次，也是最后一次相聚，在报纸的头版上。拾柴人拒绝了去美

① 库鲁皮拉：巴西民间传说中的人物，外表是长着红色头发的男孩，双脚朝向后方，是森林的守护神。

国游览的邀请，对此表示感谢。经过此事之后，他再也不能自由地走在树林里拾柴。阿达莫尔没再回拉布里亚，也没去普鲁斯河附近，而是钻入玛瑙斯错综复杂的小巷，建起一间高脚屋，在泥沼的气味中发霉。就是这人救了美国军人？这是他最大的荣耀：拯救了一个真正的英雄！从远处就能看到那块奖牌在他褴褛的衣衫上发光。阿达莫尔开口发出一声长吼，他以前在森林里常用这招来缓解对孤独、野生动物和鬼怪的恐惧。他存活了下来。又一个幸存者。不存在无名的过往。他有外号，有名字，是拾柴人，是扎娜最喜欢的卖鱼人。"好的，夫人。当然可以，夫人。我会去帮你找儿子，夫人。"

"他确实去了。"哈里姆回忆道，"阿达莫尔是个擅长追寻踪迹的人。扎娜拿给他很多张奥马尔的照片，但他不要。他看了一遍相册，说奥马尔的脸已经印在了他脑子里。"

在很短的时间内，他做到了哈里姆和塔努斯几个月都没能做到的事。扎娜知晓阿达莫尔在这方面很有手段，所以才和他提起儿子失踪的事，试探性地暗示他去找。"青蛙腿"被打动了，眉头微蹙，听得十分认真，甚至流下了眼泪，一半真心，一半伪装。他用粘着鱼鳞的手擦了擦眼睛，抬头严肃地请求扎娜下令让质疑他的鱼的印第安女人离开。多明嘉丝服从地收回了摸着鱼眼睛的手，离开路边，回到后院。阿达莫尔开始向女主人推荐价格最贵的鱼，也推荐那些并不新鲜的，从食人鱼到鲶鱼。

"就差把装鱼的木盒和他那块生锈的奖牌一起买回来了。"哈里姆抱怨，"扎娜愿意买下一切：河流、太阳、天空和所有的星星。全部，所有。"

夜里，这位母亲扎根在客厅，等待卖鱼人的到来。哈里姆已独自一人度过许多不眠之夜。他偶尔起身到楼梯处悄悄看看扎娜，但灵魂出窍一般的扎娜完全没有注意到他。她住在一个玻璃罩子里，只够装得下奥马尔。两人曾一夜相对无言，扎娜的双眼盯着哈里姆的脸，只是盯着，眼神空洞无内涵，没头没尾。在另一个夜晚，哈里姆记起了阿巴斯的加扎勒，他背诵出那些记忆中的诗句，然后请求扎娜放任儿子和那女人去过他们的日子……奥马尔就想这样，他离开前自己都说了：想离开所有人。也许他会和那个女人一起工作，有个成年人该有的样子……奥马尔早就是大男人了，也没道理一直住在家里，和父母一起，在这里他会毁在酒精和妓女上，对，毁了……不久就会生病，堕落，谁也看不下去自己的孩子掉进这样的深渊。扎娜听着，双眼始终盯着哈里姆的脸，面无表情，眼睛都不眨一下。哈里姆叹了口气，起身离开。他明白自己的话、声音以及充满爱意的语调全都迷失在夜晚的寂静之中。

某个周六的清晨，他看到扎娜跟随卖鱼人离开。一夜暴雨之后，雨已经变小。扎娜穿着她最好的衣服，脸上化着淡妆，头发散着，耳垂上挂着精美的玉耳环。纤长的睫毛和在其保护下的美丽双眼令哈里姆晕眩。

"七十多年的时光并未能遮掩她的美丽。"他说。

这句话哈里姆重复过很多次，仿佛扎娜停止了衰老。或者说时间只是个抽象概念，并未在她身上起任何作用。这是彻头彻尾的为爱盲目。可怜的哈里姆！可怜？也没那么可怜。他这一辈子饱尝了肉欲之欢。

那天清晨，哈里姆等待着儿子。他知道奥马尔会被抓回来，这无可避免。奥马尔住在一条老旧的马达快艇上，是租来的，非常便宜。他和"黑皮树"睡在露天的吊床上，就在快艇停泊的地方，那是一片不常有人去的沙滩。就这样过一辈子？也许吧。那个女人，"黑皮树"，做起占卜的行当，解读河岸居民长满老茧的手，用幻想出来的命运换取面粉和硬币。两人在安娜维里亚娜斯区鲜有人迹的水域捕鱼，在船边撒网，天亮之前回收。他们秘密地过着水陆两栖的生活，在光荣的贫穷之中，不需要遵循固定的时间，自由自在地过，无须知晓下一刻会发生什么。

"青蛙腿"的狗鼻子。他是如何发现那两人的？相比之下，寻找宾佛德更加艰难，因为飞机蹭着树木滑过，沉没在普鲁斯河里。阿达莫尔观察丛林的每一个角落，包括向上看，寻找折断的枝条、不完整的树冠和飞机残骸。然后，他随着七零八落的碎片找到了静静躺在河边的男人：消瘦的脸庞上两个黑眼圈，牙齿因咀嚼树叶而变绿，脖子上挂了把枪。一动不动的人瘫在沙地上，附近有一些乌龟蛋。看到这一场景，阿达莫尔笑了。

将近二十年后，当他找到躲藏在几艘大船之间的奥马尔的小船时，他又一次笑了。那是一艘不值钱的小快艇，在内格罗河水域十分常见。这种船在暴风雨中很危险，在大浪面前比较脆弱。船停在阿道夫·里斯本市场后面，爱的吊床系在附近一座小桥下，船尾有一面褶皱且褪色了的巴西国旗。那里距离哈里姆的家其实只有三百米远，哈里姆以为儿子已经到了国界，或是在某个遥远的小岛上，在伊基托斯、圣塔伦、贝伦，幻想他在巴西南部或者是北美，在冰冷的另一个半球。他可以在世界上任何一个地方，而绝不会在那里，在那个小港口的废船墓地。

"塔努斯也觉得难以置信，"哈里姆说，"谁会在伊斯卡达利亚港口找他们？就在眼皮子底下……"

"青蛙腿"并没有追着船找人，他更喜欢追着鱼找。他和一些卖鱼人聊了聊，询问是谁向他们提供小量的鱼。玛瑙斯有上百艘大型捕鱼船，"青蛙腿"几乎认识所有人，但只有小规模的捕鱼人、小船的主人，才能给出与奥马尔有关的消息。"青蛙腿"兜里装着钱，去和他们聊天。他提到一个新来的捕鱼人，描述他的相貌：个子高，深色头发，眉毛好似所罗门食鸟蛛的腿，额头宽，肩膀也宽，笑容看着挺善良，喜欢大笑。啊，是那个秃头的大胡子？是那个对着一个看上去挺严肃的女人跳舞的大个子？有可能。是他？他手里拿着酒瓶，边唱边跳，爱胡闹，比转晕了的陀螺还蠢。是这人吗？没人知道他叫什么。他爱热闹，但没什么朋友。这人迷失了自我，却并不自知，老是戴着墨镜，天黑了都戴。一个不同的奥马尔：剃了头发，留着长长的胡子，像个先知或是弥赛亚疯子。他有日子没出现了。奥马尔在清晨停船，心情很好地玩玩闹闹，以随便的价格把鱼卖掉。他很少睡在船上，一个月也就几次。那女人帮他洗澡，用舀子盛水浇在他身上，奥马尔活像一个赤裸的巨婴。然后她收起缰绳，下令起航。他们比其他捕鱼人早起航，在天还没亮的时候，不会很早回去。

"我觉得我们从阿达莫尔手上买来的鱼里就有奥马尔和他的女王捕的。就差这个了！"哈里姆说。

奥马尔变成了秃头的大胡子。因为过多日晒，皮肤变成古铜色甚至发黑。更瘦的身材，胸前挂着用瓜拉纳种子串成的项链。赤脚，穿着一条肮脏的短裤，上面都是破洞。完全不像是扎娜那浑身香水味的宝贝儿子。

我到家的时候看见他正在二楼到处找哈里姆。他的脖子和手臂上有抓痕，几乎要瞪出来的眼睛吓坏了哈妮亚和多明嘉丝。奥马尔走到后院，进入一个小屋，出来的时候手上拿着一条钢链子回到客厅。大门响了一声，他压低身子举起了钢链。哈妮亚听到走廊上的脚步声，发出了尖叫。扎娜出现在客厅里，看到儿子把钢链甩向镜子，随着一声巨响，镜子完全碎了。地板上到处是玻璃碴。"老幺"继续愤怒地搞破坏：拖拽椅子，毁掉哥哥照片的相框，然后又开始撕照片，放在脚下踩，踢着地上的碎相框，愤怒地喊道："都是他的错……他和我爸……老头去哪儿了？藏在他那个不干不净的小储物室去了？为什么不出来赞美他的工程师儿子……一个天才，这个家的头脑，模范儿子……您也有错，你们俩任由他做自己想做的事……和那个女人结婚……两个傻子……"

他不停地辱骂，骂我母亲和哈妮亚是婊子，就差往她们脸上吐口水了。骂我是婊子生的，自私自利，就知道拍哈里姆马屁，但我没有退缩，而是用力攥紧拳头做好准备，要是这个傻子敢攻击我，我就和他同归于尽。奥马尔嘶吼着，脖子上的血管暴起，口水从嘴里喷出来。他愤怒的表情、灰色的胡子和光亮的脑袋惊吓着所有人，女人们从一边跑到另一边，躲躲闪闪，他就在后面追，到处乱蹿，想要毁了客厅里的一切，墙壁、神龛、圣母像。我并没有移开脚步，想看看这野兽到底有多大胆量，这出戏能发展到什么程度……我希望他打我，那样我就能当着他母亲的面给他重重一击，让他跪倒在我面前。然而，这并未发生。他把力气用尽了，慢慢衰弱下来，整个人都蔫了，扶着脑袋喘气。哈妮亚救下两张照片，上面是雅各布放大的、更加清晰的面容。她试图接近哥哥，却被推搡着出了客厅。当奥马尔举起手的时候，扎娜阻止了他，以母亲的力量为武器，令"老幺"后退，她不允许"老幺"随便爱上什么人。"她算什么东西！一个妓女，婊子！就让她一辈子待在那条脏船上发霉吧，可别想连我儿子也算上。走私犯！冒牌货……投机取巧……我花了大价钱才查清楚细节。她走私，还帮那个假英国人基莱诱惑的姑娘们……你们俩在卡束埃里尼亚区的藏身地……你们寻欢作乐……所有脏事！我不允许……绝不允许！听清了没？绝不！"扎娜降低声音，温柔又悲伤地说，"你在家里什么都有，亲爱的。"她哭起来，一只手抓着"老幺"的手，另一只手捋了捋他的胡子，又抚摸了他的脑袋。两人相拥着朝门廊走去。扎娜从破碎的镜子里看到自己扭曲的形象，她皱了皱眉，虽然失去了一面珍贵的镜子，但儿子就在身边，这令母亲感到幸福，即便奥马尔的内心在灼烧，他又是她一个人的了。扎娜做了个手势，示意我和多明嘉丝打扫客厅。很多东西都被毁了，剩下小神龛、水烟壶和一个柜子。灰沙发上有镜子和画框的碎片。许多椅子都坏了。我和多明嘉丝得在哈里姆回来前把地扫干净，把椅子修好。那面来自威尼斯的镜子对扎娜来说是件纪念品，是父亲加利卜送给她的结婚礼物。镜子碎了于我而言是松了一口气，因为我每天都必须用一块法兰绒布把它擦一遍，还要听着扎娜反复要求："小心我的镜子，用鸡毛掸子擦一下镜框。"

这件纪念品几乎全毁了。后来哈里姆又买了一面镜子，非常大，我以更少的热情每天擦拭它。

在扎娜随"青蛙腿"离开的那个周六清晨，哈里姆进到我的小屋里，让我跟踪他们俩。当时我还在睡觉，那晚我为了准备胡伊·巴尔博萨学校的一个考试而学习到深夜。哈里姆预感到那天会发生什么，在看到扎娜悄悄离开后他更加确定。打扮雅致且喷了香水的扎娜在哈里姆看来非常迷人。他幻想着妻子兴奋的笑脸，感到对儿子前所未有的嫉妒。

"青蛙腿"并未像往前那般叫卖，只是隐藏在即将结束的夜色中，也没有敲门。他等了一会儿便和女主人一同出发。

他不再是卖鱼人，而是一个来自其他年代的追迹者，在城市中寻人。他向所有顾客讲述了自己是如何布下陷阱的。周五晚上，阿达莫尔带了两瓶威士忌到伊斯卡达利亚港口，找来一个印第安小伙子，让他以非常便宜的价格把酒卖给"一个留着大胡子的光头"。奥马尔买下了酒，邀请年轻人到快艇上狂欢。他们畅饮，伴着《亚马孙之声》广播节目跳舞。半夜里，奥马尔和那女人在起伏的吊床上呻吟，仿佛置身无人的沙滩，在阿娜维利亚纳斯区数千岛屿中的某一座岛上。

两人不管不顾，做世界的主人，无比幸福。他们睡去，沉没在幸福的魔法之中。小港口的沙滩闻起来都是垃圾和燃料的味道。夜晚的微风带来河对岸树林的气味，还有扎娜身上的茉莉花味。港区的人都认识她：哈里姆的妻子，商店老板哈妮亚的母亲。没人知道她为何一大早出现在那里，那儿是穷人的聚居地：等待渡河的船夫、半裸的搬运工、卖甘蔗汁的人和正在支帆布帐篷的卖水果的人。扎娜从帽子到鞋子都透着优雅，她有所节制地穿了一条灰色的裙子，更适合出席夜晚的严肃场合而非在肮脏的码头进行的一次晨间会晤。然而，她是要去见她的儿子，还有一个不知从哪个阴沟里冒出来的对手。扎娜迈着坚定的步伐走在小桥上，眼睛望向河中间一艘艘大船和小船，它们看上去仿佛是从夜色中浮现的群岛。

扎娜幽灵般的身影令周围的人下意识安静下来，可能出于尊敬或惊讶。在她身后，"青蛙腿"带着胜利的笑容向蹲在船上的撑船人们挥手。偶尔有些睡眼惺忪的面孔从栈桥边的吊床上露出来。扎娜和阿达莫尔在栈桥的尽头停下，他们在那里等来了四个矮胖的男人。几人聊了一会儿，比了几个手势后登上一艘船，船把他们带向奥马尔的快艇所在之处。我远远地跟着，看他们的身影逐渐变小，在清晨的雾气中渐渐模糊。在离船更近的地方，我能看清快艇上发生的事。有人影扭打起来，吊床在摇晃，快艇在摇晃，使得水面泛起波澜。我听到有女人的喊声、哭声，然后是扎娜的声音："放开那个女人……把她留在这儿，我儿子一个人回家。"

我跑回伊斯卡达利亚港的岸边，躲在一面红砖墙后偷看。

港口逐渐热闹起来，人越来越多。我看到红色的船队，彩色的吊床，被阳光搅扰的乞丐们，天上有大片的云，远处的树林逐渐清晰，一切都像是具有了厚度，动作，生气。

奥马尔出现在栈桥尽头。

灰色的胡子和光头看起来比他的眼神更正常一些。如果只是擦肩而过，他可能会被当成是某个搬运工、渔夫、小商贩，或者不过是又一个穷人。他本可以做自己的主人，努力获得自由，直到死都要过冒险的生活。

奥马尔离沙滩越来越近，我看他就像在看一个陌生人，我也希望他真的就是个陌生人，这样我就不用过多地考虑自己对他的看法，也不用出现在红砖墙后，看着他越走越近。他双臂松弛，肩膀和脖子上有瘀青。这个衣衫褴褛的人很快就会沐浴在邻居们怜悯的目光中。奥马尔没有抬头，像是一个把回家的路记在了心里的盲人。平时他最喜欢和邻居打招呼，这次却没有看任何人。他身上有很多抓痕，眼神透露出恐惧，头和身体的动作并不协调。就只看脸，没人认出他。多明嘉丝站在门口迎接，邻居们这才明白是奥马尔回家了。

下午奥马尔独自一人吃午饭，陷入沉思。回到家后，他把自己关在房间里过了很多天，一直在回想他的失败，等着头发长起来，等理发师给他修面，从被驯服的未婚夫变回之前的夜间动物美男子。

对母亲的忠诚值得回报，令哈里姆绝望的是，扎娜比之前更加溺爱"老幺"。都不需要他开口，母亲会猜测他想要什么，全都买回来，只要奥马尔不离开她。这两人之间不存在免费的回报。哈妮亚不得不动用店铺保险柜里的钱，这让她很生气，但还是屈服于哥哥任性造成的流水账，放弃了说教，像会计或铁公鸡那样精打细算着家里和店里的开销。奥马尔听到了抱怨，开始温柔地对待他妹妹，亲吻她的手，抚摸她的脖子，舔她的耳垂。"老幺"抱着妹妹，用充满欲望的征服者般的眼神看着她。哈妮亚从奥马尔口中听到了她希望男人对她说的话。"哥哥永远不会离开你，不会抛弃你，妹妹。"他小声说。哈妮亚融化了，放慢说话速度，声音甚至有些模糊不清："好，哥哥，我给你钱，你去玩吧。"

就这样，奥马尔恢复了之前和"黑皮树"一起生活时所失去的诱惑能力。

说到底，奥马尔的失败有自身的原因。他并没有强大到可以选择自由生活，没有办法反对母亲的决定，他的生活和情感都仰仗着母亲。比起和心爱的女人一起过拮据的生活，奥马尔更愿意享受家里的舒适、找妓女。他尝试接受这一事实，再也不敢对任何女人献上自己的真心。

奥马尔回归到往日辗转于妓院和俱乐部之间的夜生活之中。一个人喝酒，在清晨回家，像机器人一样没有灵魂地走进家门，有时他会含混地叫着他真正爱过的两个女人的名字，哭得像失去珍贵之物的孩子。他变得幼稚，经常陷入沉默，许久不开口，像是在拒绝母爱，推迟开始讲话的时间。奥马尔驻扎在门廊上，像走投无路的动物，避免和人类接触，早上回到家之后继续在家里喝酒，被持续的宿醉毁掉。我并不觉得可惜，正是他教会我同情和怜悯都是没用的。那是在某天下午，扎娜派我到位于思念广场的某裁缝家取一条长裙。当时我还没有吃午饭，被强烈的日光照得头晕目眩，坐在报亭边上阴凉处的长椅上休息，看着西蒙·玻利瓦尔路，它通向母亲曾经居住的那家孤儿院。

我想起母亲，又想起拉瓦奥曾说过广场附近有一座印第安墓地。一群男人的吵闹声打断了我的思绪，当他们靠近报亭，其中一个人指着我大声喊："那是我家女佣的儿子。"所有人都笑起来，并没有停下他们的脚步，我一直都没忘记这件事，想把奥马尔拖到最臭的一条河边，扔到淤泥里，扔进这座城市的腐朽之中。

我把这想法讲给哈里姆听，在他讲完"黑皮树"的故事后。

他看了我一眼，转头看向储藏室的窗户。内格罗河幽深的河水在日光下泛起粼粼波光。阿道夫·里斯本市场后面的码头在那个周六上午显得格外热闹。

我以为自己说的关于奥马尔的话会结束我们之间的谈话，谁知哈里姆的视线再次移到我身边，问我胡伊·巴尔博萨学校的事，问我在那样一个声名狼藉的学校学习是否有意义。"坚持做完一件事总是有意义的。"我说，"我在'违纪者的鸡舍'学到了一点东西，更多的知识源于阅读拉瓦奥给我的书以及在课后与他交流。"

"我那个儿子在'鸡舍'也不学习，"哈里姆抱怨道，"就是个弱者……被我老婆吸干了力量和勇气，吸干了心、灵魂和欲望。我并不想要孩子，真的，不过不论好坏，哈妮亚和雅各布起码能让我过自己的日子。我本想送双胞胎两人一起去黎巴嫩，让他们生活在另一个国家，学习另一种语言，那是我最想做的事。我把这个想法告诉了扎娜，她坚决反对，说"老幺"去那么远的地方会死掉。结果都不好，无论是离开的雅各布还是留下的奥马尔。雅各布刚回来的时候，我还心存希望，带扎娜来这里，自由自在地玩耍。我下了多大功夫才娶到这个女人！好几个月……加扎勒……为了壮胆而喝酒……没人接受，没人相信一个卖东西的小贩能打动加利卜的女儿。她勇敢地做出决定。我相信……只想着她，只想要她。然后生活开始绕圈，把我困住，逼我后退。生活本来是一条直线，突然绕成了解不开的结。加利卜在远方去世时就是这样，我理解扎娜的难过，父亲……我不知道父亲意味着什么，我没见过自己的父母，当初和舅舅法戴尔一起来巴西，那年我十二岁，然后他走了，消失了，把我一个人丢在东方旅馆……我紧紧抓住扎娜，想要一切，可能或不可能。猛烈的激情就像一个深渊。加利卜死后，奥马尔占据了扎娜的人生，她总说那孩子会死……那是个借口，我知道奥马尔不会出事……扎娜简直疯了，为"老幺"做一切，情愿跟他一起死。只有远离奥马尔的时候，她才是我的妻子，我想要的女人。我记得她身上的味道，记得那些充满激情的夜晚。早上，我们到市场去吃早饭，赤脚在沙滩上散步，我想和她一起逃走，坐船去贝伦，把三个孩子都丢给你妈妈……我想过这样，想过一切，甚至是自己一个人逃跑，但不会成功的，扎娜的身影会再次占据我的脑海。又发生了很多个欢愉的夜晚，就在这间储藏室里，在这堆乱七八糟的东西旁边。问题在于奥马尔，在于他的感情生活，那两个女人……第二个造成了极大的损害，令扎娜意识到她有可能会失去儿子。奥马尔那个厌包！懦夫！我都不想看他……不想听他的声音……从来都不想，那让我恶心。如果我还有力气，肯定要再抽他一次。他把扎娜心爱的镜子打碎的时候，我就应该抽他一百个巴掌，一千个……"

哈妮亚上楼来到储物室，想知道发生了什么。哈里姆没有停止叫喊："抽那个懦夫一千个巴掌！"她弯下腰，用手擦去父亲脸上的汗和嘴边的口水。哈里姆愤怒地喷着唾沫，哽咽住，摇着头开始咳嗽，瞪大眼睛，上气不接下气，双手摸索着拐杖。"爸爸，您好些了吗？小声一点，店里都是客人。"哈里姆看着女儿说："都是狗屎。"哈妮亚下楼了。哈里姆拄着拐杖站起来，看着破碎的纱布卷和棉布卷，到处都是飞蛾。他摇摇晃晃地走了几步，缓慢地下楼。我想帮忙，但他拒绝了，没说要去哪里，拿起拐杖在客人中间为自己分出一条路。我看见他蹒跚着走到河岸附近，越走越远，最后只能看到苍白的头发在漆黑的河流边上移动。

对那时的哈里姆来说，从家走到店铺，走上旋转楼梯，坐在储物室里靠窗的椅子上这一系列动作已经非常困难。我陪他走过很多次这一缓慢的征程。每当有人向他问好或叫出他的名字，他就抬起拐杖，问我那个傻瓜是谁，我便告诉他那是干奶酪店的伊布拉音，或者是伊萨·阿兹马尔的儿子，还有的时候是曾和他一起玩双陆棋的伙伴，在"河中美人鱼"酒馆。哈里姆已经不玩棋了，颤抖的双手无法再掷色子，这一步骤就像是这个游戏的秘密魔法，至关重要。需要用手指感知色面，这对哈里姆来说已经结束了。有时哈妮亚会找两个人上楼到储物室陪父亲玩双陆棋，只为让他不要掺和店里的生意，虽然哈里姆对这家店铺的命运一点都不感兴趣。他对其他玩家和他们掷出的色子完全不上心，因为他人生中的另一个游戏，伟大的游戏，已经结束了，就在奥马尔结识了"黑皮树"之后。温热的空气透过窗子钻进储物室，哈里姆放任自己被潮湿的空气所麻痹。他原本看着棋盘的双眼转而望向窗外的内格罗河，河水映照出连绵的白云，哈里姆看着河水寻找着内心的平静。

在生命的最后几年，哈里姆常常独自在储物室的旧物中欣赏内格罗河的景色，陷入回忆之中，时而笑着打手势，突然严肃起来，接着又恢复笑脸，肯定或否定着某些无法解读的东西，试图在脑海中找到某段回忆、某个场景。一个场景延伸成很多个，就像一部从中间开始的电影，所有片段在时间和空间中跳跃着打乱顺序。

在我看来，老去的哈里姆就像一个落水的人，抱着一节树干，被水流推向离河岸越来越远的地方，直到获得最终的平静。他在假装毫不关心外事外物？偶尔他确实会这样做，不听任何人的话，假装听不见，但哈里姆没有放弃生活中能令他稍微兴奋起来的一件事——喝几口亚力酒。他喝下酒，慢慢舔着嘴唇，窥视着扎娜的动作，为她融化，含混地说出几句爱语。哈里姆的时间还没到，后来他又见证了几件发生在我们生活里的大事。

## 7

在 1964 年一月的第一周，安特诺尔·拉瓦奥来家里找奥马尔谈话。这位法语老师看上去十分焦虑，询问我是否读完了他借给我的书，并用令人窒息的声音提醒道：狂欢节一结束就要开学了。他说起话来像机器人一样，没有了讲课时的平和与偶尔的停顿，也没有了他在翻译和讲解诗歌时那种能令我们全神贯注的情绪。我母亲吓了一跳，她从未见过拉瓦奥如此颓丧，像个活死人，脸上带着困兽般的痛苦。他婉拒了咖啡和瓜拉纳饮料，边劝说奥马尔去参加读诗会，边抽了好几根烟。"老幺"先是表现出嫌弃，随后开玩笑说："要是在香格里拉俱乐部举行，我倒很愿意去。"那天对于拉瓦奥而言并不是个开玩笑的好日子，他表情凝重地闭上嘴，咳嗽了一声，转而又继续请求奥马尔和他一起到他住的地下室去。在去之前，他还需要先等这位朋友洗去一身的宿醉。两个人快步离开，第二天早上奥马尔才回来，令扎娜感到奇怪的是，儿子回来时是清醒的，似乎在隐瞒什么令他不安的事情。扎娜用问题对儿子进行连续轰炸，对方却没有开口。午饭前，奥马尔向妹妹要钱，金额比平时多，哈妮亚拒绝了他："没门儿，哥，没有任何胡闹值得这么多钱。"奥马尔坚持要钱，却没有表现出惯常的不要脸，也没做出能令哈妮亚投降的诱惑举动。他的表情很认真，声音严肃，眼神真挚。满心疑惑的扎娜让女儿给奥马尔一些钱，哪怕就一点也行，他也许是要还债。"你们两个人就知道不停地要钱，为什么不自己去柜台后面站一个星期试试？或者就一天，一整天，在那个火炉里，忍受酒鬼们的胡闹、顾客的挑剔，还要忍受爸爸的胡言乱语。"

　　哈妮亚没有妥协。她一直在为一月份极差的营业额担忧。生意基本停摆，港口工人的罢工令她失去了伊斯卡达利亚区周边的客源。她把从圣保罗运来的一些新货样品放进箱子，让我拿着去找之前常去店里的客人们。"追着这些常客，他们要是想买，我可以送货上门。"名单很长，每条街都有八到十户人家需要我拜访，向他们展示哈妮亚的精美商品。我认识所有类型的顾客：犹豫不决的，喜欢卖弄的，爱提要求的，挥霍无度的，激进的，胆小的，固执的。一些人会留我喝下午茶，不停给我讲故事，告别的时候就好像我只是去他们家里做客。这让我想起哈里姆的话："做生意，首先交换的是话语。"很多人都在为二月份的狂欢节攒钱，但也有些人会买东西，于是我从哈妮亚那里得到了笑容和一点佣金。她很愉悦，一双大眼睛因过多的欢愉而翻转。她痴迷于做生意，一接到订单就变成了另一个人，咬着嘴唇拥抱我，而我则颤抖起来，就像回到曾经为扎娜庆祝生日的那些夜晚，后来便不再有那样的日子。一月和二月，我基本是在小巷、胡同和林荫路上度过的。到了晚上，哈妮亚关上店门，接替我走街串巷，我则跟着哈里姆。哈妮亚不想让他晚上在外面逛。"不能让他一个人，很危险。"我会在金太拉十字路口找到他，和一群朋友在一起，或者是在他一位身体抱恙的老朋友家里。哈里姆并不想回家，他脱口而出几句阿拉伯语，随后又小声说："好吧，孩子，咱们回去，回家……就该这样，不是吗？"

　　在我们看到哈妮亚抱着一箱子货物挨家挨户叫卖的那个晚上，哈里姆生气地说："我可怜的女儿，为了养那个寄生虫简直要逼死她自己。"他再也忍受不了哪怕是看奥马尔一眼，光是听到儿子的声音都让他愤怒，让他肚子疼，感觉内心在灼烧，身体里的一切都在灼烧。我知道他会用棉花或蜡堵住耳朵，只为不听奥马尔的声音。我跟着哈里姆的时候，经过了拉瓦奥的住处，没能从露在地面之上的窗户中看到他，整条街漆黑一片，荒凉得有点吓人。我回忆起自己去他住处参加读诗会的几次经历，一堆堆纸张包围着他睡觉用的吊床。天花板上吊着雕刻品、动态雕塑和纸质装饰物。也许他从未扔掉过一张纸，全都留着：票据、诗册和数不清的课堂笔记。卷起来，折叠着，又或是平摊开，全部散落在肮脏的地面上。在黑暗的角落里，堆积着空酒瓶。水泥地面上还留有食物残渣，混着蟑螂的翅膀。"这堆混合物比噩梦还要恶毒，但却是我的食物。"拉瓦奥对学生们说。离开的时候，我们带走了他送的大量书籍和有些年头的批语。他留在那里，把夜晚用来抽烟、喝酒、翻译法语诗歌。

那天拉瓦奥并没有邀请我去参加读诗会，这令我感到很奇怪。之后，到了三月，他没来上前两节课，直到第三个星期才出现。他走进教室的时候，脸上的表情比之前来家里时还要不安，身上的白色大衣满是污点，左手手指和牙齿因为吸烟过多而发黄。"抱歉，我现在状态不好。"他用法语说，接着又用葡语小声嘟囔，"话说回来，如今很多人都不太好。"他费力地让自己站稳，颤抖的右手拿着一截粉笔，左手则拿着一支烟。我们等待着他惯常的"演讲"，沉浸在诗歌世界中的一场五十分钟左右的讲说。过程总是如此：首先他介绍历史背景，接着是与学生对话，最后是讲解作品。他用法语讲，鼓励我们，刺激我们，提出问题，他希望所有人都能开口说，哪怕是最害羞的几个人，不要消极被动，永远不要。他想看到大家开口讨论，有不同的见解，相悖的意见，他会听取每一个声音，最后进行慷慨激昂的辩论。他能记住一切，所有来自学生们的谬论或直觉或疑问。然而，那个早晨他没能做到这些，甚至不能说清楚话，哽咽着，像是要窒息。我们非常惊讶。见他这副样子，就连平时最大胆最叛逆的学生也不敢做鬼脸逗他。"我们看……我们……读一些……翻译……"颤抖的手开始在黑板上写下诗句，粉笔留下的痕迹让人想起阿拉伯字母，只有最后一句能看清，我抄写下来：Je dis: Que cherchent-ils au Ciel, tous ces aveugles?（我说：他们在天上找寻什么，那些盲目之人？）其余部分都看不清，他忘了写标题，有那么一会儿，他奇怪地看着大家，然后丢下粉笔，什么也没说就离开了。法语老师再也没有回到学校，直到四月的某一天，我们目睹了他被捕的过程。

那天拉瓦奥刚从莫甘比咖啡馆出来，慢慢经过阿卡西亚斯广场，朝"违纪者的鸡舍"走去。他手上拿着一个旧公文包，里面有书和纸张。总是那同一个公文包，同一些书，但里面的纸可能有所不同，因为上面有他潦草的笔记。拉瓦奥写了一首诗，把它分发给学生们。他从来不保存自己写的东西。他说："象征主义诗人或浪漫诗人的一个诗句，远比一吨我这种无用且卑微的修辞要有价值。"

他们在阿卡西亚斯广场中央羞辱他，扇他耳光，令他像野狗一样接受他们残暴的殴打。拉瓦奥的白色大衣上绽开一片猩红，他在广场中间的小歌坛上转圈，双手茫然地寻求着支持，肿胀的脸庞转向太阳，身体不辨方向地绕着，磕磕绊绊地蹒跚走下几个台阶，最终倒在广场的湖边。裸颈鹳和叫鹤四处逃散。学生们的嘘声和抗议声并没能吓走那些警察。拉瓦奥被拖到一辆军车上带走，莫甘比咖啡馆随即关上了门。两天后，我们听到了拉瓦奥的死讯，很多扇门都关上了。这一切都发生在四月，四月最初的那些天。

在老师被逮捕的那个上午，我捡到了他落在湖边的公文包。

包里面的书和写着诗的纸上满是血污。

我对拉瓦奥的回忆有：他的谆谆教导。他精美的书写简直像是设计过的。他的那些经过深思熟虑的话语。拉瓦奥不想被称作诗人，他不喜欢。他厌恶排场，嘲笑政客，在课间休息时会开他们的玩笑，但从不在课上说这些事。拉瓦奥曾说："政治是用来消遣的谈资。在教室里，我们谈论更高尚的话题。现在继续之前我们所讲的……"

他去世那天，下起了雨，大雨滂沱。即便如此，学生们依旧聚集在广场的歌坛上，有他曾经教过的，有当时正在教的，我们点起火把，确保每人手上至少有一首老师写的诗。歌坛上站满了人，被火光照亮。有人提议大家为牺牲的老师默哀一分钟。接着，一位曾经的学生高声朗诵起拉瓦奥的诗。奥马尔是最后一个开口的。他很难过。大雨加重了悲伤，却也点燃了反抗精神。歌坛的地面上仍留有血迹。奥马尔用红色的油漆写下了拉瓦奥的一首诗，那些字句在那里保留了很久，清晰可读，坚定有力，纪念着一个人，或许是很多人。

就那一次，只那一次，我没对奥马尔抱有敌意。在那个下着大雨的傍晚，我们的脸庞被火光照亮，我们的耳朵热切聆听着一位逝者的言语，我们的双眼注视着学校的正面，注视着装饰在大门上的黑色丝带。我无法在这样的时刻恨奥马尔。学校在哀悼，为了一位被杀死的教师。于我而言，这便是那个四月的开端，对我们之中很多人来说亦是如此。

我无法去恨"老幺"。我想：如果我们的全部人生都浓缩在那个傍晚，那我俩便可相安无事。然而那天之前或之后的现实都并非如此，只有那一个傍晚。那天奥马尔回家的时候非常激动，都没有意识到家里有另外一个人。

　　当时整座城市略显荒凉，那是一段恐怖的时间。家里也基本是空荡荡的。哈妮亚待在店里，哈里姆到处闲逛，扎娜则是去邻居家串门，也许是在塔里布家里，探讨烹饪。多明嘉丝是这个家的守护神，她在后院的小屋里熨衣服。我较早回到家里，想起了拉瓦奥，想起我们在他的"洞穴"里的谈话，他称自己所住的地下室为"洞穴"。我们对他知之甚少：到了中午十二点和下午六点，房东太太会把做好的饭放在"洞穴"入口，每天如此，周日也不间断。我曾在经过那栋房子的时候，看见放在他门口的食物，红火蚁和夜猫群在周围躁动。透过地下室的圆窗，我能看到拉瓦奥的身影。阳光基本照不到房间里，天花板上的一盏灯照亮了老师的脑袋。他抽烟、写字或翻书的时候，手上的动作都有点神经质。他晚上很少吃东西，午饭一过就开始喝酒，进教室的时候是清醒的，只是有些激动，夜间班的学生们能闻到他饮酒之后带着酸味的吐息。那种酸味随着汗水从他的毛孔中散发出来。即便如此，他并未失去应有的仪态和情绪。教室里灯光不够强的时候，他就点上油灯和很多蜡烛，在读诗和评论的时候从未失去热情。偶尔他会突然停下来，进入一种全神贯注的状态，可能是在思考，也可能是声音在记忆的命令下暂停，又或者是受酒精的影响，一瞬间坠入了深渊？也许吧，无从解释，因为没人明确了解他的生活。一只在巨石间前行的小蜗牛。学校走廊间流传着关于拉瓦奥的两个传闻。一个说他曾是红色军人，属于最勇猛的那些，是首领中的首领，去过莫斯科。他没有否认，更没有肯定。当好奇的喧嚣在走廊间传开时，他只是闭口不言。另一个传闻很悲伤，说在很久以前，年轻的律师拉瓦奥和内陆的一位姑娘生活在一起。这位天生的领袖、演讲者应召到里约参加秘密活动，他带着那女人一同走的，回到玛瑙斯的时候却是只身一人。据说这是个关于背叛和抛弃的故事，有着不同的版本，一致或相悖的说法……还有猜测。能确定的是，自那以后拉瓦奥就幽居于玛瑙斯河支流沿岸一栋房子的地下室。很多时候他都安静地待在"洞穴"的角落里沉默着，行将就木般的脸上蓄着厚厚的胡子，一直蓄到他死去那天。他并非要绝食，也不是食欲不振。也许是因为绝望。拉瓦奥的诗中充满罕见的词汇，暗示着痛苦的夜晚、地下的世界和既没有出路也无法逃离的生活。在周五，他把那些诗发给学生们，想着没有人会去读，他总是想到最坏的结果。本质上来说，他是个悲观主义者，不抱幻想，作为补偿，他在外表上下功夫，言谈举止都带着精致的公子哥范儿。拉瓦奥不接受诗人的标签，却不在意别人说他古怪或夸张。我不知道这两个词中的哪一个能更好地定义他这个人，也许两个都不行。但他确实是一位大师，也是一个坚持创作的痛苦之人，知道自己的作品不会出版。他的诗安静地躺在那儿，在被遗忘的抽屉中，在学生们的记忆里。

旧文件夹已经干了，我借着多明嘉丝熨衣服的蒸汽加热拉瓦奥的手稿。那些褶皱的纸张染着污点，只有些许词汇能够辨认，本就简短的诗变得简短至极，零星的词语散在纸上，就好像看一棵树只能看清树上的果子。我看清了那些果子，它们随即落在地上，消失不见了。我看着客厅，远远望见一个高挑、瘦长的身影，我只能想到诗人，想到那是诗人安特诺尔·拉瓦奥的幽灵。

是雅各布。

雅各布静悄悄地走进房子，吓了我一跳。他刚从机场回来，看上去像个帕夏。年轻时的持剑人没有丢失他的姿态：他站着抽烟，把袖子卷了起来，欣赏着雨，被雨滴碎落在屋顶的声音所吸引。多明嘉丝放下熨斗去迎接刚到的人。她拥抱雅各布，比拥抱家里其他男人的时间长。然后她拿来蒲桃汁，在门廊那里系上吊床，放张小桌子，摆上煮好的桃椰子和一壶咖啡。雅各布躺在吊床上，示意我母亲同他一起。

我走到门廊附近，想听雅各布的声音。他严肃的声音几次说到我的名字。母亲指了指后院。我发现雅各布有了些变化，他上次回来并没有这么亲近多明嘉丝。现在两人看起来很亲密，随心所欲地聊天。当我母亲接近吊床，雅各布用手抚摸了她的头发和后颈。分了心的多明嘉丝伸手摸了摸对方脸上的疤痕，雅各布的笑容消失了，他板起脸，双脚踩在地上止住吊床的摆动，又点了一根烟。他从未和左脸上的伤疤和解，立刻用手掌把它盖住。雅各布的表情凝重起来，眼神中显露出迷茫与痛苦。奥马尔进门的时候，他站了起来。"老幺"湿透了，光着脚，衣服贴在身上，他显得很激动，脸上还能看出对拉瓦奥的哀悼之情。我仍然记得奥马尔朗诵逝者的诗的声音，记得有一段时间他们两人，学生和老师，在放学后会到弗雷·若泽·度斯·伊诺森其斯路附近的小树林，去找等待着他们的妓女。

雅各布皱着眉头看向弟弟。也许对他们而言那是适合相互厮打的一刻，那两个有血有肉的人，当着我和我母亲的面。雅各布含糊地说了些什么，奥马尔并未理睬，靠着楼梯扶手上楼了，咳嗽声与沉重的脚步声回荡在房子里，在进入自己的房间之前，奥马尔喊了多明嘉丝的名字，用命令般的语气，但多明嘉丝并没有离开雅各布的身边，任由楼上的病人疯吼，我注意到她脸上露出了笑容。

我观察着雅各布，他的怒意渐消，站得笔直，整个人像是经过了重新整理。我记起他上一次回来的时候，记起我们一起去散步，我害怕距离，害怕我与他不能相见的那些时间，它能把一个人变得卑微、无耻或多疑。我想他会变得更高傲，成为许多事实与真理的主人，如果不是全部。我记起母亲的话："他一从黎巴嫩回来，就找我聊天。只有他会进我的房间，只有他想听我的故事……他只在其他人面前沉默不语。"

雅各布并未失去他的高傲，那是一种骄傲，他向自己和其他人证明了即便是一个粗鄙的人，一个放羊的，一个他母亲所谓的"野人"也可以变为著名的工程师，在圣保罗深受那一领域的人崇敬。现在他不想被称为博士，在家里更放松了，不再西装革履，也不再表现得像个旅客，而是一个回到父母家、回到童年住处的儿子。当扎娜和哈里姆几乎同时进门的时候，雅各布正坐在吊床上思考着什么。扎娜先看见了他，跑过去扑在儿子身上亲起来，马上又分开，因为她听见从奥马尔房间传来的呻吟声。

"我去看看你弟弟怎么了。"扎娜焦急地说，"哈里姆，快看谁回来了。"

父亲抱怨着城里的人山人海，市中心出了乱子，"浮城"被军人包围了。

"到处都是军人。"哈里姆说着拥抱了儿子，"就连那片荒地的树上都有士兵……"

"那些土地正求着被占领呢。"雅各布笑着说，"玛瑙斯已经准备好要成长了。"

哈里姆擦了把脸，看着儿子的眼睛无趣地说：

"我不求这个，雅各布……该成长的我都成长了。"

雅各布转头看着雨，他站起身，哈妮亚的声音打断了他与父亲的对话。军队在港区附近的活动令哈妮亚感到害怕，但雅各布的出现令她忘记了政治暴风雨。哈里姆走开，留两兄妹在门廊。扎娜忙着照看生病的儿子，在奥马尔房间里待了几个小时，房门打开，我们听到她心疼地说："奥马尔淋雨生病了，都是为了那个拉瓦奥，那个疯子似的诗人。"她在"老幺"房间系了个吊床，打断了哈妮亚和雅各布的对话，"我去找医生，可怜的奥马尔连唾沫都快咽不下去了。"雅各布只用余光追随着扎娜的举动，他对母亲并不热情，总保持着一段不代表中立也不代表陌生的恰好的距离。当各部分紧张起来时，便能彰显他大师一般的平衡能力。年少时，面对划伤他左脸的碎玻璃，他没有反抗，但也没有与他的伤痕妥协，被动接受命运留下的痕迹。我母亲眼看着雅各布变得越来越坚定，越来越有力量，"准备好像翡翠蟒一样发起进攻"。她预感到他在思索着什么，我不知道他们两人会不会在家外面偷偷见面。他们迅速交换着眼神，几乎只是一瞬间，但我明白了她笑容里的含义。

在那些日子里，最令我印象深刻的是雅各布对工作的坚持，还有他的勇敢。他晚上大部分时间都在工作，客厅的桌子上铺着带格子的纸张，上面满是数字和图样。他早上五点就起床，那个时间只有我和多明嘉丝是醒着的。六点，他邀请我和他一起吃早饭。雅各布就着温热的牛奶吃木薯饼、炸香蕉、法国吐司和杧果干，几乎是吞下食物，手和嘴上都沾了蜜。在那个时间段，我们能更强烈地感受到树叶潮湿的味道，棕榈果和波罗蜜成熟的香气。雅各布喜欢等待日出，喜欢看植物渐渐被光照亮时颜色的变化。这是他一天中无须加紧忙碌的时刻。那天早上，他说："我想念这样的早晨，这种气味……院子。"接着他给我讲了他的工作，每月他会到圣保罗沿海地区两次，他在那里建楼。"等以后哪天你去那儿找我，我带你去看海。"

那是一个承诺，但我并不觉得未来能有多好，大海太远了，而我的思想就只能钉在那儿，钉在每一个当下的日日夜夜里，在学校紧闭的大门上，在拉瓦奥的死这件事上。雅各布知道吗？他注意到了我的沉默，我的悲伤。我对他说我害怕，我的学业就快结束了，有个老师被杀了，是安特诺尔·拉瓦奥……他摇着头沉思片刻，然后看着我说："我也有一个朋友被……他是我在圣保罗上学时的老师……"他没再说下去，似乎觉得我听不懂他下面的话。雅各布在神父学校学习的时候也许认识拉瓦奥。

他知道玛瑙斯变成了被占领的城市。学校和影院都关了门，有海军舰艇在内格罗河水域巡视，广播电台只播放亚马孙军事指挥部的公告。哈妮亚不得不关了商店，因为港区工人的罢工最终演变为工人与军警的冲突。哈里姆建议我在家门外不要提起拉瓦奥的名字，还有其他被禁声的名字。学校门上的黑丝带被扯下，教学楼的门在很多个星期内保持紧闭。

即便如此，雅各布并不惧怕围绕在各个广场和玛瑙斯港口的绿色车辆，也不怕那些占据了街道和机场的穿着绿色制服的人。哪怕是绿色的魔鬼也吓不倒他。我不想出家门，不懂造成这种政治局面的原因，但我知道有阴谋，有部队在活动，到处都有抗议的声音。暴力。这一切都令我感到恐惧。但雅各布坚持要我陪他出去，"我也曾是军人，是预备军军官。"他自豪地说。

在那个下午，我们到中心地区拍摄大楼和纪念碑，在马特里斯广场停下，我想起了纪念拉瓦奥的弥撒，被禁止的弥撒。在雅各布拍照并做笔记的时候，我走过广场的小路，在一个石凳上坐下，石凳被粗壮的树根网住。午后的炎热令我有些头晕，口干舌燥。喷泉的天使铜像不再喷水，我在教堂边休息，观赏着鸟舍里的鸟。我知道它们受惊了，疯了一样到处乱飞，接着有苍蝇的嗡鸣声令我反感，一个单调的声音逐渐加重，我转头看向街上，看到一辆吉普满载着手握刺刀的士兵，我在那一瞬间冻住了，想起了拉瓦奥的身体在歌坛上忍受拳打脚踢，之后被拖拽到湖边。我等着这辆车过去，结果很快又开来一辆，之后又一辆。很多辆，响着雷鸣般的声音。士兵们喊着口号，人声和汽车喇叭的声音警醒着马特里斯广场。由数辆吉普组成的车队从欧索里奥广场那边来，朝着公路开去。我颤抖着用余光看着那个绿色怪物，感觉很不舒服，开始头疼，在发现绿色车队似乎没有尽头的时候，我觉得自己要吐了。大地抖动得越来越厉害，警笛声和喊叫声在我脑中嗡嗡作响。刺刀指向教堂大门，我的同学们在那里举着手，扑倒在地面上，接着刺刀又指向拉瓦奥，他蜷缩在装满死鸟的鸟舍里，右手抓着破旧的文件夹，左手试图去抓被点燃的手稿。我想进入鸟舍，但门被锁上了，拉瓦奥离我很近，我能看到他痛苦的脸，衣服领子上都是血，他眼神悲伤，张着嘴却说不出话。拉瓦奥的身影消失在突然而至的黑夜中，我开始像疯了一样叫着雅各布，然后看到母亲站在我面前，双手放在我炽热的脸上，双眼凝视着我，眼神热切、激动。哈里姆和雅各布就站在她身后，面露惧色地看着我。我因为发烧而颤抖、出汗，衣服都湿透了。我想知道在老师的弥撒上发生了什么，他们都不说。我母亲一直守在我身边，那是她第一次日夜守着我，抛开了她的一切日常工作，都没上楼去看奥马尔。

在离开玛瑙斯前的那些天里，雅各布来看了我好几次。他坐在凳子上，用手抚过我的脖颈和额头，说我还有点发烧。我仍然记得他担心的神情，记得他说想叫医生，他出钱。多明嘉丝没有接受，她信任"科帕伊巴膏"和草药。我卧床休养了几天，哈里姆对我这个没名分的孙子比亲生儿子更上心，得知这点后我感到很高兴。他都没靠近"老幺"的房门，倒是来我房间不少次，其中一次他给了我一支银制钢笔，作为我十八岁的生日礼物。就连雅各布也不记得这个日期。他把没能花在请医生这件事上的钱送给多明嘉丝，这次我母亲没有拒绝。那是个难忘的生日，母亲、哈里姆和雅各布都在我床边，都在谈论关于我的事，我发烧的情况和我的未来。楼上的另一位病人嫉妒不已，想要抢走我成年的庆祝。我们能听到他的呻吟、喊叫、拍打声，金属的响动，各种令人心烦的声音。愤怒的奥马尔踢倒尿壶和痰盂，把他的房间搞得一团乱，像是憎恶属于自己的那个空间。不，他才不会同意，不会允许我在这个家里称王，哪怕只有一天。奥马尔咳嗽、发火、拍打着门，站不住了就靠在床上，他打开窗户，感觉喘不上气。哈妮亚拿着纱布和食物在楼上楼下来回跑。扎娜寸步不离开"老幺"身边，她对多明嘉丝和哈里姆感到生气，因为他们没去看奥马尔。我母亲没过去。哈里姆则是受不了扎娜和奥马尔之间的对话。他在我房间里小声重复道："你懂吗？懂吗？"像是在问他自己，或是问一个不在场的人，一个不认识的人。已经准备离开的雅各布走进我的房间，哈里姆抬起头。我不知道以后还能不能再见到雅各布。他不喜欢拖沓的道别，拉着我的手说会给我寄信和书籍。然后他握了握父亲的手，说他赶时间，但哈里姆用力地抱着他哭了起来，弯着腰把头靠在雅各布肩上，用断断续续的声音说："这里是你的家，儿子……"

我很少见到哈里姆如此难过，他皱着眉头，双眼紧闭，干枯的双手用力抓着雅各布的后背。两人走出我的房间，我起身到床边看着他们的身影。扎娜和哈妮亚在门廊上等着，哈里姆希望儿子再多待几天，希望他下次回来能带着妻子。雅各布承诺下次会和妻子一起回来。我听到他严肃的声音回荡在空气中，他对母亲说："您可以放心，我们俩会去住酒店。"

"住酒店算怎么回事？哈里姆你听听。咱们儿子想和他老婆藏起来……想在他的老家装陌生人……"

哈里姆做了个手势，示意扎娜不要再多说，转身离开。

"我妻子没有义务来忍受一个病人的胡闹。"雅各布高声说道。

扎娜咽下了这句话。为避免双胞胎之间发生冲突，她可以咽下一切。她把雅各布送到门口，然后我看见她上楼了，步伐缓慢又犹豫，仿佛是被思想牵绊住了。我整个上午都在瞌睡，醒来时听到一阵持续了数秒的轰鸣，那声音渐渐变小，最终消失了。是雅各布乘坐的飞机起飞了。那时候的说法称之为"在正午开往南部的航班"。

我预感自己不会再见到雅各布。我问母亲他们在她房间里都聊了些什么。他们二人之间到底发生了什么？我有勇气问她雅各布是不是我的父亲。我无法忍受奥马尔，我的所见及感受，哈里姆讲给我听的那些事，所有这一切都足以令我厌恶奥马尔。我不明白母亲为什么不骂他，为什么不远离他。为什么要忍受他的羞辱？她让我休息：应该利用这段时间多休息，在床上看看书。"你瘦了，脸都发黄了……"她摸着我的脸说。多明嘉丝尽力掩饰，想用她离开我房间之前说的这最后一句话来安慰我。另一位病人的健康情况不如我。他是病人，我是康复者。拉瓦奥的死对奥马尔和我来说是一次打击。他的呻吟和暴力反应看似夸张，但他确实对老师的去世怀有真情实感。

比起希古·基莱，安特诺尔·拉瓦奥与奥马尔的交情更深。

这份友谊有些隐秘，就同奥马尔和他之前的两个情人那样，或者说，一切能给予奥马尔欢乐、欲望或自信的事物都是如此。他臣服于"被禁止的欢愉"中。奥马尔没有忘记拉瓦奥，在哥哥离开后他依旧把自己关在房间里。这种深居简出中带有一份真诚。他撰写了一篇"反抗政变者宣言"并高声朗读。这是一个勇敢的举动，只可惜这些勇气都浪费在了空荡的房间里，只有我听见了那些大胆的语句、强硬的词汇。

奥马尔走出房间，朝我的方向走来。他看上去就像仓库附近衣衫褴褛的乞丐，带着幽居者一般略显惊恐的眼神，那是经历了噩梦的双眼，迷失在夜晚最深的黑暗之中。

他开始在后院里找烂水果，把地上的烂水果和叶子扫成一堆，再装进袋子里。多明嘉丝想要帮忙，却被粗鲁地推开。奥马尔扫地、种棕榈树树苗，还给树冠剪枝。他寻找被虫子啃过的水果，在一个破肚的波罗蜜面前浪费了不少时间，观察聚集在黄色果瓤上的苍蝇和蛆。看着他如此接近我居住的角落，赤着脚，满身污迹，这感觉很奇怪。他不太会用耙子，手脚又红又肿，身上到处是被蚂蚁咬伤的痕迹，全身发热，十分痛苦。

"老幺"的古怪嗜好令我在周六时能留在家里学习，但我怕他们会叫我去干活。有时我不得不停下阅读，到吉因家的肉铺去买肉，或是去给某个邻居家送甜点，然后得在门口等很久，因为他们迟迟不归还装甜点的托盘和碗。邻里之间的友好往来毁了我的周六下午，也许因此我才讨厌那些阿拉伯问候语。在回家路上，我分出一块派和一块蛋糕，拿给多明嘉丝，为了让她歇一歇，因为每个周六她起床的时候都很疲惫，后背疼，声音无力。在每一周的开端，多明嘉丝想要做好一切事情，照顾到家里各个角落，只有加利卜以前建的鸡舍她不能碰，因为扎娜不允许，女主人用迷信者略带危险的口吻说："不行，谁都不能进我父亲的鸡舍……会招来厄运。"其余的地方多明嘉丝都会非常积极地照看。奥马尔在太阳底下度过了很多个小时，他这一新嗜好似乎令多明嘉丝感到痛苦。我从我的小屋里窥视着他手脚笨拙地修剪树枝、割草、把枯树叶扫成堆。在偶然变成园丁的奥马尔的劳作中有着太多的白日梦，偶尔他会放下耙子和砍刀，欣赏着我们后院的美丽景色：内格罗河畔常见的凤冠雉，就是多明嘉丝非常喜欢的那种鸟，栖息在院子里的老橡胶树上。一只变色龙在面包树上慢慢地爬，在一个由鸟妈妈守护的红腹鹃巢附近停了下来。奥马尔在栅栏附近捡拾从邻居院子里掉到我们这边的蒲桃和红色的花，他手里捧满了紫红色的蒲桃，像饥饿难耐一样狼吞虎咽起来。邻居家的用人姑娘们使坏，过来逗他。奥马尔在地上爬，嗅闻花香，摘下白色的小果子放在嘴里吸吮。他停下来开始挖地上的土，就只是挖土，我想他是为了更强烈地感受雨后泥土潮湿的气味。他享受着这份自由，我都有点想效仿他了。

某个周六的下午，我正因奥马尔的举动而分神，突然收到了哈妮亚的传话，叫我一起去店里的储藏室帮忙整理货物。

巴莱斯路上人很少，扬声器里传来《亚马孙之声》节目，正在播放一首著名的波莱罗。我们两个人在店里听着音乐的回声。为免受打扰，她关了店门。两个人都大汗淋漓，她比我出了更多的汗。我们几乎没说话。我搬了太多箱货物上楼，小储藏室几乎满了，再没有地方留给哈里姆做避难所。哈妮亚点上灯，看了一眼杂乱的房间，改了主意：她想把整个店铺都收拾一下，从储藏室开始。她的脸、脖子和肩膀都因出汗而闪着光。我搬了一些箱子下楼，她决定扔掉那些废旧的铁罐、腐烂的渔网、生锈的鱼钩、烟卷、卷尺、头灯。扔掉她父亲的那些不值钱的小东西，把属于其他时代的旧物统统丢进垃圾箱，比如那个曾属于哈里姆某个舅舅的迷你水烟壶。要扔掉这些东西，哈妮亚完全不觉得遗憾，她的动作带着勇猛的坚定，她清楚地知道自己是在埋葬过去。开始打扫卫生的时候，已经入夜了，我们清扫并洗刷了木地板，移开老旧的货架，擦拭墙面。哈妮亚满身大汗，十分疲惫，但还想再核对一下货物。在她弯腰打开一个装床单的箱子的时候，我看到了她的乳房，汗湿的古铜色的乳房在无袖的白色罩衫中晃动。哈妮亚保持着这个姿势，弯着腰，肩膀、乳房和手臂都赤裸着，看到她这样，我整个人都定住了。她直起身，看了我几秒，双唇动了动，用狡猾的声音慢慢说："咱们先停下来？"

她喘着气，没有避开我的身体，没有挣脱我的拥抱、抚摸和亲吻。她让我把灯关掉。我们在那间憋闷的小屋里度过了几个钟头。那是我一生之中最梦寐以求的几个时刻之一。之后她又说了些话，毫不匆忙，圆圆的杏核眼只看着我。哈妮亚说起她十五岁那年的生日，那场并没有发生的聚会。本来是要在贝奈莫家举行，塔里布要演奏鲁特琴，艾斯特丽塔同意出借她家的水晶杯，但扎娜在最后一刻取消了聚会。"没人知道为什么，只有我和妈妈知道其中的理由。"她说，"扎娜认识我那时的男朋友，我爱那个男人……想跟他一起生活。她不同意，阻止我，说她的女儿不能和那样的男人过日子……她不会允许那个人参加我的生日聚会。她威胁我，说再看到我和那人在一起就要大闹一场……'那么多律师和医生对你有意思，你却选了一个穷鬼……'我爸爸想帮我，什么都做了，求扎娜妥协一下，接受我们，没有用。她比我爸爸更强硬，完全把他控制住了。我拒绝接受所有那些追求者，他们中的一些人直到现在还会偶尔出现在店里，假装需要买点什么，最后买走的都是些没用的、卖不出去的东西。现在这家店成了我的世界，我是这一切的主人。"她说着看向四周的墙壁。在黑暗中，我们安静地待了一会儿。微弱的光亮下，我几乎看不清她的脸。哈妮亚让我先走，说想一个人留下，也许就睡在店里。那时已经过了凌晨两点，我知道自己不会再有睡意，满脑子都是哈妮亚，她的声音，我近距离欣赏到的她的美丽，非常近，也许不曾有人如此之近地欣赏过。那个男人，她爱的那个人，我始终不知道那人是谁。

之后的很多个周六我都想去店里帮她，然而她再也没有找过我。

扎娜肯定觉得奇怪，我坐在屋里读书学习，他儿子却在后院劳作。只有一次，我看到哈里姆在午饭的时候观察着奥马尔，看他挖土、搬一袋袋的枯树叶，把自己弄得筋疲力尽。哈里姆并不觉得儿子可怜，只是苦涩地说："他费那么大劲，出那么多汗，就只为了能不离开他妈妈，也真是奇了。"

有一天，扎娜目睹了一个令她感到羞耻的场景。塔里布家的两个女儿扎伊娅和娜达突然来家里，进屋就开始笑，边笑边紧张地用手捂脸。我们听到了笑声和她们手腕上金手链发出的清脆响声。扎娜出现在厅里，在张口问那两人为什么笑之前，她看了一眼院子：她儿子正赤身裸体地抱着橡胶树，并以一种缓慢的节奏抓挠树干。他是想从那棵上百岁的老树里挤出奶吗？看到母亲在看他，奥马尔离开橡胶树，把手放到双腿间，摸着他的阴茎，开始呻吟，脸上一副怪相。扎伊娅和娜达的笑声停止了，两人惊讶地瞪大双眼，转身离开了。奥马尔呻吟、吼叫，双手攥紧了大腿。扎娜喊来多明嘉丝，两人靠近橡胶树，我母亲很快就明白了奥马尔吼叫的原因。"老幺"很痛苦，因为想要小便而咬紧了嘴唇，狠狠抓着树干。"他那里积脓了。"多明嘉丝说。扎娜大吃一惊："什么意思？你疯了吧！"我母亲摇了摇头："您不知道……这不是他第一次得这种病。"扎娜难以相信。到了晚上，在园丁身上发生的怪事传出了后院栅栏……

这次病来得非常迅猛，是淋病。两个女人把奥马尔带到卫生间，把药膏敷在他的阴茎上，裹上纱布。他不得不去看医生，打了两针。从药店回来的时候，奥马尔只能又着腿走路，像鹦鹉一样。回家之后的后续治疗并不比打针好受，扎娜等哈里姆离开，多明嘉丝烧水煮了些药草，奥马尔蹲在地上，接受着母亲的照顾，他咬着牙捏住阴茎，打翻药膏，想要逃跑。扎娜拿来一条干净的毛巾，重新开始给儿子上药。最后，他的症状终于得到一些缓解。那天夜里，我们都能知道"老幺"什么时候在小便，因为他会疼得忍不住吼叫。这整件事就是个丑闻。"是谁把你弄成这样的？"扎娜想知道。奥马尔没回答，他用痛苦的眼神向母亲祈求安静。他不打算告发那些妓女。只是整天在院子里割草，清理落叶。当他的吼叫声吵醒所有人的时候，哈里姆吓了一跳："这次又是怎么回事？"扎娜撒了个谎："咱们儿子偏头疼，别管他了，会好的。"

"偏头疼？能叫得比疯狗还厉害？"

他无法忍受儿子的吼声，更无法忍受妻子的谎言。哈里姆半夜离开了家，他知道在伊度坎多斯区的哪个酒吧能找到他的那些夜行朋友。他在白天也变得更爱出门，不等午睡时间就已经离开了。扎娜不让我安生，拍我的房门，她说我有一辈子的时间能用来学习，现在必须去跟着哈里姆。

哈里姆在大太阳底下挂着拐杖蹒跚前行。他并不会失去方向，能随意指着任何一栋高脚屋说出那里住的人是谁，闭着眼也能走到最远的那些地方：亚马孙大街、智利广场、陵园、英国公司蓄水池。如果哈里姆不在店铺二楼坐着，我就循着他的踪迹到河边的酒吧一家一家地找。为找他总要花费几个小时，倒不是因为他刻意躲着，他只是漫无目的地徘徊、游荡，不再抱有幻想，像个气球，在还没有碰到云的时候已经瘪了。有时，哈里姆回到家，坐在灰沙发上就开始念叨："伊萨·阿兹马尔死了……店铺那边的邻居，那个圣多明戈斯区的葡萄牙人也死了……他叫什么来着？巴尔玛，对，就叫这个……他们都没等到弥撒就要拆掉那栋大房子。咱们去巴尔玛家打过台球，你还记得吗？"

他自言自语，用拐杖敲着地板，点头表示肯定。扎娜试图纠正他："伊萨都死了很久了，巴尔玛把店卖了，搬去了里约。"哈里姆继续说："塔努斯看上了巴尔玛家的姑娘，让我们去打台球，他和姑娘跑到地下室去……那姑娘很漂亮，圆脸，大眼睛，真是漂亮！巴尔玛家的房子拆了……现在就只在地上留下了一个洞……没有任何遮挡的洞。"

扎娜监视着他，但他会找借口逃走："我去一趟店里，哈妮亚需要我。"他没什么目的地，偶尔会去河中的流动小店里喝酒。下雨的时候，哈里姆湿着身子回到家，咳嗽，随地吐痰，把家里都弄脏了。他避免见到待在后院的儿子，希望另一个儿子能回来。"雅各布在哪里？为什么还不带他妻子回来？"老头子喜欢利维娅，他挑衅扎娜，吃利维娅从圣保罗寄来的小吃，厌恶家里的饭菜。这对扎娜来说是冒犯，但他已经不在乎了，大口大口地吃着儿媳寄来的杏仁和蜜枣。这种暴食已经无法让他感受到乐趣，他只是固执地继续吃，表情悲伤，味同嚼蜡，眼神落在很远的地方。

某天下午，哈里姆在午睡结束后马上逃出家门，我在内格罗河边找到他。当时他站在好朋友波古身边，周围聚集着渔夫、卖鱼人、船家和码头搬运工。所有人震惊地看着"浮城"被拆除。住户们辱骂着拆除者，他们不想搬到远离港口与河流的地方。哈里姆眼见着那些房屋被推倒，不赞同地摇着头。他举起手里的拐杖，骂了几句，大喊："为什么要这样？我们不允许，不允许。"然而有警察阻止人们靠近那里。哈里姆哽咽了，当看到那些小店和他最喜欢的酒吧"河中美人鱼"被大斧子敲击的时候，他哭了。木板墙被拆除，绑在一起的浮木被剪断，纤细的木头柱子遭受到粗暴的敲打，哈里姆痛哭起来。房屋顶盖和椽子落入水中，逐渐漂离河岸。在一天之内，一切都被拆除了，整个"浮城"区域消失了。浮木在水中越漂越远，直到被夜幕吞噬。

只有一次我没能在外面找到哈里姆。那是1968年圣诞节的前一天，他一大早就出门了，所有人都以为他会在晚上带着很多礼物回来，准备好享用青豆饭、烤羊腿以及其他由扎娜和多明嘉丝准备的美食。下午，邻居们到家里做客还问起哈里姆，扎娜说："你们还不了解他？他假装不知跑到哪里去了，却总会突然出现……"天黑之前，塔里布打电话来说哈里姆没有去参加约定好的双陆棋比赛，他决定去找一找。我和塔里布找了很多地方，从伊度坎多斯区的河堤到圣哈伊蒙都的小酒馆，直到疲惫的塔里布直觉哈里姆不会尽早回家，"一个人要想躲起来，黑夜是最好的避难所。"他说。

扎娜不想把事情闹大，没有报警，说哈里姆或早或晚总会回家的。"他的容身之地就在这儿，在我身边，一直如此。"她反复地说。哈里姆喜欢离开家去消化他的悲伤，以前他也曾这样做过，但那时扎娜并未如此不安。离圣诞大餐的时间越来越近，半夜十二点的时候，大家沉默地吃着饭。悲伤的圣诞宴，没有了哈里姆的声音，没有了他那帮朋友的喧闹，鲜少有人说几句话。扎娜什么都没吃，她想再等一等。"他知道这天对我来说很重要……他从来没有缺席过，从来没有……"她独自坐在桌边，看着主座的位置，那是属于哈里姆的位置。

我们等到很晚。母亲和我在小屋里，哈妮亚和扎娜在楼上，门没有关，注意着任何动静。半夜两点，哈里姆仍旧没回来。三点左右，我听到母亲的鼾声，沉重的吐息。一只大鸨在附近叫着，我看了一眼院子的地面，连鸟影子都没看到。接着又听到鹃鸟的叫声，我觉得悲伤。幽暗的树顶遮盖住房子背面，一声奇怪的噪声在夜色中划过，也许是饥饿的负鼠爬上树枝，也许是蝙蝠啃咬着甜蒲桃。我头脑中那些从书上读到的词句慢慢被擦去，消失了。书籍也被黑暗所吞噬。我趴在桌子上睡着了。

清晨五点的时候（也可能更晚一些，因为已经有闹钟声从附近的简陋群租房里传出来，黑夜也已经失去了一些黑暗），噪声把我吵醒，我看到厨房里有个亮光，然后是一个身影，是个女人。扎娜的右手被蜡烛的火光照亮，她慢慢走着，左手拿着一个碗，穿过客厅，在上楼之前停在了楼梯边。她停住脚步，转头，发出一声惊悚的尖叫。碗摔碎在地板上，蜡烛在她手里颤动。多明嘉丝从梦中醒来，仿佛又坠入噩梦，睡眼惺忪的脸变成一张惊恐的面具。我们朝客厅走去，哈里姆就在那里，他双臂交叉，坐在灰沙发上。扎娜朝他的方向走去，询问丈夫为什么睡在沙发上。她用烛光照亮哈里姆的身影，又问了一个问题：怎么那么晚才回来？扎娜跪下来，用阿拉伯语喊着哈里姆的名字，用手抚摸他的脸。哈里姆没有回答。

哈里姆从未如此安静。

他永远地闭上了嘴。

## 8

在哈里姆去世前两个月左右，十月的某个下午，奥马尔不见了。当时天气非常炎热，十月的烈日令我们身心迟钝，病态的睡意犹如强效镇静剂一般让人无法动弹。

奥马尔就在这般酷暑中劳作，他的身体根本承受不了那么强烈的日光。他身上的皮脱了好几次，变成了兽人，皮肤结了硬壳，变红又变黄，最后成了古铜色。他还要把这园丁游戏、清洁工游戏玩多久？这个弱者的苦修还能持续多久？已经超过了极限，我希望他能畅游在那些不眠之夜中，希望他能醉倒在红色吊床上，再也不起来。但这并没发生。他执着地继续在院中劳作。即便是在最热的那些天，他也没有在干活的时候找树荫遮蔽一下。他在苦修。奥马尔的身体起了水泡，长了硬皮，脚趾上起了茧子，就只差把双臂换成翅膀了。一个智天使。一个家里的圣者。

在那个下午，当多明嘉丝发现奥马尔不见了，扎娜并没有慌张。她站在院子里，抬头喊了一声儿子的名字。在高处，藏在枝叶间的奥马尔给出了回应：他张开双臂，晃动着身体，像鸟一样叫了一声。

"他就喜欢这样玩儿。"扎娜回忆道，"他小时候挑战所有人，要爬到最高的树枝上。雅各布害怕得不得了，可怜……"

据说奥马尔爬到橡胶树上是为了休息和冥想，又或者是为了从高处俯瞰世界，就像神明、鸟类和猿猴那样。从地面上看，这世界则没那么宜人，到处是蚁群、跳蚤和疯长的畸形植物。白蚁穴在一天之内就能壮大，靠着木头栅栏或树干堆起土包。奥马尔总是忘记清除蚁穴，我知道这项差事最终得落到我身上。或早或晚，我得往那些土包上面撒煤油，用火点燃。看着蚁群被火舌吞噬，蜷缩着被烧焦，我并不会感到不快。清除任务不只这一项。我还得清理灌木丛和一些枯死的植物，拔除所有，它们的茎、根，所有一切。地面上留下了洞，我在其中点火，草蜢、切叶蚁和它们的女王也被火焰烤焦。看着那些有组织有纪律、像和平军队一样的昆虫家族葬身火海，就如同欣赏奇观。亲眼看着所有阶级的昆虫化为灰烬是多么令人愉悦啊。在一段时间之内，大地不再受到这些害虫的侵扰。后院一团团的火光令我松了一口气。奥马尔避免接触火，他害怕。他受不了灰烬，碳化的物质，而它们滋养着院子里幸存下来的植物。

奥马尔无法忍受在家里看到父亲的尸体，坐在灰沙发上。哈里姆以前常坐在那里，看着酒醉的儿子睡在红吊床上。也是在这张沙发上，在打了奥马尔一顿后，哈里姆喘着粗气、筋疲力尽地坐了很久。在奥马尔被女人们的哭声吵醒的那天，他肯定还记得挨打这件事。"老幺"走下楼，他不明白，不想明白发生了什么。他看到那唯一一个用一记耳光令他尊严尽失的男人坐在灰沙发上。"老幺"大叫起来，像个被仇恨点燃的孩子，又或者是某种接近恨意的情绪。他忘我地喊着："他不打算用链条捆他的儿子了？不打算用手抽他儿子了？为什么他不站起来跟我说话？干吗坐在那里一副死鱼的样子？"

清晨的喧嚣，"老幺"的吼叫，哈妮亚和多明嘉丝的哭声……扎娜用双手遮住脸，她坐在地板上，在哈里姆身边，周围都是碗的碎片。她不知道这一切是怎么发生的。那天夜里，没人看到哈里姆进家门。他应该是在深夜回到家的，迈着不为别人所注意的步伐，像一个受伤的老人为了死去而逃离所有的人和事。奥马尔愤怒的举动令我们大吃一惊。他抬手指向哈里姆的脸，指向他父亲低垂着的脸上那双并未完全闭合的毫无生气的双眼。哈妮亚愣住了，她无法阻止哥哥叫喊着伸手抬起父亲的头。塔里布来得很及时，避免了一场活着的儿子与死去的父亲之间的冲突。"老幺"对此做出反应，大叫着蹬腿，我无法忍受看他在死去的哈里姆面前如此大胆，便朝塔里布和他的两个女儿做了个手势，把奥马尔赶出了客厅，一直赶到院子里。他愤怒地抓起一把砍刀，威胁我。我用比他更响亮的声音大喊，让他跟我做个最终了断。"砍我啊，懦夫。"砍刀在他右手上颤抖，我反复地喊着："懦夫……"他闭上了嘴，握紧他在玩园丁游戏的时候使用的刀，有勇气地看向我，他的眼神增加了我的恨意。奥马尔后退了，蹲在老橡胶树下，表情恐慌地朝客厅方向看去，多明嘉丝正站在那里看着我们。她叫我，拥抱我，让我和她一起回客厅。

塔里布的两个女儿展开一条床单，用来遮盖灰沙发，死去的哈里姆躺在上面。

"别碰他的身体，也别在近处哭。"塔里布重复了三次。

包裹在白色床单中，双胞胎的父亲已做好离开家的准备。扎伊娅和娜达抬起床单的两头，看着死者，那人曾经在聚会上多次为她们的表演鼓掌。她们知道哈里姆更愿意死在卧室里，或是死在和扎娜跳舞的时候，他在扎娜的生日聚会上曾这样说过，在和她跳贴身舞的时候。

塔里布用阿拉伯语轻声祷告，我母亲跪在小神龛前，但她无法祈祷。她回到自己的房间，想一个人待着。塔里布和女儿们离开了，扎娜关上了门，她扑倒在哈里姆身上痛哭，然后掀开裹着他的床单，把他的手举起来贴在自己脸上，又放到后背上，就好像哈里姆正在拥抱她。"你不能离开这个家，不能离开我……"扎娜小声说。哈妮亚尝试安慰母亲，却无法让她离开逝者。守灵的时候，扎娜一直在讲有关哈里姆的事，回忆起他那充满爱意的诗句，痴迷的眼神，散发着酒气的身体，为调整声音而做出的短暂停顿。寡妇身边围满了朋友，她边哭边讲，用声音勾勒出一个年轻的哈里姆，住在便宜的小旅店里，那里住的都是移民和小商贩。"那是一九二几年，他住在那里，瘦得像麻秆一样，后来才逐渐壮实了。"扎娜说道。因为到处卖小商品，哈里姆结识了很多人。他和希德·塔努斯成了朋友，那是个爱装富有的穷人，穿一件彩色的丝质马甲，抽雪茄和烟卷，都是橡胶大亨给的。他们两个人到加利卜的小饭馆，脸上带着无比圣洁的表情。真傻啊，那个塔努斯！就好像没人知道他总去司法局附近那些外国女人家里。他带着哈里姆去波兰女人们的住处，所有人都知道，扎娜的所有朋友都知道她的追求者去过那里。"你应该找个基督徒嫁了，找个有钱的。"她们如此建议扎娜，于是哈里姆不再陪同希德·塔努斯去那些地方。塔努斯从未停止他的胡闹，在狂欢节的时候，他乔装打扮，在街上的游行队伍里尽兴地玩。他差点就把哈里姆领上了单身一辈子的路。

哈里姆的眼神随着姑娘的身影移到一张又一张桌子旁，直到那天她发现了盘子下面的信封。扎娜不能再告诉哈里姆她其实读了那首加扎勒，就连加利卜也不知道。她读完那些诗句之后才把信封交给父亲，对他说："那个小商贩把这个忘在桌子上了。"扎娜又哭又笑，哭着露出笑脸，哽咽地说她本想直接把那封信扔掉，但好奇心胜过了冷漠与轻视。幸好她读过了，若没有那些词句，她的人生会变成什么样？发音、节奏和韵脚，以及它们所混合出的图像、视野和魅力。"碧玉（jade）"与"永恒（eternidade）"，"卧室（alcova）"与"爱意（amorosa）"，

"芬芳（aroma）"与"希望（esperança）"。她清楚地背诵着，伏在死去的丈夫身上。每次吃完饭，扎娜都会回自己的房间读一遍那首加扎勒。直到那天，她颤抖地看着年轻的哈里姆准备好背诵出所有诗句，用笃定又迷人的声音，就像记忆力很好的演员。扎娜反复讲述这些往事，在守夜的时候，在葬礼上，之后在家里也一直继续着，她在后院一边捡青豆一边自言自语。

哈里姆去世以后，家里的房子逐渐破败。奥马尔参加了葬礼，但始终站在很远的地方，太远了，以至于没能出席的哥哥似乎离父亲的道别仪式更近。雅各布派人送来一个花环，还有一句墓志铭，塔里布将它翻译过来，大声朗读："缅怀我的父亲，即便相距甚远，他始终都在。"

哈里姆的朋友们感动不已。奥马尔在看到母亲的眼泪后离开了。

哈里姆下葬几周后，扎娜狠狠地训斥了"老幺"。奥马尔很惊讶，母亲的话令他感到害怕。之前他对亡父做出的举动非常恶劣，说出了让人颤抖的话。他羞辱了扎娜死去的丈夫，扎娜不允许。在哈里姆去世的那个清晨，她默默听着"老幺"那段荒谬的独白。扎娜没有忘记儿子指向逝者的手指，也没忘记他用无礼的语气对着一个已经无法回答的人说出的无耻话语。死去的哈里姆不能用手势或者哪怕一个眼神去回应。

奥马尔蹲在地上，在不太显眼的位置，手里握着砍刀，准备砍掉被太阳烤焦的野芋头。到处都是枯叶堆成的小山，到傍晚的时候应该都会被装进袋子。附近群租房里的姑娘们透过后院栅栏窥视着奥马尔，他只穿了一条内裤，身上都是蚊虫咬伤，像是装扮成一个奴隶。一些孩子吹着口哨朝他扔杧果籽，听着果核撞在他身上碎开的声音。奥马尔跳过一堆堆落叶和枯枝，跑到栅栏边上。"狗娘养的……"他边愤怒地吼叫，边向孩子们竖中指。当母亲的影子落在栅栏上的时候，"老幺"停止骂人。

"别再装可怜人了，别再为这种糟糕的园丁工作糟蹋你的手和手臂。"她用严厉的声音训斥道，"现在你没有爸爸了……应该去找个工作，别再游手好闲。"

奥马尔转身，难以置信地看着母亲。扎娜从他手上拿过砍刀，戳在地上，"你去照照镜子，你爸爸见不得你这副模样，见不得你浪费生命，他不该受到你的辱骂……他一个已经死了的人……"扎娜停止教训儿子，转身哭着回到客厅。奥马尔讨好地靠近她，她不想搭理，转过头去，令他的手停在半空中。奥马尔走到镜子面前，看到自己身上都是脓包和挠痕。他边上楼边看着母亲，想在那个受到母亲训斥与拒绝的下午重新俘获她的爱。

"老幺"没有再回院子里，抛弃了枯叶、烂水果和腐木，不再像个被邪恶力量附身的孩子一样追着负鼠用棍子打。我没再见他独自坐在院子里欣赏着蓝雀在阿萨伊树上跳来跳去，或是痴迷地盯着正在啄食水果的红伞鸟。在开始园丁劳作之前，他经常这样做，一看就看很久，有时他会笑，近乎快乐地感受着强烈的日光照耀着院子。奥马尔不想穿扎娜给他买的新衣服。哈妮亚想让他到店里工作，说了好几次，直到他张开嘴露出尖锐的黄牙大笑起来，笑声伴随着慢性支气管炎导致的轰隆般的咳嗽。

"和你一起工作？不请教一下你哥哥，你就连路都不会走了。"他说。

哈妮亚知道奥马尔非常厌恶按钟点坐班的工作，知道他很狡猾且能够极其自然地把他人辛勤劳作的硕果据为己有。他毫不费力就可以很狡猾，消耗着家里三个女人的血汗却一点都不觉得内疚。奥马尔就这样毫不愧疚地重新回到玛瑙斯的夜生活中。早上他回家的时候，母亲不再等他。悲伤的扎娜在哀悼，坐在灰沙发上，哈里姆曾多次在那里与她缠绵。奥马尔无法忍受母亲的沉默，自从哈里姆死后，她常常待在房间里不出来，不见访客，像是反复回忆着什么。我曾看到她在豆角树旁，坐在一张矮凳上，半个身子被阳光照亮。扎娜鲜少出门，每周日她会带着花去看哈里姆，回来的时候满脸悲伤，没人能让她露出笑容。但她依旧会问起与奥马尔相关的事，从没忘记问我们他是几点回家的、最近好不好。扎娜让哈妮亚给奥马尔钱，当奥马尔在中午醒来的时候，她会听他讲话。莫甘比咖啡厅关门了，阿卡西亚斯广场变成了集市。奥马尔坐在桌边，讲述他的见闻，最悲伤的消息是："维罗妮卡"，那个紫色的妓院，也停止了营业。"玛瑙斯现在挤满了外国人，妈妈。印度的、韩国的、中国的……市中心变成了内陆人的巢穴，玛瑙斯的一切都在变化……"

"确实如此……只有你没变，奥马尔。你还是那么邋遢，看看你的衣服、你的头发、你回家的时间……"

扎娜语气平淡，不带感情，视线在奥马尔身上停留了一会儿，眼中透出沉默的哀伤。为重新俘获母亲的心，奥马尔下了一番功夫。他在母亲的吊床上留下一些小礼物，是他四处淘来的，或是在圣母广场的凉亭里买的：一个用干葫芦制成的碗，上面画着一颗红心；一条由黑色和红色的种子串起来的项链。都是些小玩意儿。他在自己那把木浆上刻下母亲的名字，大大的字母盖住了其他女人的名字。在扎娜生日的晚上，奥马尔送了她一束赫蕉花。

"咱们出去吃炸鱼吧，就咱们俩，找个在河中间的饭馆。"

"我最希望的是看到两个儿子和睦，希望你们都在家里，在我身边……哪怕只有一天的时间。"

两人并没有出去吃晚饭。扎娜把花放在桌子上，上楼关上了房门，谁都不想见。在这样的日子里，扎娜只用眼神来说话，放任"老幺"被沉默逼退。奥马尔不想听到有关雅各布的事，就连哥哥的名字都让他不舒服。某一天，时间还早，天还没黑，我在打开窗子之前看到奥马尔靠在橡胶树上嘟囔着："她想要什么？两个儿子和睦相处？绝不！这个世界上就不存在和睦……"他自言自语，又说了一句，"你就应该逃走……骄傲、荣耀、希望、国家……全都被埋葬了……"我不知道他这句话是对谁说的。我走出小屋的时候，奥马尔并没有看我，也没动，依旧靠坐在那里，就像是摔落在地上，眼睛盯着扎娜以前等他回家的地方。我以为奥马尔彻底沮丧了，剩下的人生就坐在那里靠着那棵老树过了，结果他开始早回家，不再开哈妮亚的玩笑，也不再用那种怠慢的语气召唤多明嘉丝，以前我们总能在正午的时候听到他那种略显无耻的语气。

在某个周六，天色刚刚暗下来，"老幺"带着一个男人走进了家门。所有人都听见了他的声音。扎娜被一个奇怪的口音吸引了注意力。儿子这么早就回家了，而且还带回来一个陌生人！两人之间的谈话一直在进行，扎娜下楼和他们打了个招呼，接着走向后院，她想叫我母亲帮她准备点吃的。多明嘉丝觉得自己不能去帮扎娜，从她看到那人坐到灰沙发上那一刻开始，就把注意力都集中在那人身上。她表情平和，眼神却很急切。我母亲不想看到一个外来的人坐在哈里姆的位置上。她的这份固执在我看来似乎预示着什么。

来客名叫罗希朗，是个印度人，说话比较慢，用英语和西班牙语小声说着他想用葡语表达的话，开口的时候总给人一种他要透露大秘密的感觉。奥马尔在亚马孙酒店的酒吧里结识此人，"侏儒鸟三重唱"组合当时每周六都在那里演奏波莱罗和曼波。我好奇地看着那个黑发的男人，他的鼻子就像幼年大嘴鸟的喙，裤子、上衣和鞋看上去很普通，但他右手上的红宝石金戒指却是普通人工作十年也买不起的。这人脸上的笑容是经过思考的、机械化的，他身上的一切都不自然。这个全部举止都经过设计的男人观察着房子的每一个角落，他发现奥马尔在讨好母亲，意识到他也许可以与奥马尔建立起相互信任的关系。之后他经常来家里，都是奥马尔陪着，他给扎娜带来礼物：中国花瓶、银质餐盘、印度小雕像。对此多明嘉丝并不开心，她为不速之客端去瓜拉纳饮料，马上就离开了。扎娜慢慢地脱离了封闭状态，解放了舌头，对儿子的朋友很感兴趣。当"老幺"不在边上，她会对客人说起另一个儿子，展示雅各布的照片，"他是个了不起的工程师，是巴西最有名的几个结构计算工程师之一。"一旦听到奥马尔的脚步声，扎娜就转移话题，"我儿子现在比之前对生活上心多了，你看这就是友情的力量。"她让罗希朗讲讲他的故事。那个印度人话不多，但可以满足扎娜的好奇心。他总是到处漂泊，已经在几个大洲建了酒店，就好像总是生活在临时的故乡，说着临时的语言，结交临时的朋友，落地生根的只有他的生意。他听说玛瑙斯的工业和贸易都在发展壮大，在看到这座城市到处的变化以及街上标有英语、中文和日语的路牌之后，他明白自己的预感是对的。当扎娜听不懂罗希朗的话时，她问奥马尔："这个外国人想说什么？""老幺"做了翻译，结束了谈话，他急着和罗希朗离开。扎娜坚持让他们再待一会儿，奥马尔拒绝了，他和印度人需要去很多地方。

哪些地方？他没说。某一天，哈妮亚邀请罗希朗来家里吃午饭，那天上午奥马尔脸色有些苍白。吃饭的时候，他紧张地搓着手，害怕母亲提到雅各布。哈妮亚试图让他放松一些，结果他对妹妹凶起来，也不和罗希朗说话。午饭快结束了，来客说到他要在玛瑙斯建一所酒店，奥马尔这才又开口，毫不掩饰他的坏心情："我在帮罗希朗先生在河边找合适的地皮。"说完，他离开了桌子。

多明嘉丝不太欢迎那个外国人，那人比我们所有人加起来还要奇怪。她对我说："奥马尔都不像他自己了。他这是在绕圈子，不知该往哪里走……"

我惊讶于奥马尔竟然注意到午饭时多明嘉丝不在。他问多明嘉丝是不是不信任他的朋友。我母亲并未向他透露什么，只说："我不喜欢你的朋友，他第一次来家里的那天夜里，我梦到了哈里姆。"

奥马尔不想听这个，他要逃离父亲的影子，甚至要避免在别人的梦里见到他。他不再带罗希朗回家，只是在门口等对方来，然后两人快速离开。"老幺"和印度人神出鬼没，他总在怀疑什么，偷偷看着母亲，在后面跟着她，想偷听到什么秘密。

后来我知道了奥马尔在怀疑什么。扎娜让我用打字机给雅各布写一封信。她把打字机拿到我的房间，开始说她想写在信里的话，说到了奥马尔的朋友是个印度富豪，想在玛瑙斯建酒店，两个儿子可以合作，雅各布负责建筑结构计算，奥马尔负责帮助那个印度人在玛瑙斯适应生活。她已经跟罗希朗谈过这件事，并且请他保密。扎娜最大的梦想就是看到两个儿子和解，她只想着这一件事。哈里姆去世后，她会在半夜惊醒。谁能明白哈里姆给她留下的空缺有多大？明白他留在身后的痛苦？扎娜不希望自己死的时候两个儿子还像敌人一样相互憎恨，她不是该隐和亚伯的母亲。没有人成功地令他们和解，哈里姆做不到，祈祷也不起作用，就连上帝都管不了。于是扎娜希望雅各布能想想办法，他可是受过高等教育的，满腹学识，大有作为。母亲希望大儿子能原谅她当年让他独自一人去黎巴嫩，她不放奥马尔一起去是因为觉得"老幺"离开她那么远会死。

扎娜坚持要做这件事，拐弯抹角地想把话说得更委婉，时而欲言又止。我听着这位有罪的母亲充满悔意的声音，写下她的话。有时她问我那些词句是否背离了她的本意。扎娜沉浸在自责中，看向我的时候就好像雅各布也在场。她停下来，像是在等待一个回答，害怕儿子沉默不言。

扎娜用阿拉伯语在信上签下名字，把信寄了出去，在接下来的日子里，她反复琢磨着每一句话，对自己的言辞产生怀疑，不知道信上的内容有没有冒犯或夸张的地方，不知道儿子能否明白她最想对他说的是：对不起。我把手写的草稿给了扎娜，她小声地读着。某天下午，我看到她一个人待在客厅里，把信读给幻想中的哈里姆。读完之后，扎娜问："雅各布能明白吗？能原谅他的妈妈吗？"

差不多一个月后，哈妮亚把一封信交给母亲。雅各布把信寄到了店里。信上只有几句话。他既没有接受也没有拒绝任何道歉。雅各布说他和奥马尔的矛盾是他们两人之间的事，他补充道："希望能以文明的方式解决，如果发生暴力，那将会是圣经般的场面。"但他确实对建酒店的事感兴趣，无视弟弟的参与。这封信以"一个拥抱"结束，没加形容词，也没通过改变词尾来加强意思。扎娜大声读出那个词，抱怨道："我向他道歉，他就用一个拥抱就结束了。"

然而，对圣经的提及令扎娜十分担忧。她知道奥马尔刻意不让罗希朗再来家里，知道"老幺"起了疑心，在偷偷观察着她和哈妮亚。扎娜让女儿把一切都告诉"老幺"。哈妮亚把雅各布的回信拿给奥马尔：并不是母亲的阴谋，只是一次为了让两个儿子团聚而做出的尝试。奥马尔看了看信上的内容，大笑起来，像是在嘲笑所有人，但嘲笑很快消失了："那个自作聪明的家伙说'圣经般的场面'是怎么个意思？哈妮亚，你那个哥哥所理解的'文明'是什么？"

哈妮亚没有畏惧，也没有生气，"不知道。"她回答，"我知道你们可以开一家建筑设计所——"

"建筑设计所？"奥马尔打断她的话，高声喊着是他结识了罗希朗，是他把那个印度人带回家的，也是他到处走帮酒店选址。哈妮亚的坚持令奥马尔愤怒，她固执地认为这样做能让双胞胎二人和解。哈妮亚想让两个哥哥都留在她身边，与她亲密相处。这种亲密和她在店里繁忙的工作能令她的生活更有意义。哈妮亚试图让奥马尔安静下来，却没能成功。她以为哥哥最终会落入她古铜色的双臂中，两人会躺在吊床上耳语，就像刚吵过架的情人一样，但奥马尔并未屈服于她的魔力。我们都目睹了奥马尔如何挥霍他为酒店成功谈下地皮后所得到的薪金。他豪饮了很多瓶名酒，把空酒瓶丢在后院，或直接放在门廊的地面上。他给女性朋友们买了不少礼物，到处乱放，忘在脑后，就好像那些东西都没用，对他来说一点都不重要。他送给多明嘉丝一条亚麻长裙和两件中国的丝质女士衬衫，"现在你可以把那些从圣保罗寄来的破烂衣服扔进垃圾桶了。"奥马尔当着母亲的面爆发了，"圣经般的场面，是吗？你们就等着看那个自作聪明的家伙是不是真懂什么叫圣经般的场面。"

没人回应奥马尔。母女两人看着对方，都没有说话。与奥马尔的愤怒相比，这份合谋的强大沉默占据了上风。她们放任奥马尔说出他想说的话，假装对雅各布漠不关心。奥马尔要求客厅里不能出现雅各布的照片。

有一段时间，奥马尔不跟家里任何人交流，沉浸在挥霍与恨意之中。


那几周发生的事和我并没有什么关系。我听不清扎娜和哈妮亚的小声交谈，也无法解读她们交换的手势和眼神，但我听到了雅各布的名字，还有他所住的酒店的名字。雅各布住在一家十分朴素的酒店，这令我很惊讶，那酒店已经有年头了，在玛瑙斯历史最悠久的区域之一，一直没有得到良好的修缮。多明嘉丝曾经带我从那附近经过，当时我们到佩德罗二世广场散步，那里有很多外国水手找围在圣文森特岛附近的妓女。酒店隐藏在一条狭窄的小路的尽头，仿佛远离了市中心的人群与喧嚣，如今那里到处都是通宵营业的店铺。雅各布就在那儿，在那条蜿蜒、清净的小路上，和那里害怕城市快节奏的住户们一样无名。我把这个消息告诉了多明嘉丝，问她雅各布是不是会直接离开，不来拜访我们。对此母亲表示否定，声音略显紧张，她说雅各布会来看她，让我等着。

家里所有人似乎都不开心。扎娜和哈妮亚只会关起门来讨论，若我在边上，她们就轻声细语地说话，像是蝴蝶挥动翅膀。就这样过了五六天，我记得那天是周四，下了一整夜的雨，天亮的时候，房子漏雨了。脏水从客厅天花板上流下来，院子变成了池塘。附近的群租房一片混乱，都被水淹了，我和多明嘉丝一大早就跑过去帮着淘水，帮他们把家具从泥泞的房间里搬出去。回来的时候，我们脑海中都是孩子的哭声，那些住户失去了一切。上午并不强烈的日光照亮了城市，植物的绿色光泽更加耀眼，微风吹动了面包树上圆圆的树叶。家里寂静无声，扎娜去店里找哈妮亚密谈，多明嘉丝进屋换衣服，出来的时候她穿了一条新裙子，喷了香水，还抹了口红。她的眼神没能隐藏紧张的心情。我看到她皱着眉头回到客厅：奥马尔刚刚下楼，正在喝咖啡。很少能见他这么早起床。奥马尔并没有碰桌上为他准备的早饭，而是在客厅里转了一圈，动作夸张地上楼，用力拍打扎娜的房门。下楼的时候，他都没看多明嘉丝一眼，只说午饭不在家里吃。奥马尔脸色阴沉着离开了，没有梳理头发，衣服也没穿好。我母亲的眼睛跟随着那个每走一步都用力踩踏地板的身影，她在小屋和厨房间徘徊，犹豫不决，直到突然抬头说："天还阴着。"

我开始在后院挖沟排水，避免后院成为昆虫繁殖的温床。地上到处是小蜥蜴和草蜢的尸体，还有水果和树叶。鸡舍附近的污水散发着一股腐烂的味道。慢慢地，湿热的空气使后院升温，太阳被厚重的云层遮住，微弱的日光不足以消除昨夜暴雨留下的痕迹。

十一点前，雅各布来了。他说不会久留，只是在出发去圣保罗前回来看看。他穿着普通的衣服，黑发朝后面背着，挺拔的身体与带着思念之情的面容看上去比奥马尔显得年轻。雅各布给我带了数学书，给多明嘉丝带了衣服。他没问起扎娜，只说："我去了一趟墓地，去看了……"他没把话说完，转而看向桌上丰盛的早餐，嘲讽地问，"为我一个人准备了这么多?"雅各布坐下，开始吃弟弟没有碰的早饭，然后他把我叫过去，打开公文包，拿出几张设计图纸放在桌上，纸上画着建筑的横梁、柱子和铁架。雅各布看着我身上的泥，视线停留在我的双手上。他的眼神并不令我感到害怕，但我不知道那是不是父亲看儿子的眼神。他从不回应我的眼神。也许雅各布的雄心壮志重燃了我的疑惑，或者是它庞大到无法丈量，不允许雅各布在我面前展露脆弱的一面。他说已经做好了一栋大楼的建筑结构计算，大楼将建在玛瑙斯："你不能一辈子只打扫院子或是帮哈妮亚写商务信件。"

母亲听了雅各布的话，转头看着我，脸上带着骄傲，但只持续了几秒钟，然后她移开眼神，表情恢复到之前的样子，疑惑加敬畏。两人到后院谈话，雅各布抚摸着面包树的果实，然后他的手移到多明嘉丝的下巴上，他随心所欲地笑着，像个胜者。那一刻我看到他与我母亲非常亲密。当雅各布拥抱我母亲的时候，她并未掩饰自己的紧张，说他该离开了。雅各布皱起眉头："这里是我家，我不会逃的……"母亲请求他一起出去走走。雅各布坐在吊床上，让她也上去，她并不想。这时母亲看上去有些难过，眼睛始终盯着客厅和走廊。两人没再多言。噪声和哀叹声从群租房传来，在那个闷热的上午打破了沉默。

然后我看到一个身影，比栅栏高，逐渐变大，右手攥起拳头，像锤子一样，眼神因愤怒而发狂。他喘着气，加快了步伐。我大喊一声，奥马尔跳到吊床边上，将拳头挥向雅各布的脸、后背和整个身体。我跑过去试图阻止他，他继续对哥哥拳打脚踢，嘴上骂他是叛徒，是懦夫。群租房的一些住户跑进后院，朝门廊跑来。我愤怒地拉住奥马尔的一只手，他挣开了。他意识到周围站了不少人，便停了下来，眼睛一直盯着红吊床。我看他跑进客厅，愤怒地撕掉了桌上的设计图纸，把餐具都扔到地上，然后匆忙离开了。

雅各布蜷缩在吊床上，无法起身。他的脸肿了，嘴不停地流血，嘴唇上满是伤口。他呻吟着，右手抚摸着额头、肩膀和后背。我和两个邻居把他从吊床上搀扶下来，他几乎无法走路，左手有两根手指像钩子一样弯着，身子站不直，一直发抖。多明嘉丝陪他去医院，离开之前留话让我把桌子收拾干净，把摔碎的盘子扔进垃圾箱，把染血的吊床泡在水池里。我把那些被撕碎的建筑图纸藏进了我的小屋。

我母亲回来后快速洗好了吊床，晾在她房间里。她抛弃了厨房，不想做午饭。据她说，雅各布的伤情并不严重：左手确实有两根手指骨折了。失去了三颗牙，脸几乎认不出来，他感觉肩膀和后背疼得厉害。他求多明嘉丝对扎娜隐瞒真相，编造个借口，就说："你大儿子有急事，匆忙地出发去圣保罗了。"

扎娜没有相信多明嘉丝的话。她进入"老幺"的房间，东翻西翻，找到了奥马尔从雅各布那里偷来的护照。她盯着护照上工程师的照片看：严肃的表情，浓密的睫毛，预备军制服垫肩上的五星装饰。我看清了她眼神中的虚荣与一丝悔意，愧疚撕扯着她的良知。扎娜不知道该如何处理那本护照，拿着它漫无目的地走来走去，就好像护照能把她引向某些地方。她坐在灰沙发上，把护照放进上衣兜里，然后抬起头，双手合十放在胸前，哭了起来。通红的眼睛望向小神龛，又移到门廊上，那里已经空无一人。

有急事必须马上离开？为什么？扎娜反复地问，仿佛多重复几遍就能得到答案。她询问关于雅各布的事，却先满屋子找奥马尔。她几乎没和哈妮亚谈话，对一切都置之度外，为"老幺"的命运苦思冥想了几个小时。如今他身边已经不再有女魔鬼，如果有的话，她还可以对邻居解释说："那些疯女人抢走了我们的儿子，抢走了我们的财富。"这话她以前说过，针对为众人献上舞蹈的"银色舞女"达丽雅和与奥马尔在旧船上生活的"黑皮树"。当时"黑皮树"和奥马尔过着听天由命的日子，她给河岸居民看手相，为那些荒芜的生命预测出伟大前程，他们把船停在河流中或是某些沙滩上，但并未能逃过由母亲投下的一片强大的阴影。

扎娜的梦想破灭了，两个儿子之间不存在和谐。她回忆起她那细致又精明的计划："我的儿子们会开一家建筑设计所，'老幺'会有一个职位，一份工作，我非常确定……"扎娜把我母亲叫过去，说："奥马尔失去了理智，被他哥哥背叛了，我都知道，多明嘉丝……雅各布和那个印度人见面，偷偷计划一切，无视我的'老幺'，毁了一切……"多明嘉丝听到这样的话转身走开了，留扎娜独自在那里斥责雅各布的做法。

在那次冲突发生的几天后，罗希朗到店里找哈妮亚谈话。哈妮亚说他看上去就像个陌生人。谈话很简短，都没提到双胞胎的名字，罗希朗用干巴巴的语气说着西班牙语："为了结束这次的事，我有一个提议。"他留下一个信封就离开了。哈妮亚已经预想到了信的内容，但当她在我面前读信的时候，脸色还是变得苍白起来。印度人向我们索要一笔钱，来弥补他之前已经支付给雅各布的建筑设计费用，还有奥马尔谈下地皮所获得的报酬。他在建酒店这件事上已经耗费了很长时间，罗希朗威胁我们他可能会告到法庭，他已经结识了不少有影响力的人，"城里最有权势的人"。哈妮亚求他宽限一段时间："给我们几个月来整理我们的生活。"

她把罗希朗的要求告诉母亲，说要不计一切代价避免雅各布和奥马尔两人对簿公堂。

"那个印度人就爱到处冒险，"扎娜说，"就是个吸血鬼！亏得我还给他这个不知感恩的人做过那么多好吃的，就差直接喂到这个黄色寄生虫嘴里了！他毁了我儿子的未来！"

扎娜不再染发，一丝丝白发让她显得苍老，而那张罕有皱纹的脸则否定了她的年龄。我母亲不想同她一起祈祷，也不想告诉她奥马尔殴打雅各布的事。"雅各布没能做出什么反应，根本来不及。"她说。扎娜歪头看着她，眼神很奇怪。但多明嘉丝并没有害怕，只是笑了笑，仿佛身居制高点，留下女主人困惑不已。

那时候多明嘉丝很担心雅各布，一直在等他的消息，但他只在多明嘉丝的噩梦里出现了一次。在梦里，我母亲听到奥马尔的脚步声，看见他高大的身影从栅栏附近走来，粗暴地挥拳殴打他哥哥。雅各布变形的脸惊扰着多明嘉丝，但她似乎也为奥马尔的无助感到痛苦。她靠着"老幺"曾经攀爬过的橡胶树说："那两个人从一出生就迷失了。"

## 9

我眼见着多明嘉丝变得沮丧，对家里的日常生活越来越不关心，不再像往常那样精心浇灌兰花，也不再观赏枝头的鸟儿并照着它们的样子做木雕。她的双手几乎已经削不动木头，也没有精力再去编棕榈纤维。多明嘉丝最后制作的一些木雕看起来像是不完整的小动物，像属于其他时代的化石。她看上去并不像很多女佣那样显老，她们通常五十几岁就一副行将就木的样子。我让她多休息，但母亲只在晚上才休息，倒在吊床上，只希望我能陪着她。多明嘉丝没再翻开哈里姆以前送给她的书，那是一本厚重又古老的硬皮书，里面有动物和植物的图像，多明嘉丝把它们的名字都背了下来，她曾在很多个夜晚将那些图皮语的名字反复说给雅各布听，在她那潮湿又闷热的小屋里。

我们之间的谈话变少了。多明嘉丝休息的时候，要么坐在地上，要么躺在吊床里，毫无生气。只有一次，在傍晚，她唱起了儿时在朱鲁巴希听过的一首歌，在她住进玛瑙斯孤儿院之前。我以为母亲不想再开口了，但她却唱起歌来，用嫩加图语，一直重复着悲伤的副歌部分。儿时我常听着母亲的声音入睡，那声音如同摇篮曲一样在我的夜晚律动着。

某个周日下午，母亲让我随她到马特里斯广场散步。在那附近，许多大型货船停泊在玛瑙斯港，使得周围的小船相形见绌，遮住了远处的树林。广场中心不再有曾吸引孩子们的鸟群，曾令我着迷的鸟舍如今一片静默。一些印第安人和亚马孙内陆移民坐在教堂门口的石阶上乞讨。多明嘉丝和一个印第安女人聊了几句，我听不懂。两人相互祝福，那时钟声响了六下。母亲与那个女人道别，只身进入教堂祈祷，然后我们进入玛瑙斯港，走到栈桥尽头。港口十分热闹，挤满了搬运工、起重机和叉车。有一个男人认出了我们，向我们招手。那是卡里斯托，住在群租房里的邻居之一。他光着脚，只穿了裤子，正在等待卸货的命令，货物是成箱的电器。我不知道他周日会在港口工作。卡里斯托从艾斯特丽塔·雷诺索的手中解脱，但又要承受另一份重担。

多明嘉丝不想待在那里。"太乱了，也太吵了。"她背对着我们的邻居抱怨道。港口周边比较安静，巴莱斯路的路边上睡着从内陆来的家庭。店铺的门关着，我指了指二楼的储藏室，哈里姆以前经常在那里靠着窗子讲述他的人生故事。母亲想坐在河边的矮墙上看着幽深的河水。她沉默不语，直到天完全黑了。"你出生的时候，"她说，"是哈里姆先生帮了我，他不想把我赶走……向我承诺要让你读书学习。你是他的孙子，他不会让你去睡大街。哈里姆先生参加了你的洗礼，还请我准许他给你取名字。他叫你纳艾尔，是他父亲的名字。我觉得这名字有点奇怪，但他很希望你能叫纳艾尔，我就同意了。似乎哈里姆先生的生活也改变了方向，我感觉他非常喜欢你。我想他是喜欢那两个儿子的，但对奥马尔有怨言，埋怨他令扎娜喘不过气来。"母亲的双手摸着我的手臂，我能感觉到她手上的冷汗。她拥抱着我，亲吻我的脸庞，然后低下头，小声说她非常喜欢雅各布……从他们一起玩耍、一起散步的时候开始。雅各布从黎巴嫩刚一回来就进到多明嘉丝的房间里，奥马尔看到他们在一起，十分嫉妒。"我不想和奥马尔……有一天晚上，他喝醉了，进到我屋里闹起来，他用男人的力气抓着我不放……他从没向我道过歉。"

多明嘉丝哭了，再也说不出话。

我开始对母亲的吊床多加留意，我担心她。她并没有被扎娜的不安所传染。扎娜在期望复仇和感觉悲伤之间转换，协调着无法和解的情绪。在几个星期里，她混淆着过去与现在，混淆着对父亲与丈夫的记忆和"老幺"的离去。"我爸爸……"扎娜说着用手指着照片上的加利卜，难过于亚马孙和黎巴嫩之间遥远的距离。阿巴斯的那首加扎勒，她曾经常在房间里读，如今她大声朗诵那些诗句，以此来抽离疯狂，获得片刻安宁。但是"老幺"离开家这件事一直困扰着扎娜，她为给雅各布写信而自责，说他顽固不化。挨打的儿子反而成了坏人。哈妮亚对她说那兄弟二人以后绝不会在家里一起生活，但时间能让他们冷静下来。时间和距离。

"这世上没有任何东西能让一个受到背叛的男人冷静。"扎娜说。

"雅各布可能后悔了。"哈妮亚说，"他不打算控告任何人。"

扎娜悲伤地看着女儿，用沙哑却坚定的声音说：

"你没和男人一起生活过，更没养过儿子。"

哈妮亚沉默了。

如今扎娜没有了丈夫的帮助，多明嘉丝待在房间里不出来，这令她更加没有依靠。塔里布的女儿们来拜访扎娜，娜达拉着她的手，扎伊娅找话题聊天，想帮她分分神。扎娜迷茫的眼神令访客们感到不安。一天早上，希德·塔努斯和塔里布来到家里，扎娜一开口就说不公平，说亲兄弟之间躲着不见面是不对的。"你们得找到我儿子，得把奥马尔带回来，为了哈里姆。"

关系最好的塔里布盯着桌上唯一一个为午饭而摆好的盘子看了很久。那个放在主位的盘子，还有边上的餐具和一个杯子都属于奥马尔。鳏夫塔里布在离开之前小声说："上帝关上一扇门，还会再开启另一扇。"

一天早晨，天下着雨，扎娜命令哈妮亚把小保险箱腾空，拿出里面哈里姆保存的所有旧文件。然后她找来一个车夫和四个搬运工，想把那个铁箱子搬走扔到树林里。那会让她记起奥马尔被捆在上面的样子。

我陪同车夫和搬运工去到哈妮亚的店里，她在那里等着。我回来的时候，沉浸在糟糕记忆中的扎娜把自己关在房间里。当时将近中午十二点，我母亲却不在厨房。我在奥马尔的吊床上找到她，她把那张吊床系在了自己房间。红色吊床已经有些褪色，多明嘉丝的双唇干裂，右眼闭着，左眼被灰白的头发挡住。我把头发拨开，看到她的左眼也闭着。我摇晃了一下吊床，母亲没有任何动静。她并不是在睡觉。母亲的身体随着吊床轻轻摇摆，我哭了起来。我呆坐在地板上，哭得上气不接下气，凝视着摇摆的吊床，回忆起我和母亲相拥而眠的那些夜晚，就在这同一间小屋里，闻着蟑螂的味道。屋里还有树脂的味道，更为强烈，源自架子上的一排木雕，是我母亲在很多个夜晚亲手制作出的"动物园"。其中最美丽的鸟是咬鹃，展开翅膀，挺起胸膛，想要飞翔。我母亲把所有体力和热情都用来服务他人，她把那个令我愤怒的秘密保守到生命尽头，并没有把它带走。我看着母亲的脸，想起了奥马尔的残暴。

外面有鸟在叫，透过窗子我看到弯曲的树枝和熟透的水果散落在后院泥泞的地面上。我不再摇晃吊床，握住母亲长满老茧的双手。扎娜在喊多明嘉丝，在楼上喊了三四声，接着我听到她下楼的声音，脚步声越来越近，在客厅，在厨房，踩在院子的落叶上，扎娜惊恐的双眼盯着我母亲紧闭的双眼。她摇晃吊床，跪着搂住了多明嘉丝。

我无法离开多明嘉丝身边。群租房里的一个小孩帮我给哈妮亚送去留言，我写了："我母亲刚刚去世了。"

　　那时我想多写点什么，却想不出任何词句。语言似乎等待着死亡和遗忘，变成石头，隐秘地埋藏在地下，只为日后慢慢地燃烧，等到过往已在时间流逝中消散，再一次点燃我们心中想要讲述它的欲望。时间令我们遗忘，是语言的同谋。只有时间能将我们的情感转化为最真实的语言，哈里姆曾这样说过，当时他正用一条手绢擦汗，出汗是因为天热，也是因为愤恨妻子完全被"老幺"套住了。

　　我请求哈妮亚让我母亲葬在家族坟地里，在哈里姆身边。她同意了，毫无抱怨地支付了所有费用，我永远都不知道她的这份慷慨中包含了多少次同谋。我的母亲和祖父，在彼此身边，在地下找到了他们相同的命运。他们都是远道而来的人，最终死在这里。如今，已经过去很久，我仍然会去拜访他们的墓。某个周日，我在墓地见到了阿达莫尔，那个"青蛙腿"。我们远远地对视了一眼，我只能看到他的脸，他的其他部分都隐藏在地面的洞里。他抬起胳膊继续工作。阿达莫尔是墓地的掘墓人。

　　家里人越来越少，房子很快就老化了。哈妮亚买了一栋小房子，位于玛瑙斯北部曾经是森林的地方。她对母亲说搬家是不可避免的，并没有说明原因，扎娜训斥了女儿，说自己绝不会离开，死也不会丢下那些植物、有小神龛的客厅和清晨在后院散步的机会。她不想离开那个街区，那条路，那些她曾站在阳台上凝视的风景。她如何放得下渔夫、炭工和水果商贩的叫卖声？还有一大早就开始讲故事的声音：某人病倒了；某位政客前一天还是个穷人，一夜之间暴富；某个富豪偷走了思念广场上的铜像；司法部某人的儿子强奸了一个姑娘。这些新闻都不会见报，但会有声音将它们挨家挨户地传播，直到整个城市都得知消息。当哈妮亚从店里回来的时候，扎娜对她说："你可以自己去那栋房子住，我就留在这里不走了。"

　　扎娜就是在那段时间摔倒了一次，手臂和左侧锁骨需要打石膏。即便戴着石膏，她也要在天气好的时候把哈里姆的衣服拿出来晾在衣架上，把他的鞋放到门廊上，拐杖放在灰沙发上，等到傍晚再一一收回，然后坐到桌边，在奥马尔的主位右边。晚上，她喊了多明嘉丝的名字，我有些害怕地跑到客厅，发现扎娜正站在小神龛边上，右手握着念珠。

哈妮亚不忍再看到母亲和鬼魂一起生活。只要一想到罗希朗的威胁，她就觉得紧张，怀疑早晚有一天她需要卖掉房子来还钱。哈妮亚想搬到远离那里的地方，远离玛瑙斯市中心的喧嚣。一场骤雨使得伊斯卡达利亚区和巴莱斯路乱成一团，我爬上屋顶盖防水布，扎娜则尽力抢救储藏室里的货物。刚从亚马孙内陆迁居来的一些人正在路边吃从阿道夫·里斯本市场捡来的残羹。哈妮亚给了他们一些钱，让他们远离店铺，但有些人又回来了，就睡在店边上。有时，在下雨天，哈妮亚以前的追求者之一会到店里，弄湿地板，在她的轻视下羞耻地离开。这人晚上还会去敲家里的门，求哈妮亚下楼，用醉酒的声音演唱小夜曲，第二天上午再清醒着到店里去，想要买最贵的布，完全痴迷于哈妮亚圆圆的大眼睛。还有其他一些男人，他们看到哈妮亚一个人工作，就以为可以轻松俘获她。哈妮亚引着那些人花钱买东西，接着又把微笑投向下一位顾客。我在店里的时候，那些讨厌的人就不会出现。

于是哈妮亚离开家里，搬到小房子去住。每天她在店里上班之前都会先回家看看母亲，对她说："妈妈，新房非常好。你的房间最宽敞。有个小院子，可以养动物和植物，也有能系吊床的地方……"

那时我和扎娜两个人住在家里，我在院中的小屋，她在二楼的房间。我有了更多时间可以用来读书，因为扎娜不再保持家里原有的秩序。来拜访的人越来越少，停留的时间也不长，都被女主人不合时宜的举动或是沉默赶走。当艾斯特丽塔·雷诺索进入客厅，扎娜没等这位邻居坐下就开口说："你那个水性杨花的侄女，原来总在我们家附近转悠，盯上了我的两个儿子。"

艾斯特丽塔吓得后退了一步。

"就是那个利维娅，你姐姐的女儿……你非常清楚她嫁给谁了……她就是在你家看电影的时候钓上我儿子的。雅各布结婚的时候根本不了解女人，在圣保罗不声不响地就把婚结了，离家那么远，看看他们俩对奥马尔做了什么。"

艾斯特丽塔充满权威的声音响起来，命令我帮她打开门，她好能离开。我当着她的面笑了，笑得十分无礼，因为我知道雷诺索一家已经被新时代的上层人士们驱赶出了"上流社会"。

当有人来敲门时，扎娜说："我不想再见任何人。"她只耐心接待一位客人：上了年纪的女族长艾米丽。此人鲜少来家里，她来之后会倾听扎娜想说的一切，然后以阿拉伯语回复，声音清晰、平和，毫不卖弄。她的声音像是既陌生又迷人的旋律。在那个接近人生尽头的年纪，她依旧能够集中注意力，说出饱含情感的话语，将古老的谚语娓娓道来。我想起了哈里姆，想起了他那些经过深思熟虑的话。哈里姆直到去世都在尝试将扎娜从"老幺"那里解放出来。

扎娜向我讲述了一些事请，也许很少有人知道这些事：她在朱拜勒接受洗礼时得到的名字是泽伊娜。到巴西之后，年幼的她学习了葡语，把自己的名字改为扎娜。我得知了更多关于加利卜和哈里姆的事，还有我母亲。多明嘉丝怀孕后变了许多，长时间发呆，不知在想什么。"她就一个人发呆。哈里姆悄悄打开她的房门，问：'你在想什么？''啊？我？'你妈妈有些害怕地回答。她磨刀，拿起一块木头，把它雕刻成小动物。哈里姆跟我说：'这姑娘肯定出了什么事……'你妈妈在孤儿院的时候可让人头疼了！她很叛逆，总想回到她的村庄，她的河流……难道她想在那个远得像世界尽头一样的地方一个人长大吗？达马斯赛诺修女把她交给我的时候，我接受了。可怜的哈里姆！他不希望有任何人加入，就连影子都不行。他曾经说：'养育一个不知道是谁家的、别人的孩子一定非常艰难。'你出生的时候，我问他怎么办，我们要忍受另一个不知是谁家的孩子吗？哈里姆有些生气，说他知道你是谁家的，你就是我们家的……"

扎娜断断续续地讲着，她自己还会提问："在小毯子上？我们有没有在哈里姆祈祷用的小地毯上做过？做过上千次了，你不是还偷看过吗，孩子？"

她的话令我颤抖。他们看见了我？知道我在偷看？也许他们并不在意，也不害羞。肯定笑我来着。谁家的孩子！扎娜将一个叛逆的多明嘉丝忘在脑后，召唤另一个多明嘉丝，是她多年的女佣和厨娘，是她祈祷时的同伴，是我的母亲。

扎娜不再讲话的时候，我注意到她对于缺少爱子的老年生活已经失去了继续下去的意愿。"奥马尔再也不回来了？"她用祈求的语气向我询问，就好像我有能力在一切结束之前把她的梦想变为现实。扎娜用小炉子烤鱼，亲吻着"老幺"的照片说："你为什么这么久不回家？为什么？我亲爱的孩子。其他人都走了，现在只剩下我们俩……"她把吊床搬到奥马尔的房间，一到夜里，整栋房子都充斥着她痛苦的哭声。扎娜哭了太多，双手撑着脑袋，满脸都是眼泪，我提心吊胆，以为她随时都可能死去。扎娜没有再打开任何一扇窗子，也没再吩咐我打扫院子和门廊。小神龛落满灰尘，上面还有壁虎和甲虫的尸体，房子正面的瓷砖壁画上布满污垢，圣母像已经泛黄。这样过了五个星期，这段时间足以令房屋黯然失色，变成一副被抛弃的样子。

在三月的某个下午（那时雨水非常多，哈妮亚叫我去疏通地漏），一个身着大衣的男人停留在橱窗前，观察着店铺里面，慢慢走进门，在地板上留下泥脚印。是罗希朗。他被雨水淋湿的头发朝后面梳着，显得更加严肃。戴着一副金框墨镜，眼睛藏在深绿色的镜片后面。那是他脸上的新玩意儿。哈妮亚听到了她意料中的话：那两兄弟欠下的钱可以通过贱卖扎娜的房子来偿还。然而，出乎她意料的是，罗希朗接着说："你那个工程师哥哥已经同意了。"

几天后，一辆卡车停在家门前，几个搬运工人把东西都搬到了新房。扎娜锁上她自己房间的门，在阳台上看着所有家具都罩在绿色防水布下。她看到小神龛和圣母像，想起自己虔心祈祷的无数夜晚，看到那些生活用品，有婚前的也有婚后的。客厅和厨房已经空无一物，扎娜下楼的时候，整栋房子就像一个深渊。她在空荡的客厅里游走，把加利卜的照片挂在墙上，墙上有小神龛留下的痕迹。赤裸的墙壁上有些颜色更加鲜明的地方，标志着已被搬走的家具曾经所在的位置。

　　我去采购，扎娜做饭，就像又回到她父亲开餐厅的时候。扎娜漫无目的地在家里到处走，犹豫地停在了多明嘉丝的小屋外面，很久没有动，有时她会进屋，躺在那个红色吊床上，想起奥马尔以前在外面通宵寻欢作乐后一回来就倒在吊床上。她在等待着一个没有再回来的人。

　　扎娜离开家的时候并不知道那里将会有怎样的结局。她把吊床、奥马尔所有的东西、父亲的相片和家具都带到了新房子，只留下哈里姆的衣服挂在生锈的衣架上。

　　我独自待在老房子里，陪着我的只有阴影。讽刺的是，我在那一刻仿佛成了那栋坐落在玛瑙斯港附近的二层小楼的绝对主人，虽然时间不长，但墙壁、天花板、后院甚至是洗手间全部都属于我一个人。我想起了雅各布，想起他那张照片，年轻军官的脸上带着高傲的神情，向未来投映着微笑。

扎娜离开了一个多星期，在周日早上又回到家里。她的左臂又一次打上了石膏。哈妮亚要去市场，让我照顾她母亲："从群租房找个姑娘过来帮忙打扫卫生，别让扎娜一个人待着。"

　　我没去找任何人，扎娜不希望有陌生人来家里。她上楼进了自己的房间，打开窗户通风换气，拿出哈里姆的衣服搭在手臂上。我看见她走到奥马尔的房间，跪在地上祈求上帝让"老幺"回家，十分激动地请求上帝不要让奥马尔死去。她毫无神气的双眼周围有黑眼圈，被睫毛投下的阴影拉长。对哈里姆和"老幺"的思念之苦冲淡了她的美丽。她没有提起雅各布，那个居住在远方、拥抱着荣耀前程的儿子被扎娜从话语中驱逐了。她拒绝我的帮助，独自下楼，说要在门廊坐一会儿，让我不要担心她。我回到自己的小屋，把注意力转移到书籍上，直到哈妮亚的脸庞出现在窗外，我才意识到扎娜不见了。我找遍房子里每个角落，撞开扎娜房间的门，最终在院子里一个被遗忘的地方找到了她，是那个老旧的鸡舍，加利卜曾在那里养鸡，做"朱拜勒"饭馆的食材。扎娜躺在干树叶上，身上盖着哈里姆的衣服，在打着石膏的左臂下方，她的左手已经发紫。我找邻居帮忙，把她抬到我的吊床上。扎娜挣扎着喊道："我不想离开这里，哈妮亚……你说什么都没用，我不会卖掉我的房子，你这个忘恩负义的……我儿子会回来的。"她不停地大喊大叫，被女儿的沉默激怒，哈妮亚只是平静地说了一句话："您会慢慢习惯住在我家的，妈妈。"

听了这句话，扎娜更加气愤，想要松开我的控制，差点就从吊床上摔下来，上帝知道我们费了多大劲才把她送进车里。扎娜哭起来，就像正在承受非常可怕的痛苦。她没有再回来过，住进了一个新的房间，在那栋远离港口的房子里，那地方对她而言并不是家。

后来我得知扎娜出现了内出血的情况，我还到那个街区的医院去看过她。扎娜认出了我是谁，一直没有移开她的视线。她用阿拉伯语小声说出几个我认识的词汇：生活、哈里姆、我的儿子们、奥马尔。我注意到当她尝试用葡语说一句话时，需要更加用力，就好像从那一刻起，只有她的母语幸存了下来，但是当扎娜握住我的手，她成功地用葡语含糊地说："纳艾尔……亲爱的……"

## 11

扎娜去世的时候奥马尔正潜逃在外。死亡使她没能见到老房子翻修之后的样子，也替她避免了其他一些糟糕的事。房子正面的葡萄牙瓷砖和圣母像都被清除了，原本比较节制的设计和谐地运用了直线与弧形，如今却被夸张的折中主义风格所取代。原本规规矩矩的正面变成了一张恐怖的面具，那房子很快就失去了家的感觉。

"罗希朗之家"开业那天，来自迈阿密和巴拿马的进口商品填满了橱窗。那是一场奢华的盛宴，路边停着一排黑色轿车，身居高位的军人和政客们从车上下来。据说有来自巴西利亚和其他城市的重要人物，都和罗希朗关系密切。就只没有邀请这条路上的住户，没有邀请雷诺索家的人。人群聚集在外面，惊羡地看着里面那些人在灯火通明的房间里举杯共饮。很多人在外面守了一夜，只为天亮的时候能得到一些宴会剩下的残羹冷炙。玛瑙斯发展壮大了许多，那天的宴会便是其繁荣发展的众多标志之一。

在翻修计划中，建筑师设计了一面墙，隔开房子和我所住的那块靠近群租房的地方。后院的一小部分土地属于我了。

"是你继承的遗产。"哈妮亚说。

这算是虽然迟到却没有缺席的善意？后来我知道这是雅各布的意思，他想让我过得更好，想埋葬他弟弟的生活。雅各布给扎娜写了一封信，说他对多明嘉丝的去世感到非常遗憾，有些秘密他只对多明嘉丝讲过，她是唯一一个在他儿时总陪伴着他的人。他们两人的生活有一些共同之处，对此扎娜坚持视而不见。雅各布没有解释建造酒店的计划为何失败，只说如今更合理的做法是把房子和一部分土地贱卖给罗希朗。如果不这样做，奥马尔会承担后果。

哈妮亚并未把这封信交给扎娜。她不知道雅各布和罗希朗之间是否存在协议，她明白只有把房子卖给罗希朗才能保住奥马尔。我看到哈妮亚多次要求母亲在房屋出售证明上签字。

"你疯了吗？这是我的房子……卖给那个到处冒险的人？你看看他对奥马尔做了什么。"

"签字吧，妈妈，这也是为你那两个儿子好……为了避免出现最坏的结果。我们永远不知道最坏能有多坏……"

扎娜最终在医院签了字，这应该是她为让两个儿子和解而做出的最后一次尝试。

哈妮亚后来才知道，雅各布在被打的那天，本应该在玛瑙斯医院过夜，却不得不提前返回圣保罗。在夜晚到来的时候，雅各布在一名医生的陪同下悄悄地出发去往机场。原来是因为奥马尔在那天下午闯进了医院，差点再一次殴打他哥哥。雅各布一看到奥马尔就大叫起来，奥马尔被赶出了医院，赶到街上，他在炎热的天气下蹒跚地离开了。有人看到他在卡巴森斯酒馆喝了一杯酒，向那里的一群男人讲述他当天的"英勇事迹"，语气中带着嘲讽。然后他就消失了。据说他曾去伊斯卡达利亚区找过"黑皮树"。奥马尔没有被抓是因为哈妮亚收买了警察，把装着钱的信封交给他们，求他们放过奥马尔，让他逃走。希德·塔努斯和塔里布给雅各布写信，求他原谅他弟弟，或者至少忘记之前发生的事。雅各布没有回复。哈妮亚后来明白了，是她远在圣保罗的哥哥请了律师，安排抓捕奥马尔。他有足够多的目击证人：在医院帮他赶走奥马尔的医生和护士们。在回圣保罗之前，他还做过伤情鉴定。

哈妮亚慢慢发现她的工程师哥哥算准了最佳行动时机。雅各布等到母亲过世之后，像猎豹一样发起进攻。奥马尔的逃亡之旅变得更加艰难，他要逃离的不再是母亲的掌控，而是司法部门的缉捕。他到处躲藏，寻找着不同的避难所，在一群酒肉朋友家里借住。奥马尔知道他将要面临严重后果，也懂得如何隐藏自己。但是一个想法突然出现在他的脑海里，是什么呢？没错，他决定不再过躲躲藏藏的日子，开始冒险四处游荡。希德·塔努斯在科里纳区的一个酒吧见到了奥马尔，那是奥马尔以前常和"黑皮树"一起去的地方。塔努斯得知奥马尔住在

"航行者之家"公寓，和从内陆来的姑娘们在那里聚会。开始有公寓或旅店的老板到店里找哈妮亚，威胁她，让她偿还奥马尔欠下的房租，抱怨他制造的混乱。奥马尔在凌晨抱着一个姑娘回到住处，一直闹到天亮，使其他住户无法休息。来者威胁说再有这样的事就要报警。奥马尔从"航行者之家"消失了，从所有能租住的地方消失了。哈妮亚失去了哥哥的音讯，想着他应该在某个沙滩或某个湖畔，安静地等待妹妹替自己收拾烂摊子。如今奥马尔身上背了很多罪名，到处传来对他的抱怨，因为哈妮亚无法帮他还清所有欠款。她知道一点，必须为接下来要发生的事情攒钱。

## 12

或早或晚，一切都逃不过时间和偶然。时间未将写在阿卡西亚斯广场小歌坛上的拉瓦奥的诗句抹去。多年后，在四月初的某天，奥马尔与拉瓦奥的命运偶然地联系在了一起。

我答应了哈妮亚去帮她完成一项无聊的工作，发现店门关着，没人知道她去哪儿了。近日来，哈妮亚经常在午饭时间闭店，出去寻找她哥哥。那天下午，当她目睹阿卡西亚斯广场上发生的事情时，天正下着雨。哈妮亚无法动弹。奥马尔瘦了，脸色发黄，像是一周没有刮过胡子，头发卷得像动物鬃毛一样，手臂上到处是抓痕，额头肿起来。他那双深邃的眼睛看起来茫然若失，虽然他并未完全失去找回从前生活的意愿和力量。哈妮亚没来得及接近奥马尔。她听见枪声，看见路上的人都跑了起来，被丢掉的雨伞摔落在地面上。三个警察现身，很快变成五个，越来越多。那是一次围捕。哈妮亚看见奥马尔蹲在一棵黑皮树后面，警察们朝他走去，每人手里都拿着枪。枪声停止。他们是想杀他还是只想吓唬他？此时风雨交加，阿卡西亚斯广场成了一个舞台。人们知道奥马尔会反抗。他以自己的方式做出反应：对着警察大笑起来。他脸挨了一枪托，那预示着他即将进入地狱。奥马尔倒在了地上，被警察拖走，塞进了车里。哈妮亚朝哥哥跑去，只看到他脸上有雨水也未能洗掉的一道红。她找警察询问他们要把奥马尔带去哪里，却被粗鲁地推开。

在接下来的几个星期里，奥马尔无法与外界联系。哈妮亚和律师试图与他交谈，但都受到暴力阻止。她给狱卒送礼物，打听关于哥哥的消息，求他们别折磨他。然后她得知，奥马尔之前被关押在军部，我直觉他与拉瓦奥的友谊也算是一种政治罪。

在奥马尔被警察押解着走上法庭的那个清晨，哈妮亚明白自己孤独无助。她不能在法庭上拥抱哥哥，只能听他讲述自己地狱般的日子。白天如同夜晚，每个白天都是黑夜的延伸。雨水多的时候，牢房会进水，奥马尔只能站着睡觉，脏水没过膝盖，蛇形淡水鱼围着他的腿转，比起害怕，他更觉得恶心。水退去后，这种灰色淡水鱼像蛇一样在地面上爬行，黏稠的皮肤令奥马尔十分反感。幸好在那些阴天的日子里他根本看不清牢房里有什么。有时奥马尔透过牢房的窗户看着一棵阿萨伊树随风摇摆，幻想着天空的颜色、内格罗河、宽广的地平线、自由、生活。他捂住双耳，无法忍受昆虫的嗡鸣和犯人们的叫喊声，一切都没有尽头。哈妮亚无法想象哥哥如何在如此肮脏的监狱里生活，她观察过那个地方。有段时间哈妮亚常到玛瑙斯居民最多的几个街区卖凉鞋和衣服，总会经过那里。

奥马尔获刑两年零七个月，不得离开，无权获得"有条件外出"。"只剩皮包骨了……我哥哥都没有人样了。"哈妮亚哭着告诉我。她说要给雅各布写信。"他背叛了我妈妈，计划好这一切，骗了我们。"勇敢的哈妮亚在对她而言至关重要的幽居生活里，在她永远单身的孤独中，给雅各布写了一些从未有人敢说的话。她提醒雅各布，复仇比原谅更加悲惨。埋葬了母亲的梦想难道不算是已经报仇了吗？雅各布没能看着扎娜死去，所以不知道，永远也不会知道。在扎娜死的时候，她的好梦被埋葬了，只剩下内疚的噩梦。哈妮亚在信中说，雅各布虽然受到过羞辱和伤害，但他才是最野蛮、最暴力的，所以应该受到审判。如果他不同意撤销对奥马尔的指控，哈妮亚威胁要永远蔑视他，烧掉所有照片，退还所有作为礼物的首饰和衣服。哈妮亚执行了这些威胁，因为雅各布没有回信，他知道沉默比直接的回答更有效。

我就是在那段时间离开了哈妮亚。我不想离开她，很喜欢她，被那种对立的特质吸引，那么有人情味却又那么脱离世界，那么轻盈高贵却又充满了野心。回忆我们共度的那一夜，那气味，依旧能令我颤抖。但她对我产生了厌恶，因为我蔑视她那个蹲监狱的哥哥。其实，我知道自己在纠结什么，在痛苦什么。哈妮亚应该清楚奥马尔对我母亲所做的事，知道他对我们母子两人犯下的所有罪行。我不再和她一起工作，没再写过商务信件，没再清理过地漏、搬货、挨家挨户叫卖。我远离了做生意的世界，那不是我的世界，从来都不是。

奥马尔在刑期将满时提前获释，以哈妮亚的血汗钱为代价。塔里布见了奥马尔一面，说他只说起关于母亲的事，在塔里布提到要陪他去墓地看扎娜的时候，奥马尔绝望地大哭起来。

哈妮亚用尽一切办法想要靠近奥马尔，但他一直在躲避，从妹妹和所有邻居身边逃开。那几个月，人们偶尔能看到他的身影，在夜里到处游荡。哈妮亚想了很多花招来给他送钱，想要吸引他，再一次征服他。她想让奥马尔住进她的房子，就住扎娜曾经睡过的房间。

在雅各布寄给我的那些信中，从未出现过奥马尔或哈妮亚的名字，他只字不提曾发生的事。信的内容只有简短几句，总让我带着花去墓地拜访哈里姆和我母亲。雅各布问我是否缺什么东西，什么时候去圣保罗看他。我把去圣保罗这件事推迟了二十几年，不想去看他曾经承诺过的大海。我早已把那些被奥马尔撕烂的设计图扔进了垃圾桶。我对建筑设计向来不感兴趣，对雅各布满脸骄傲地送给我的数学书也是一样。我想远离计算，远离工程师，远离雅各布充满野心的前进之路。在最后几封信里，他只说到未来，甚至要求我做出回复。未来，是一场持续的幻觉。我只保留下最后一封信，其实也不是信，而是一张照片，雅各布和我母亲笑着坐在小船上，船停在"河岸酒吧"附近。她差不多是少女的年纪，而他差不多还是个孩子。我想起了母亲的脸，收好这张珍贵的照片。这是记录了多明嘉丝面容的唯一一张照片。我能想起她并不常见的笑容，想起她又大又圆的双眼，遗失在过去的某个地方。

那时我记得雅各布曾和我共同度过的时光，记得他在我病倒时来到我的房间。到现在我也没有忘记。然而在他去世前的那五六年里，我非常想要远离那两兄弟，这种想法比那些回忆更加强烈。

奥马尔的疯狂与他对世上一切人、事、物的过分态度并不比雅各布的计划造成的伤害逊色。对于哈里姆和我母亲的离世，我有失去的感觉。如今，我想，我是也不是雅各布的儿子。也许他也曾有和我一样的疑惑。哈里姆曾经非常渴望的事情在两个儿子身上发生了：他们都没有孩子。我们的一些愿望只能在他人身上实现，噩梦却始终属于自己。


在奥马尔刚出狱的那段时间，某天下午我见到了他。那是我们最后一次见面。

那时雨势凶猛，还未到傍晚，各家各户都已经关紧了门窗。在那个阴沉的午后，我记得自己有些焦躁，刚在我之前上学的学校教授完第一堂课，正在回家的路上。路边的垃圾被雨水冲走，流浪汉们蜷着身子挤在树下。我难过地观察着这座城市，它在发展的同时也在破败，远离了河流与港口，无法与过去和解。

一个闪电导致"罗希朗之家"的电路出现了短路。厚重的乌云遮天蔽日，印度百货店里一片漆黑。我走进自己的小屋，还是原来那间，在之前那栋房子的院子里。我把母亲的木雕拿了过来，她的遗物只有这些。雕刻曾令她感到快乐。在夜里，那是母亲能做的唯一一件将她白天所失去的尊严还给她的事。我这样想着观察着木雕，之前在我看来，它们不过是雕像，现在它们在我眼里变成一个个奇怪的小生命。

我开始收集整理安特诺尔·拉瓦奥的手稿，也开始记录我与哈里姆曾经的谈话。每个下午，我用一部分时间阅读拉瓦奥从未发表的诗，一部分时间回忆并记录哈里姆的话语。从一个人转到另一个人，这是一场回忆与遗忘的游戏，带给我愉悦。

磅礴的大雨冲散了赤道炎热的气息，令我感到一身轻松。小屋周围的水坑里漂着水果和树叶，院子深处长满了草，木头栅栏已经腐烂，不再是院子与群租房的界限。扎娜离开这里以后，我没再修剪过院子里的树和爬藤，任它们经受酷暑和暴雨，管理这些植物意味着屈从于过去，那些过往已经在我心中死去。

当奥马尔闯进我的这片小天地时，雨还在下，伴着轰轰雷鸣。他的身影离小屋越来越近，突然停在橡胶树旁，在大树映衬下显得渺小。我看不清他的脸。奥马尔抬头看着树冠，接着又转身向后看：门廊已经不在了，也没有红色吊床等他。一堵硬实的高墙分隔开我这一隅和"罗希朗之家"。他朝小屋走来，赤裸的双脚踩过水坑。人到中年的奥马尔几乎已经衰老。他面对着我。我在等待。我希望他能坦白那件不光彩的事，并做出忏悔。只一句话就足够，一句就行。一句"对不起"。

奥马尔停下来，犹豫地看着我，闭口不言。就这样过了很久，他的目光透过雨水和窗户，飘忽不定。那是一个茫然无措的眼神。然后，他慢慢转身，背对着我，离开了。

# 一座城市的回忆

## —— 小说《两兄弟》译后记

马琳

　　一提到巴西的亚马孙地区，大多数人首先想到的是那片繁茂的、被誉为"地球之肺"的热带雨林。在人们的普遍认知里，亚马孙雨林是一个草木苍翠的绿色天堂，拥有丰富且独特的生物多样性，是印第安原始部落守护的家园。二〇一九年，过度砍伐加之气候变化等原因造成亚马孙雨林频繁发生火灾，巴西政府在处理火灾时的不重视与不作为引起了大众强烈的不满，这一切令亚马孙地区再次成为全球关注的焦点。

　　也许很多人不知道，巴西的亚马孙地区并不只有热带雨林。亚马孙州是巴西最大的州，其面积大于法国、西班牙和瑞典的国土面积总和。该州的首府玛瑙斯是一座身处雨林的城市，位于亚马孙河支流内格罗河与干流索里芒斯河的交汇处，小说《两兄弟》便是以这座承载着巴西历史的神奇城市为背景展开。一如拉美其他地区，玛瑙斯也聚集着大量来自海外的移民。阿拉伯裔、犹太裔、德裔、英裔、葡萄牙裔、意大利裔等移民从殖民地时期开始先后来到这里，共同推进了玛瑙斯的发展。在这些人中，选择留下来扎根的多数来自阿拉伯国家和葡萄牙，还有一些犹太裔。本书的作者米尔顿·哈通便是一位出生在玛瑙斯的黎巴嫩移民后代，他在《两兄弟》中为我们讲述了一个黎巴嫩移民家庭如何因扭曲的爱而失调，逐渐走向没落的故事，这与玛瑙斯这座城市的没落相呼应。然而城市在新时期有了新发展，以近乎粗暴的方式丢掉了之前破败的面貌，却在这一过程中抛弃了无法跟上其进步脚步的穷苦大众，将那些曾参与并见证了玛瑙斯发展变迁的生命遗落在了历史长河中。哈通借由他的文字将这些生命从时间的暗河中打捞上来，使他们在文学中化身成一种不分高低贵贱的永恒。

　　米尔顿·哈通出生于一九五二年，十五岁时到巴西利亚求学，后又到圣保罗和法国巴黎进行深造。完成学业后，哈通回到玛瑙斯，在大学里教授比较文学，目前定居在圣保罗。一九八九年，哈通出版了第一本小说《某个东方人的故事》，以玛瑙斯为背景，描绘拥有不同语言、不同习俗的各族裔移民共同构建的文化杂交现象。哈通擅长在文学作品中模糊个人经验与记忆的界限，通过书写回忆，在玛瑙斯独特的社会历史背景下构建个体的身份。《某个东方人的故事》在出版后第二年被巴西最重要的文学奖项雅布提文学奖评为最佳小说。《两兄弟》是哈通的第二部长篇小说，出版于二〇〇〇年，讲述了二十世纪前六十年里黎巴嫩裔移民哈里姆一家人在玛瑙斯的生活。这是一本充满回忆的小说，书中的叙事者拾起记忆碎片，为我们拼凑出这个家庭在几十年间发生的故事，他也借由这一过程构建并确认自己的身份。这些碎片不仅记载着那些鲜活的人物，还封存了玛瑙斯曾在"橡胶经济"时期（1879—1912）经历的辉煌、此后很长一段时间的贫穷与没落以及它在二十世纪六十年代以后借由现代化、城市化发展取得的新面貌。一个家庭的变迁与一座城市紧密相连，一座城市的命运与一个国家的发展息息相关。这一切融合着丰富的移民文化以及独特的亚马孙地域风情，被回忆的树脂封存，像一块琥珀，等待着被读者发现。

《两兄弟》故事的核心是哈里姆的一对双胞胎儿子——雅各布和奥马尔。哈里姆与扎娜同为黎巴嫩移民，在巴西相识并结婚。除了这对双胞胎，他们还有一个小女儿哈妮亚。此外，家里还有女佣多明嘉丝和她的儿子纳艾尔。两兄弟出生后，扎娜因"老幺"奥马尔身体较弱而偏爱他，这份偏爱在两兄弟长大后也没有消失，反而变本加厉，变成一种偏执的溺爱。虽然后来双胞胎有了妹妹，但奥马尔在母亲眼里始终是家里的"老幺"。扎娜把奥马尔当成独生子一般溺爱，这在一定程度上造成兄弟两人之间的对立，滋养了嫉妒和仇恨。除了这一家人，书中还有形形色色的其他人物，比如哈里姆的朋友塔里布、爱炫耀的邻居艾斯特丽塔、教师拉瓦奥，等等。也有背景群体：玛瑙斯港附近忙碌的搬运工、捕鱼人、小商贩，居住在内格罗河水域"浮城"中的曾经的"橡胶工人"，孤儿院里的印第安孤儿，简陋群租房里的穷人。所有人一起构成了一个有血有肉的玛瑙斯，在十九世纪末到二十世纪七十年代历经发展的辉煌与磨难。在此，译者结合书中内容简要为大家介绍一些历史、社会方面的背景，希望有助于国内读者了解书中那个遥远的神奇的玛瑙斯。

玛瑙斯的前身是葡萄牙殖民者在亚马孙地区东部设置的要塞，主要为防止荷兰人和西班牙人进入西部雨林。一六六九年，玛瑙斯建成，是亚马孙河流域最大的城市、重要港口和自由贸易区。巴西历史五百年，玛瑙斯经历了其中三百五十年的发展，见证了巴西的独立及其后一系列的历史嬗变。在欧洲和北美相继进行工业革命后，到十九世纪末，国际市场对天然橡胶的需求大量增加，使得巴西北部迎来了属于它的发展时期，亚马孙地区终于有了实现现代化的机会。后来人们把一八九〇年到一九二〇年称为"亚马孙美好时代"，这一时期，每天有大量船只进出玛瑙斯港，运走橡胶，带来劳动力。玛瑙斯中心地区飞速发展，成了人们口中的"热带巴黎"，有电可用，有自来水系统，还有欧洲风格的博物馆、影院、剧院和娱乐场所。《两兄弟》中随处可见这一"美好时代"留下的印记，与书中那个已经落破的玛瑙斯形成鲜明的对比。哈里姆家附近的圣母广场和"老幺"奥马尔夜夜笙歌的娱乐场所都是在那一时期建造的。女邻居艾斯特丽塔总向别人炫耀她的家族以前拥有很多货船，在亚马孙河上运送商品，卖给橡胶园主人。然而，"橡胶经济"不只是把财富和现代化带到了亚马孙地区，同样也带去了剥削，造成极大的贫富差距。橡胶园主在短时间内大量积累财富，工人们却依旧贫困，当巴西的橡胶出口不敌亚洲，"橡胶经济"整体衰落后，大批外来的工人没有条件回到他们的家乡，便留在了亚马孙地区。聚集在玛瑙斯的贫穷的"橡胶工人"们在内格罗河沿岸水域建起了一片架在水中的木质高脚屋，这就是小说中的"浮城"。除"浮城"外，还有其他几个聚集区，比如书中提到的伊度坎多斯区。

按小说里的时间推算，哈里姆和扎娜是在第一次世界大战爆发的时间点从黎巴嫩移民到巴西的。扎娜的父亲凭借自己开的小饭馆积攒了一些钱。扎娜和哈里姆结婚后，他们的生活比起"浮城"和其他贫困街区的居民要富裕得多。像他们这样的外国移民在这一时期成了玛瑙斯发展的新力量。两人收养了印第安女孩多明嘉丝，让她成为家里的女佣。父亲去世后，扎娜对生孩子抱有强烈的执念，三个孩子出生，一家人过着平静的生活，直到双胞胎十三岁那年发生了一件改变了一切的事。当读者们在故事开头见到雅各布和他父亲哈里姆的时候，同样也能看到从意大利回到巴西的远征军，街上到处装饰着巴西国旗，这些描写把时间指向了第二次世界大战结束之际。通过一家人和邻居在饭桌上的谈话，我们能知道玛瑙斯人在第二次世界大战时也经历了物资贫瘠、生活困难的情况。在第二次世界大战期间，巴西和北美之间订下协议，巴西向北美输送橡胶，为此巴西政府专门从东北部腹地招募了十万人作为"橡胶军人"送到亚马孙地区采集橡胶。第二次世界大战结束后,这些人中的一部分也留在了玛瑙斯,他们并未得到丰厚的回报,只能生活在临水而建的高脚屋或其他贫穷的街区,这又一次壮大了玛瑙斯的人口。

两兄弟之间的对立是这部小说最核心的问题。雅各布和奥马尔这对双胞胎虽然有一模一样的身高、面容和声音,却是截然不同的两个人。雅各布在中学毕业后离开玛瑙斯,只身一人前往圣保罗深造。在地理、历史和政治等诸多因素影响下,巴西经济的发展始终存在地域差异,北部地区发展比较落后。圣保罗是东南部先进的大都市,象征着巴西的现代化,圣保罗和玛瑙斯的二元对立就呈现出巴西南北发展的巨大差距。雅各布在信里向家人讲述圣保罗的"冷"、大都会的喧嚣、快节奏的生活以及人们对于学习和工作的投入,这一切都与北边湿热、停滞不前的玛瑙斯截然相反。巴西的这种地区发展差异与政策也有很大关系,亚马孙地区很长一段时间被发展大潮遗落在身后,却为其他地区的发展做出了一定的贡献和牺牲。二十世纪五十年代后期,当巴西为开发中部而建设新都巴西利亚的时候,北部经常遭遇大面积停电。二十世纪六十年代,在军政府的独裁统治下,"城市化"的手臂终于伸向了玛瑙斯,但是是以一种残暴的方式。

小说中有一幕情景让人久久不能忘怀:哈里姆看着"浮城"

在政府的命令下被强制拆除，什么也做不了，无数穷人失去了他们的栖身之所。这是政府对玛瑙斯进行的一次"市容美化"，是一次"大扫除"，把穷人赶到远离港口的地方，逼他们到更内陆更边缘的地方生活，不顾这些原本是码头搬运工的人以后要靠什么维持生计。"浮城"被拆除是一段历史的消逝。不只"浮城"，港口周边的很多商店、饭馆、酒馆都被拆除了。哈里姆所熟悉并热爱的玛瑙斯已然不在了，不久后，年迈的哈里姆也离开了人世，而此时已经成为工程师的雅各布似乎完全支持军政府对玛瑙斯的改造计划，对此他只是说："玛瑙斯准备好成长了。"

作为双胞胎的两兄弟，哥哥雅各布严肃认真、勤奋好学；弟弟奥马尔玩世不恭、不思进取。也许可以说这两兄弟在某种程度上象征了圣保罗与玛瑙斯，是一种略显不近人情的文明、进步与一种原始的放荡不羁之间的对立。当然他们之间的冲突远没有这么简单，充满了嫉妒与仇恨、谎言与背叛。这一家人的故事也许比读者们想象得更加曲折。书中还有一些译者在这里没有提及的人物和他们神奇的故事，小说的叙事者为我们慢慢讲述他的回忆以及他记忆中别人讲给他的故事。希望读者们通过这些故事能够感受到亚马孙地区湿热、厚重的空气，听到玛瑙斯港口喧闹的人声，领略玛瑙斯这座城市的魅力。

**图书在版编目（CIP）数据**

两兄弟 /（巴西）米尔顿·哈通著；马琳译 . --
成都：四川文艺出版社，2020.3
ISBN 978-7-5411-5663-2

Ⅰ.①两… Ⅱ.①米… ②马… Ⅲ.①长篇小说—
巴西—现代 Ⅳ.① I777.45

中国版本图书馆 CIP 数据核字 (2020) 第 028557 号

Dois irmãos by Milton Hatoum
Copyright © 2000 by Milton Hatoum
First published in Brazil by Editora Companhia das Letras
This edition arranged with Rogers, Coleridge and White Ltd. (RCW)
through Big Apple Agency, Inc., Labuan, Malaysia.
Simplified Chinese edition copyright © 2020 Ginkgo (Beijing) Book Co., Ltd.
All rights reserved.

本书中文简体版权归属于银杏树下（北京）图书有限责任公司
版权登记号 图进字：21-2020-55

LIANG XIONGDI
# 两兄弟

［巴西］米尔顿·哈通 著

马琳 译

| | |
|---|---|
| 选题策划 | 后浪出版公司 |
| 出版统筹 | 吴兴元 |
| 编辑统筹 | 朱 岳 梅天明 |
| 责任编辑 | 陈雪媛 |
| 特约编辑 | 刘苗苗 |
| 营销推广 | ONEBOOK |
| 装帧制造 | 墨白空间·陈威伸 |
| 责任校对 | 汪 平 |

| | |
|---|---|
| 出版发行 | 四川文艺出版社（成都市槐树街 2 号） |
| 网　址 | www.scwys.com |
| 电　话 | 028-86259287（发行部） 028-86259303（编辑部） |
| 传　真 | 028-86259306 |
| 邮购地址 | 成都市槐树街 2 号四川文艺出版社邮购部 610031 |
| 印　刷 | 天津东辰丰彩印刷有限公司 |
| 成品尺寸 | 143mm×210mm 开　本 32 开 |
| 印　张 | 8 字　数 150 千字 |
| 版　次 | 2020 年 3 月第一版 印　次 2020 年 3 月第一次印刷 |
| 书　号 | ISBN 978-7-5411-5663-2 |
| 定　价 | 58.00 元 |